내 글도 책이 될까요?

내 글도 책이 될까요?

-글을 쓸 때 궁금한 것-

이해사 지음

모아북스
MOABOOKS

세상에는 딱 두 부류의 사람이 있다.

글을 쓰는 사람과

글을 쓰지 않는 사람

그들의 시작은 같으나 나중은 완전히 다르다.

삶을 더 열정적으로 기록하는 방법

____ 이미 글쓰기 책을 여러 권 출간했다. 그럼에도 불구하고 또 할 말이 남았을까? 남았다. 그동안 출간한 책들도 내 나름으로는 고민을 거듭해서 만든 결과물이다. 하지만 내내 아쉬움이 남는 것도 사실이다.

이미 글쓰기 책은 시중에 넘쳐난다. 너무 많아 숨이 막힐 지경이다. 이런 상황에서 내 책 한 권을 더한들 무슨 의미가 있겠느냐마는 그래도 내가 이 책을 쓴 이유가 있다. 가장 중점을 둔 사항은 두 가지다. 하나는 기존 책에서 다루지 않은 이야기를 다루자는 나름대로의 '차별성'이고, 다른 하나는 비단 글쓰기뿐만 아니라 우리가 삶을 살아가면서 필요한 삶의 지혜를 책 곳곳에서 다루었다는 점이다. 물론 이미 출간한《걷다 느끼다 쓰다》,《무작정 시작하는 책쓰기》,《과학자 책쓰기》에서도 이런 내용을 담기는 했지만, 완성도 면에서는 이 책이 단연 앞선다고 자부한다.

이 책에서는 왜 책을 써야 하고 책을 쓰면 무엇이 달라지는지 설명했다. 또한 글쓰기를 어떻게 해야 하는지도 이야기했다. 쓰겠다는 결심도 중요하지만 정작 더 중요한 것은 실천이다.

당장 써라!
무엇이 맛있다고 말만 앞세우기보다는 직접 맛보는 편이 좋다. 사랑 이야기를 하기보다는 사랑을 몸소 경험하는 게 좋다. 그래야 진정한 의미를 이해할 수 있기 때문이다.
책을 쓰고 안 쓰고는 순전히 여러분의 몫이다. 직접 부딪쳐 보는 게 가장 좋다. 백문이 불여일견이다. 실천이 없는 지식은 그야말로 공허하다. 사상누각이다. 글쓰기를 통해 달라진 여러분의 삶을 몸소 체험하기 바란다.

나는 2018년에 글을 쓰기로 결심하고 2019년에 두 권의 책을 출간했다. 그해 다섯 권의 책을 계약했다. 글 쓰기 코칭 한 번 받지 않고, 글쓰기를 정식으로 배워본 적도 없다. 더 놀라운 것은 글쓰기 관련 책을 세 권이나 썼다는 사실이다. 이런 무모함과 용기는 어디서 나왔을까? 바로 실천의 유무다.

나는 말로만 쓴다고 하지 않고 실제로 썼다. 세상에는 세 부류의 사람이 있다. 쓴 사람, 쓰려고 하는 사람, 쓸 생각 자체가 없는 사람이 바로 그것이다. 안 써도 살 수 있다. 잘 사는 사람도 많다. 하지만 눈에 보이는 게 다가 아니다. 안 써도 잘 사는 사람은 쓰면 더 잘 살 수 있다. 우리가 삶의 가치를 어디에 두느냐에 따라 인생의 방향과 만족도가 결정되겠지만 그럼에도 나는 써야 한다고 생각한다. 쓰기를 통해 나는 달라졌고 행복해졌기 때문이다. 여러분도 반드시 글쓰기에 성공하시기 바란다.

주변을 둘러보면 열정적이고 진취적이며 매사에 긍정적으로 생각하는 사람이 결과도 좋다. 불평불만을 가지고 세상을 삐딱하게 바라보면 본인도 손해지만 주변 사람들도 가까이하려 하지 않는다. 세상은 혼자 사는 게 아니기 때문이다.

글을 쓰는 사람은 열정적이고 진취적인 사람이 되고 긍정의 에너지가 넘치게 된다. 여러분도 글쓰기를 통해 뜨거운 가슴을 가진 멋진 사람으로 거듭나길 바란다.

한 권 쓸 때마다 출산의 감격을 맛본다. 이 책도 내가 열 달 동안 뱃속에서 품고 있다 나온 내 자식이다. 자식 자랑은 팔불출이라지만 여러분이 채 만 원짜리 두 장도 안 되는 돈으로 사서 읽기에는 충분한 가치가 있다고 생각한다.

쓰느라 고생했다. 읽는 고생은 여러분의 몫이다! 건투를 빈다!

이해사

인간은?

사는 게 두려워 사회를 만들었고

죽는 게 무서워 종교를 만들었으며,

잊혀지는 게 두려워 글을 썼다.

| 차례 |

1장 ─────── 도대체 왜 써야 하는 걸까?
- 우리가 글을 써야 하는 이유

2장

무엇을 써야 할까?

- 글쓰기 콘셉트 잡기

3장

글쓰기가 어렵다고요?

- 글은 어떻게 쓰는가?

6장　베스트셀러는 어떤 특징을 가지고 있을까?

- 팔리는 책을 출간하는 방법

7장　제대로 쓰기 위해서는 어떤 여건이 필요할까?

- 글쓰기 환경에 대한 이야기

한 권의 책은

저자가 만드는 균형 잡힌 삶의 총체다.

도대체 왜 써야 하는 걸까?

- 우리가 글을 써야 하는 이유

왜 글쓰기를 해야 하나요?

- 우리가 써야 하는 5가지 이유

*
글쓰기는 누구에게도 할 수 없는 말을

아무에게도 하지 않으면서

동시에 모두에게 하는 행위이다.

_ 레베카 솔닛

───── 즐겁고 재미난 것만 하고 살기에도 짧은 인생이다. 불행히도 글쓰기는 즐겁고 재미난 일이라기보다 힘들고 어려운 노동이라고 할 수 있다. 그럼 도대체 왜 그렇게 힘들고 어려운 글쓰기를 해야 하는 걸까? 주변을 봐도 대부분의 사람은 글쓰기를 하지 않으면서도 나름 잘살고 있다. 내 주위를 봐도 전문적으로나 습관적으로 글을 쓰는 사람은 거의 없다.

흐리멍텅한 세상 속에 파묻혀 조용히 살기를 원하는 사람이 있다. 알면서도 의도한 사람이야 그렇다고 해도, 만일 그렇지 않다면 글쓰기에 도전할 이유는 분명히 있다. 분명히 달라진 삶을 살 수 있기 때문이다. 어차피 글을 쓰지 않았다면 덧없이 지나갔을 시간이다. 한 3년 미친 척하고 빠져든다면 무언가를 이루어낼 수 있지 않을까? 답답하고 지루한 인생에 큰 활력소를 찾을 수 있지 않을까? 삶의 동력을 찾아서 신나는 인생을 살 수 있지 않을까?

나는 한 분야에 정통한 사람을 만나면 글을 써보라고 간곡하게 권한다. 대부분 "아니, 내가 어떻게 써요" 하면서 손사래를 친다. 책은 특별한 사람만이 쓰는 줄 안다. 이건 명백한 오해이자 변명이다. 이런 착각이 그 사람을 한층 업그레이드 할 수 있는 기회를 가로막는다.

지금부터 왜 써야 하는지 생각해 보자.

우리가 써야 하는 이유는 다음과 같다.

▲ 자신을 드러내는 성스러운 행위다.

▲ 수명이 기하급수적으로 늘고 있다.

▲ 자신을 표현하는 법을 알게 된다.

▲ 관찰력과 통찰력이 생긴다.

▲ 긍정적 사고를 하게 된다.

지금부터 차례대로 알아보자.

첫째, 쓰기는 자신을 드러내는 성스러운 행위다.

사람은 누구나 유명해지길 바라고 관심받기를 원하며 대접받고 싶어한다. 우리 인간은 태생이 '관종'이다. 자신을 타인에게 어필하는 가장 효율적인 방법이 바로 글쓰기다. 글 속에는 자기 삶의 철학이나 관점, 가치관, 생각이 고스란히 드러난다. 그걸 읽고 사람들은 반응한다. 글은 타인에게 읽히기 위해 쓰는 것이다. 타인을 염두에 두지 않는 글쓰기는 일기나 독백에 불과하다.

작가가 쓴 글을 읽으며 독자는 반응한다. 글을 통해 온전히 작가를 바라보게 되고 작가의 정신세계를 들여다본다. 그걸 부정해도 소용없다. 이미 글 속에는 본인도 모르는 사이에 그런 내용이 자연스럽게 반영되니까.

우리 인간에게는 매명욕(賣名慾)이 있다. '호랑이는 죽어서 가죽을 남기고, 사람은 이름을 남긴다'는 말을 굳이 언급하지 않더라도 이 세상에 태어난 이상 무엇인가 뚜렷한 족적을 남기고 싶어한다. 위시 리스트(Wish List)를 작성해보라고 하면 꼭 빠지지 않는 것이 '죽기 전에 내 책 내기'다. 책만큼 한 인간의 흔적을 남기기에 좋은 수단이 있을까?

어느 누가 이 세상에 태어나 아무런 존재감 없이 그저 그런 인생을 살다가 죽고, 죽어서도 아무도 기억해 주지 않는 사람이 되기를 바라겠는가? 최근 무연고 시신이 늘어나는 현상도 이와 무관치 않다. 나도 내 장례식에 많은 사람이 찾아와 '그래, 이해사(김욱)는 좋은 사람이었어. 멋진 인생을 산 친구였지' 하고 기억하기를 바란다.

글쓰기는 독자와 나를 하나로 묶어주는 역할을 한다. 사람은 죽어도 그가 쓴 글은 영원히 남기 때문이다. 우리는 《돈키호테》를 읽으며 셰익스피어와 대화하고, 《테레즈 데스케루》를 읽으며 모리아크를 만난다. 책은 작가와의 만남을 주선하고 우리는 책 속에서 그들의 진면목을 발견하고 그들과 호흡하며 대화한다.

둘째, 인간의 수명이 기하급수적으로 늘고 있다.

불과 50년 전만 해도 인간의 수명이 그리 길지 않았다. 조정래의 《태백산맥》에 "20살 때부터 소작농으로 뼈 빠지게 농사를 지어 40대 중반이 되면 반늙은이가 된다"란 말이 나온다. 60세까지 살면 장수했다고 회갑 잔치를 열었다. 그러나 요즘은 어디 그런

가? 환갑이면 어리다고 노인정 가입 자격도 안 된다.

직장 생활의 수명은 갈수록 줄고 있지만, 은퇴 후 살아가야 할 시간은 놀라운 속도로 증가하고 있다. 은퇴 후에도 건강이 허락하는 한 일을 해야 한다. 일하지 않고는 그 많은 시간을 어떻게 보낼 것인가? 매일 산에만 갈 수도 없지 않은가?

늘어난 삶을 보람차게 보내기 위해서라도 글을 써야 한다. 나이에 구애받지 않고 밑천도 들지 않는 일 중 가장 좋은 것이 글쓰기다. 쓰기는 자리에 앉아서 하므로 나이가 들어서도 충분히 할 수 있다. 책이라도 쓰면 인세도 받고, 강연도 할 수 있기에 최고의 직업이자 부업이다. 이왕 시작할 거면 최대한 빨리 시작하는 게 좋다.

인간의 감각은 젊은 시절에 강하고, 경험과 관록은 나이가 들어서 꽃을 피운다. 쓰기는 최대한 젊은 시절부터 써야 그 효과를 볼 수 있다. 지금 당장 쓰기 시작하면 연륜이 깊어감에 따라 제대로 된 글을 쓸 수 있다. 인간의 수명 연장에 알맞게 쓰기를 지속해야 한다.

나도 40대가 되어서야 쓰기 시작했다. 조금 늦은 감이 없진 않지만, 이때라도 시작한 걸 다행으로 생각한다. 쓰기는 투잡으로 노후 대비로 최선이다. 작가로서 노년의 삶을 즐기기 위해서라도 지금부터 쓰기 시작하자.

셋째, 자신을 표현하는 법을 알게 된다.

우리 한국인은 표현에 서툴다. 어릴 적부터 듣기, 읽기만 가르치고 말하기와 쓰기를 가르치지 않는다. 시험에도 듣기, 읽기만 출제된다. 수험생활 내내 관심 밖이다. 내가 가진 생각을 정확하게 외부로 표출하는 법을 모르고 어색해한다. 그게 문제다. 자기 생각을 정확하게 표현하는 법을 알아야 한다. 그 왕도가 바로 쓰기다. 쓰게 되면 자신이 생각하는 바를 표현하는 법을 배운다.

쓰기란 행위는 막연하고 모호한 우리의 생각과 관념을 언어와 문자라는 매개체를 통해 구체화하는 행위다. 이 작업은 꾸준히 하지 않으면 달성하기 어려운 명제다. 자신의 구체적인 생각이 담긴 글을 꾸준히 쓰면 말도 잘하게 되고 자신을 정확하게 표현할 줄 알게 된다.

넷째, 관찰력과 통찰력이 생긴다.

나는 쓰기를 통해 얻는 효과 중 이것이 가장 중요하다고 생각한다. 쓰기 시작한 이후 전에는 보이지 않던 것들이 보이기 시작했기 때문이다. 작가는 태생적으로 관심에 목매는 사람이다. 사물이나 현상을 그냥 무심코 바라보는 일이 없다. 호기심을 가지고 쳐다본다. 그리고 내가 쓸 글에 어떻게 적용할지 생각한다. 세상 모든 일이 글쓰기 재료가 된다. 쓰려고 재료를 찾기 시작한다.

이 상태가 되면 실로 놀라운 일이 벌어진다. 생각이 나서 쓰는 게 아니다. 쓰려고 생각하게 되고 바라보게 되고 관찰하게 된다. 사물을 무덤덤하게 바라보기만 하지 않는다. 그 이면까지 생각하게 된다. '저게 의미하는 게 무엇일까?' 하는 생각을 자주 하다 보면 본래 보이지 않던 것들이 보이는 법이다.

이게 쓰기의 가장 큰 위력이다. 작가들은 일반 사람들이 바라보는 방식으로 세상을 보지 않는다. 세상을 다른 시각으로 바라본다. 이게 작가의 힘이다. 그래서 작가들은 직장 생활에 적합하지 않다. 상사가 시키는 대로 따라 해야 인정받는 직장의 생리가 작가와는 잘 맞지 않기 때문이다. 작가의 시선은 호기심과 열정으로 가득 차 있다.

다섯째, 긍정적인 시각이 생긴다.

쓰기 위해서는 바라보아야 하고 바라보기 위해서는 관심을 가져야 한다. 이러한 관심은 긍정적인 시각을 가질 때 비로소 생겨난다. 사물을 삐딱하게 보고 부정적으로 보면 사고가 거기서 갇혀버린다. 더 넓고 깊은 생각을 할 수가 없다.

역지사지도 상대방을 고려할 때 가능한 일이고, 감정이입도 상대방을 제대로 바라보려고 노력할 때 생겨난다. 긍정적 시각은 비단 쓰기뿐만 아니라 우리 삶을 풍요롭게 하는 원동력이 된다. 나는 쓰기를 통해 성격이 긍정적으로 바뀌었으며, 이게 쓰기의 충분한 이유가 되었다고 확신한다.

자신감이 팔 할이다

- 작가인 척해야 하는 이유

*
마음이 현실을 만들어낸다.

우리는 마음을 바꿈으로써

현실까지 바꿀 수 있다.

_ 플라톤

_____ 세상 모든 일은 마음먹기에 달렸다. 굳센 의지와 약간의 기술, 그리고 일정 시간만 확보되면 무엇이든지 할 수 있다. 글쓰기를 통해 깨달은 인생의 참 교훈이다.

글을 쓰기 전에는 감당하기 힘든 일이 닥쳐오면 머리를 쥐어뜯으면서 괴로워했다. 하지만 지금은 절대 그렇지 않다. 위기를 헤쳐나가는 법을 알고 있기 때문이다. 당황하지 않는다. 그렇다고 서두르지도 않는다. 차분히 그리고 묵묵히 진실을 향해 조금씩 앞으로 나아갈 뿐이다.

글쓰기를 시작하고 나 스스로와 약속한 것이 있다. 하루도 쉬지 않고 딱 2시간씩만 쓰자는 것이었다. 1년 남짓한 기간 동안 5권의 책을 출간했다. 실로 엄청난 속도였다. 이미 써놓고 숙성 중인 원고는 10편이 넘는다. 매일 쓰기의 결실이었다.

만일 내가 글을 쓰지 않았다면 어땠을까? 아마도 글쓰기만큼 의미 있는 일을 하지는 않았을 것 같다.

'할 수 있다'는 자신감만 있으면 무엇이든 할 수 있다. 사람들은 해보지도 않고 겁부터 먹는다. 타인을 의식한다. 욕먹을 걱정부터 한다. 하지만 그런 걱정은 기우에 불과하다. 진실은 '아무도 내게 관심이 없다'는 사실이다. 내가 무슨 글을 써도 크게 신경 쓰지 않는다. 그러니 그저 편하게 쓰면 된다. 부담감은 글쓰기의 최대 적이다.

내가 글쓰기를 사랑하게 된 것도 어쩌면 내 특유의 기질에 기인한다. 나의 이 무모한 자신감 덕분에 글쓰기 초반에 누구나 겪어야 할 성장통을 부드럽게 넘어갈 수 있었다. 마치 사춘기 없이 어른이 된 십대처럼.

이런 막무가내 정신이 글쓰기에는 특효약이다. 인생을 살면서 터득한 교훈 중 하나가 '뭣도 모를 때 밀어붙이자'다. 알면 알수록 어려워지는 것이 세상 이치다. 이것저것 따지다 보면 아무것도 할 수 없다. 의식할수록 힘이 들어가고, 힘이 들어가면 부자연스러워지고, 부자연스러워지면 실패할 확률이 높아진다.

* * *

처음 글을 쓰겠다고 했을 때 주변에서 아무도 믿지 않았다. '드디어 이 친구가 맛이 갔구나' 라는 측은한 반응이었다. 그도 그럴 것이, 내가 그동안 했던 행동들을 보면 충분히 이해가 갔다. 술, 담배, 게임, 노래방, 오락, 당구 등 하루하루가 유흥과 향락의 나날이었다. 그런 내가 갑자기 글을 쓰고, 책을 출간하는 작가가 된다고 하니 얼마나 황당했겠는가? 그러나 나는 자신감에 충만했다. '나는 이미 작가다' 라는 자기 최면을 걸었다. 글 몇 자 적어본 적도 없고, 책 한 권 출간한 적도 없지만 그런 건 중요하지 않았다. 나는 자신을 작가라고 부르기 시작했다.

당장 아내에게 '작가' 라고 부르라고 시켰더니, 미쳤냐고 걱정스러운 눈빛으로 말했다. 어차피 작가가 될 거니까 미리 좀 부르면 어떠냐는 생각이었다. 지금 생각해보면 상당히 건방지고 오만한 행동이었지만 당시에는 그런 의기충천하는 힘이 있었다.

내가 운영 중인 블로그의 필명을 '김욱 작가' 로 바꾸고, 마치 작가라도 된 양 글을 쓰기 시작했다. 매일 조금씩 적어 나갔다. 누가 뭐라고 하든 상관없었다. 크게 개의치도 않았다. 글에 반응이 없어도 별문제 될 것이 없었다. 내가 좋아서 썼으니까.

그렇게 시간이 지나고 책이 한두 권씩 출간되자, 왜 쓰냐고 했던 사람들, 나를 비웃던 사람들이 나를 다시 보기 시작했다. 질문이 바뀌었다. 어떻게 쓴 거냐고. 결과물이 나오면 주변 반응이 달라진다. 끝이 좋으면 다 좋은 거다.

* * *

처음에 글을 쓰기로 하고 가장 먼저 한 의식(ritual) 중 하나가 '나는 작가다' 라는 자기 몰입이었다. 당시 TV 프로그램 중 〈나는 가수다〉가 있어 그걸 착안해 나 역시 '나는 작가다' 라고 외쳤다. 비록 책 한 권 쓰지 않았어도 '나는 작가다' 라고 계속 자기 최면을 걸었다. 그랬더니 놀라운 일이 벌어졌다. 실제 내가 작가라고 믿게 되었고, 모든 언행 또한 작가처럼 바뀌었다. 작가의 입장이 정확히 무엇인지는 몰랐지만, 아무튼 작가라고 생각하고 행동했다. 그랬더니 진짜 작가가 되었다. 이처럼 모든 건 자신감이 팔할이다. 자신감만 가지면 나머지는 자연스럽게 따라오게 되어 있다. 그래서 결심이 중요하고 자기 세뇌가 중요하다.

작가인 척하는 게 무슨 큰 힘이 들거나 돈이 드는 것도 아니다. 그냥 '나는 작가' 라고 생각하면 된다. 그렇게 생각한 순간부터 세상이 다르게 보이기 시작했다. 모든 게 글 쓸 거리가 되고 세상만사가 호기심 덩어리였다. 누가 나를 화나게 해도 너그러이 작가의 여유와 품격으로 대했다. 세상 모든 일이 나를 중심으로 돌아가는 걸 느꼈으며 나를 둘러싼 모든 환경이 나를 작가로 만들기 위한 한 편의 시나리오 같았다. 이 땅의 풀 한 포기도 나와 연관성이 있는 것처럼 느껴졌다. 글을 쓰고 말고는 다음 문제였다.

* * *

우리 뇌는 신기하게도 지속해서 같은 말을 주입하면 정말 그게 진실이라고 믿는다. 가령 진보주의자에게 보수의 생각을 지속해서 주입하면 자신도 모르게 보수주의자가 된다. 세뇌의 힘이다.

건전한 세뇌는 권장 받아 마땅하다. 불가능을 가능하게 한다. 강한 멘털을 가진 사람이 여러모로 유리한 세상이다. 인내심을 가지고 꾸준히 지속하면 없던 기적을 만들어낼 수 있다. 그게 STEM 공식이다. 본래 이런 공식이 말장난 같기도 하지만 때론 동기부여의 좋은 수단이 된다.

> Strong will × Time × Effort = Miracle
>
> 굳센 의지와 시간, 그리고 노력이 합쳐지면 기적을 만들어낸다.
>
> 《불가능을 가능하게 하는 STEM 공식》

다시 말하지만, 자신감이 팔 할이다. '쓸 수 있다'고 생각하면 써진다. '쓸 수 없다'고 하면 실제로도 쓸 수 없다. 누구나 마찬가지다. 세상만사가 그렇지만 자신감이 전부다. 할 수 있다는 자신감이 충천하면 보이지 않는 세계까지 보게 된다. 이게 쓰기를 계속할 힘이 된다. 글을 쓰는 데 소질이나 재능이 없다고 불평하거나 한탄할 필요가 없다. 작가의 재능은 노력으로 충분히 극복할 수 있다.

작가라면 뻔뻔해져야 한다. 주변에서 아무리 욕하고 비판해도 버틸 수 있는 내공이 필요하다. '내가 상처를 쉽게 받는 성격인가?' 곰곰이 생각해보자. 만일 그렇다면 작가가 되기 전에 성격부터 고칠 필요가 있다.

나도 그랬다. 상처받기 쉽고 예민했다. 하지만 고쳤다. 지금은 누가 뭐라건 신경 쓰지 않는다. '뭐 어때?' 하면서 되받아친다. 고난과 시련이 닥치면 최대한 스트레스를 받지 않기 위해 '전환 장치'를 가동한다. 즉시 그 일을 떠올리지 않기 위해 '재전환

(Redirection)' 한다. 특히 글쓰기 쪽으로! 작가가 되려면 타인에 대해서뿐만 아니라 자기 자신에 대해서도 뻔뻔해질 필요가 있다.

앨버트 벤듀라(Albert Bandura)의 '사회인지 이론'에 따르면 '자기 효능감, 즉 자신이 변화에 영향을 미칠 수 있다고 믿는 사람들이 착수한 일에서 성공할 확률이 높다'고 한다. 맞는 말이다. 자신감이 좋은 결과를 가져온다. 불가능한 일을 가능하게 한다. 긍정적 사고와 할 수 있다는 자신감으로 무장하자. '뭐 어때?' 하고 당당하게 외치자.

왕후장상의 씨가 따로 있을까?

- 쓰는 사람의 4가지 유형

*
쓰는 사람의 유형은 크게 4가지다.

1. 어느 한 분야의 전문가

2. 인생의 곡절이 있는 사람

3. 대단히 유명한 사람

4. 나와 같은 일반인

과거에는 1~3번이 주를 이루었으나, 이제는 4번이 대세다.

누구나 쓸 수 있다.

_____ 글은 누구나 쓴다. 회사에서 작성하는 기획서나 경위서, 학교에서 쓰는 반성문, 친구들과 대화하는 SNS나 메신저 역시 모두 글쓰기다. 우리는 늘 글을 쓰고 살고 있으며, 거기서 벗어

날 수 없다.

글을 쓰는 사람이 특별히 정해져 있거나, 작가라고 해서 하늘로부터 선택받은 자는 결코 아니다. 쓰다 보면 글쓰기를 좋아하게 되고, 좋아하게 되면 자주 하게 되고, 자주 하게 되면 익숙해져서 잘 쓰게 된다. 글쓰기 실력은 자주 할수록 조금씩 늘게 마련이다.

문제는 쓰기에 그치느냐, 거기서 한 걸음 더 나아가느냐이다. 글쓰기에 그치지 말고 책을 써야 하는 이유가 여기에 있다. 송숙희 작가는 "글쓰기의 궁극은 책 쓰기"라고 이야기한다. 이왕 글을 쓸 작정이라면 꾸준히 쓰고, 그걸 모아서 책으로 출간해야 한다. 그래야 쓰기의 진정한 세계를 맛볼 수 있다.

그럼 글을 쓰는 사람은 도대체 어떤 사람들일까? 꾸준히 쓰고 그걸 모아서 책으로 내는 사람의 유형은 도대체 누구란 말인가? 일전에 한 글쓰기 강연에서 다음과 같은 말을 들었다.

글을 쓰는 사람은 대한민국 상위 1%다. 글쓰기에 관심을 두는 사람은 상위 20%이며, 나머지 80%는 글쓰기에 전혀 관심이 없다.

즉 글쓰기는 누구나 하지만 그걸 엮어서 책으로 출간하는 일은 또 다른 일이다. 글쓰기는 쉽게 할 수 있지만, 그걸 모아서 책으로 출간하는 일은 절대 쉽지 않다. 반대로 말하면 글을 쓰려고 하면 이미 상위 20%에 속한 것이고, 실제 책을 출간한 사람은 상위 1%란 이야기다. 여러분은 어디에 속하고 싶은가?

* * *

글을 쓴 사람을 유심히 관찰해보면 몇 가지 유형으로 나눌 수 있다.

▲ 어느 한 분야의 전문가

▲ 눈물 없이 듣지 못할 인생의 곡절이 있는 사람

▲ 아주 유명한 사람

▲ 나머지 기타(일반인).

첫째는 어느 한 분야의 전문가다.

특정 분야에 꾸준히 종사하다 보면 그 분야의 전문가가 된다. 우리가 소위 이야기하는 '사(士)' 자 직종이다. 전문자격증 소지자나 학위를 가진 사람이다. 연구자나 교수가 여기에 포함되겠다. 이런 분들은 특정 분야를 집중적으로 오랜 기간 공부하고 연구하기 때문에 일반인보다 훨씬 뛰어난 지적 역량과 통찰력을 가지고 있다. 이런 분들은 글 쓰기가 무척이나 수월하다.

본인이 평생 공부하거나 연구한 전문 분야에 대해 일반인이 알기 쉽도록 안내하는 글을 쓰거나 관련 동종 분야의 사람들이 읽을 만한 전문서를 쓰면 된다. 가령 정신과 의사를 수십 년 한 의사라면 자기만의 독특한 시각으로 관련 분야의 글을 쓰면 된다. 대표적인 예가 윤홍균 저자의 《자존감 수업》이다. 윤 저자는 의사로서, 심리상담가로서 오랜 기간 환자를 대하며 연구한 자료를 바탕으로 자존감에 대한 글을 썼다. 그가 상담한 환자 중 자존감과 관련한 상담일지만 적당히 정리해도 책 한 권 분량은 차고도 넘칠 것이다. 이런 분들은 글을 씀으로써 더욱더 유명인이 되고 방송 출연을 하거나 강연을 꾸준히 하는 경우가 많다.

또 한 예를 들자면 《온천, 천탕천색의 매력에 몸을 담그다》의 이은주 저자를 들 수 있다. 이은주 작가는 오랜 기간 온천 소믈리에로서 온천에 관심을 가지고 연구하고, 전국 각지의 온천을 직접 체험함으로써 본인만의 독특한 시각과 경험을 통해 온천 관련 책을 출간했다.

둘째는 눈물 없이 듣지 못할 인생의 굴곡이 있는 사람이다.

이런 분들의 스토리는 일반인은 도저히 겪어볼 수 없는 것이라 책으로 출간하면 반응이 아주 좋다. 우리 인간은 자신이 해보지 못한 것을 경험한 사람의 이야기를 들으며 대리만족을 한다. 정작 나는 하지 못할 것 같아도, 혹은 하고 싶지 않아도 그 세계만은 경험해보고 싶은 일종의 엿보기 심리다. 완전히 망했다가 역경을 딛고 불굴의 의지로 다시 일어선 사람의 스토리라면 더욱더 좋다.

《계단을 닦는 CEO》를 쓴 임희성 대표가 대표적 예다. 그녀는 지적 장애 및 언어 장애가 있던 부모님 밑에서 태어나 어린 나이부터 학교를 그만두고 일을 해야 했다. 22살의 어린 나이에 원치 않는 출산을 하고, 군대로 끌려간 남편은 우울증으로 자살을 하고 만다.

먹고살기 위해 남대문에서 옷을 팔며 13년간 갖은 고생을 했다. 이렇게 모은 돈으로 청소 용역회사를 차렸다. 사업이 어느 정도 궤도에 올랐을 때 청천벽력과도 같이 뇌종양에 걸리고 말았다. 우여곡절 끝에 병마와의 싸움에서 이겼지만 사업에서 실패하여 수십억 원의 빚을 지고 신용불량자가 되었다. 이 엄청난 시련에도 굴하지 않고 그녀는 회사를 정상화시켜 지금에 이르렀다.

《나는 사업이 가장 쉬웠어요》의 최인규 대표는 매출 100억 원이 넘는 중견기업의 CEO이지만 그의 인생은 결코 순탄하지 않았다. 고등학교 1학년 때부터 종교단체에 빠져 10년을 허송세월을 하다가 27살에 종교단체에서 쫓겨나 노숙자 신세가 되었다. 우연히 복사용지 사업이 전망있다는 소리를 듣고 같이 종교단체에서 쫓겨난 여자 친구를 찾아 200만 원을 빌린다. 그리고 그 돈으로 사업을 시작해 지금의 회사를 일구어냈다.

이런 분들을 'N자형 인간'이라고 한다. 평범하거나 무난하게 잘 살다가 갑자기 추락을 맛보고, 다시 역경을 딛고 일어났다는 점이 알파벳 N자와 비슷하다고 하여 붙여진 이름이다. 이런 분들의 스토리는 책을 출간하기 매우 수월하다.

셋째는 아주 유명한 사람이다.

이런 분들은 유명세 자체가 무기다. 워낙 인지도가 있어 무슨 내용의 책을 써도 화제가 된다. 가수 양준일이 19년 만에 복귀하여 쓴 책, 《양준일 Maybe》가 대표적인 예다. 이 책은 출시되자마자 전 서점에서 베스트셀러에 올랐다. 사람들은 양준일이란 가수가 왜 19년 만에 나타나 활동을 재개하게 되었는지, 그가 지금까지 어떤 삶을 살았는지 무척이나 궁금해한다.

《조국의 시간》도 출간되자마자 베스트셀러에 올랐다. 조국이 2019년 8월 법무부 장관으로 지목되고 벌어진 일련의 사태에 대해 정리하고 자신의 솔직한 심정을 밝힌 책이다. 대통령 비서실장까지 역임한 조국의 회고록이다. 한 나라를 떠들썩하게 한 사건인 만큼 책이 출시되자 그 파급력은 상상을 초월했다.

넷째, 이도 저도 아닌 일반인이다.

아주 유명하지도 않고, 전문가도 아니면서 인생은 평범함 그 자체인 사람도 글을 쓴다. 내가 여기에 해당한다. 나는 전문가도 아니고, 유명하지도 않으며, 인생의 곡절도 없다.

과거에 책을 쓰는 사람은 지극히 한정적이었다. 하지만 지금은 전혀 그렇지 않다. 책 쓰기가 대중화되고 글쓰기 플랫폼이 인터넷의 보급과 함께 다양화되면서 누구나 책을 낼 수 있다. 책을 출간하는 방식도 과거의 기획출판 방식에서 벗어나 다양한 방법으로 출간이 가능하다. 심지어 글쓰기가 어려워도 대필 작가를 활용해 책을 만들어낼 수 있다.

최근에는 이런 유형의 작가가 주를 이루고 있다. 가장 대표적인 작가가 《꿈꾸는 다락방》, 《리딩으로 리드하라》, 《에이트》의 이지성이다. 이지성 작가는 사범대학을 졸업하고 교사를 하다가 뜻한 바 있어 전문 작가가 되었다. 그는 현재 우리나라를 대표하는 작가로, 교과서에도 이름이 실릴 정도고, 그의 책은 수백만 부가 팔렸다. 지금도 출간만 하면 기본으로 20~30만 부 이상 팔리는 유명 작가가 되었다.

'지대넓얕'의 채사장 작가도 마찬가지다. 그는 대중에게 교양 지식을 전달하는 팟캐스트를 운영하며 해당 내용을 정리해 책을 출간했다. 베스트셀러가 된 《지적 대화를 위한 넓고 얕은 지식》이다. 다양한 주제로 여러 권이 출간되어 '지식에 목마른' 수많은 젊은이의 갈증을 해결했다.

쓰기를 통해 생기는 여러 가지 소확행

- 책을 출간함으로 얻는 3가지 효과

*

허준이 《동의보감》을 쓰지 않았더라면?

정약용이 《목민심서》를 쓰지 않았더라면?

유성룡이 《징비록》을 쓰지 않았더라면?

——— 어느 한 분야를 정해서 꾸준히 글쓰기를 하다 보면 조금씩 생각이 모여 덩어리가 형성된다. 그 덩어리에 다른 생각들이 다가와 붙는다. 덩어리가 커지면 표면적도 넓어져 더 많은 생각이 엉기고 설킨다. 이 지경에 이르면 누구나 이런 생각을 한다.

이제 이걸 책으로 써봐야겠다

글이란 결심하는 순간 뚝딱 하고 써지는 것이 아니다. 쓰고자 하는 분야에 대한 깊이 있는 고민과 생각의 축적, 그리고 꾸준히 쓰기를 통한 자료의 확보가 필요하다. 글이 모여서 책이 되고 책을 출간하면 미처 예기치 않았던 여러 즐거움이 생긴다.

나는 블로그에 매일 같이 글을 썼다. 하루에 한 개, 두 개씩 쓴 글이 1,600개가 넘는다. 이렇게 모은 글을 활용해 글쓰기 책을 3권이나 썼다. 글쓰기 책을 써야 할 시점에 쓴 것이 아니다. 이미 다 쓴 상황에서 그걸 모아서 편집하고 정리해 책으로 출간한 셈이다. 하늘에서 책이 뚝 떨어지지 않는다. '글은 다 써놓고 쓰는 것'이란 말이 괜히 나온 말이 아니다.

책을 출간하면 많은 변화가 생긴다. 여러 즐거움이 생긴다. '저자'라는 직함이 생겨나고, 주변에서 '작가님'이라고 부른다. 인세 수입이 들어온다. 강연 자리도 들어온다. 가장 결정적인 건 자존감이 높아진다. 내가 세상에서 소중하게 쓰임 받을 수 있다는 모종의 자신감이다. 우리가 지금 이 시대에 허준을 기억하는 이유는 그가 훌륭한 의사여서가 아니다. 조선시대에 중국의 화타에 버금가는 뛰어난 의술을 가진 의사가 왜 없었을까? 허준이 주목받는 이유는 신통한 의술을 가진 의사이기도 했겠지만 가장 핵심은 그가 《동의보감》을 썼기 때문이다.

조선 후기의 실학자인 정약용은 인생의 대부분을 유배지에서 보냈다. 그가 유배지에서 15년간 쓴 책이 무려 500권이라고 한다. 정약용은 귀양의 고통을 글쓰기로 승화시킨 셈이다. 사람들은 그를 《목민심서》를 쓴 당대의 지식인으로 평가한다.

유성룡은 아마도 자기가 쓴 《징비록》이 국보 제132호로 지정되리라는 것을 꿈에도 몰랐을 것이다. 그가 쓴 임진왜란과 병자호란의 기록이 드라마로 만들어져 수많은 사람이 임란과 호란에 공감하고 역사를 다시금 생각하게 만들었다는 사실을 우리는 어떻게 이해해야 할까?

＊　＊　＊

책을 출간하면 크게 3가지 점에서 주목받을 수 있다.

첫째, 전문가로 인정받을 수 있다.

사람들은 전문가를 찾을 때 저마다의 기준이 있다. 그중 가장 확실한 방법이 '학위', '직함', 그리고 '저서'이다. 학사보다는 박사를 우대하고, 실업자보다는 교수를 더 쳐준다. 책이 없는 사람보다는 그 분야의 저서를 가진 사람이 전문가로 인정받는다.

내가 직접 경험했다. 특허와 기술사업화 관련 책을 쓰자, 관련

유관기관이나 기업에서 어떻게 알았는지 연락을 해왔다. 나는 강연 의뢰가 들어오면, '어디서 보고 연락을 하셨냐?'고 항상 묻는다. 역시 대답은 내 책이다. 글쓰기와 책 쓰기 책을 출간하자 여러 루트를 통해 연락이 왔다. 사람들은 신뢰할 수 있는 전문가를 찾을 때 '책을 쓴 사람'을 찾는다. 가장 공신력 있고 안정적이기 때문이다.

둘째, 내 분야에 대한 권한과 신뢰성이 확보된다.

진실이 무엇이든 중요하지 않다. 내가 알고 있는 지식을 책을 통해 세상에 전파하면, 저자의 책을 읽고 배우고 느낀 사람들은 작가를 신뢰하게 된다. 나와 다른 사람, 무엇인가 있는 사람으로 대접을 받게 된다. 작가의 이너서클에 편입되어 무한한 신뢰와 존경을 받는다.

셋째, 나를 세상에 더 알릴 수 있다.

언론에서도 전문가를 섭외할 때 기준이 있다. 전문 자격증 소지자, 교수, 기업체 대표도 포함되지만 가장 강력한 것이 '저자'이다. 사람들은 전문가의 이야기를 듣고 싶어하고, 자신이 믿고 싶은 이야기를 똑같이 말해주는 사람을 좋아한다. "누군가가 그랬다더라" 에서 그 누군가는 자신의 분야에서 글을 썼기 때문에 주목받는 작가여야 가능하다.

또한, 책 한 권을 출간하면 그다음부터는 첫 책을 출간할 때보다 아무래도 더 수월하다. 경험과 노하우가 생겼기 때문이다. 일종의 흐름을 탄 것이다. 이렇게 자꾸 쓰다 보면 그 사람은 그 분야의 최고 권위자가 되고 세상에 이름을 드높일 기회를 갖게 된다. 그러다 보면 사람 인생이 어떻게 변화할지 본인도 모른다.

＊　　＊　　＊

나는 글을 쓰고 그것을 책으로 출간하면서 다양한 경험을 했다. 글을 쓰지 않았으면 도저히 할 수 없는 소중한 체험이었다. 기획력이 전문가라고, 내 이름을 알리게 되고, 나를 돌아보게 되고, 내 역량이 어디까지인지 알게 되고, 나만의 정체성을 가지게 된다. 글쓰기를 통해 얻게 된 가장 큰 결실은 '나를 사랑하게 되었다' 는 점이다.

내가 이 세상에서 이 정도로 필요한 사람이고, 내가 적은 글에 사람들이 반응하고, 반응한 내용이 나를 향해 다가온다. 사고의 확장을 통해 사물의 본질을 바라보는 힘, 그리고 그것을 통해 생기는 자존감이라고나 할까?

글쓰기의 효용은 비단 글쓰기 자체에서만 그치지 않는다. 다른 분야에까지 영향을 미친다. 글쓰기를 시작한 이후로 다른 일에도 자신감이 생긴다. 글쓰기에 적용되는 다양한 이론들이 사회생활에서도 그대로 적용할 수 있기 때문이다. 글쓰기의 즐거움이란 나를 변화시키는 것보다는 내가 변화한다는 것을 스스로 깨닫는 즐거움이 아닐까? 나에게는 그야말로 소확행이다.

은퇴 작가란 말은 없다

- 최적의 노후대비 방법, 글쓰기

*

'은퇴 작가' 란 말을 들어본 적이 있는가?

작가에게 은퇴란 없다.

—— 인간의 수명은 비약적으로 증가하고 있다. 불과 50년 전만해도 60살을 넘기기가 힘들었다. 그래서 60년을 살면 장수하셨다는 의미로 잔치를 했다.

다음은 조정래의 《태백산맥》에 나오는 내용이다.

열 일고여덟에 장가를 가고, 서른 고개를 넘으면서 서넛 자식들을 거느리며 소작 생활을 꾸려가고, 마흔 고개를 넘기면서는 억지 기운을 쓰고 살아온 이십 년 세월이 삭신 마디마디를 갉아내려 마흔 중간 고개를 넘어가지 못하고 불붙은 짚단 무너져내리듯 허망하게 푹푹 쓰러져 가는 것에 비하면….

당시 시대적 배경은 1940년대다. 마흔 중반이 되면 중늙은이가 되고 손주까지 봐 할아버지 대접을 받았다. 그러나 지금 어디 그런가? 70세 이하는 노인정도 못 들어간다. 의학 기술의 발달, 예방 진료의 확대, 줄기세포 등 바이오산업의 발전으로 인간의 수명은 매 20년마다 10살씩 증가하고 있다. 어쩌면 우리는 100살을 넘어 120살까지 살아야 할지도 모른다.

수명이 늘어남에 비례하여 일할 수 있는 나이도 늘어나면 참 좋겠지만 현실은 전혀 그렇지 않다. 오히려 직장 수명은 줄고 있다. 업종별로 차이는 있지만 한때 유행했던 '사오정', '오륙도'란 말이 장난처럼 들리지가 않는다.

준비되지 않은 노후는 그야말로 재앙이다. 개인적으로도 부담일 뿐만 아니라 국가적으로도 짊어져야 할 몫이 상당하다. 이는 고스란히 다음 세대에 전가된다. 이런 이유로 은퇴 이후에도 먹고 살 수 있는 대안을 마련해야 한다. 그렇지 않으면 상상 이상으로 큰 고통을 받을 수도 있다.

노후 대비에는 다양한 방법이 있겠지만 나는 무엇보다 글쓰기를 통해 작가가 되기를 추천한다. 내가 작가라서가 아니라, 작가는 인생 2모작으로 활용하기에 꽤 괜찮은 직업이다.

그럼 작가가 왜 괜찮은 직업일까?

첫째, 작가는 밑천이 거의 들지 않는다.

작가가 되기 위해 필요한 건 딱 3가지다. 글을 쓰겠다는 굳은 의지, 노트북, 그리고 장소다. 치킨집을 차려도, PC방을 차려도 목돈이 들어간다. 그러나 글쓰기는 전혀 그렇지 않다.

얼마 전 유튜브에서 한 작가의 인터뷰를 본 적이 있다. 책을 출간하기 위해 얼마의 비용이 들었느냐고 사회자가 물었다. 대답은 41만 원이었다. 누구나 알만한 유명한 프랜차이즈 커피숍에서 한 잔에 4,100원 하는 커피를 시켜 놓고, 100일 동안 원고를 썼기에 투입 비용은 41만 원이다.

둘째, 나이가 먹어도 할 수 있다.

글쓰기에는 정년이 없다. 대부분의 작가들은 죽기 전까지 쓴다. 물론 글쓰기가 책상에 앉아서 오랫동안 머리를 쥐어짜야 하는 꽤나 스트레스를 받는 직업이기는 하지만, 몸을 써서 하는 직업은 아니다. 그저 책상에 엉덩이를 붙이고 머리를 긁적거리면서 한 줄 한 줄 써 내려가면 된다.

칠순이 훌쩍 넘긴 나이에 주목받기 시작한 로즈 와일리(Rose Wylie)는 무려 45세에 붓을 쥐기 시작했으며, 칠순을 훌쩍 넘긴 나이에 세계적인 화가가 됐다. 영국 출신인 그녀는 어린 시절 화가를 꿈꾸며 미대에 진학했다. 하지만 21세라는 어린 나이에 결혼해 20년 넘게 평범한 가정주부로 살았다. 그녀가 다시 그림을 그리기 시작한 것이 45세로, 정작 그녀가 화가로서 빛을 발휘하기 시작한 것은 30년이 더 지나서였다.

일본의 사회파 미스터리의 대가 나카야마 시치리(中山七里)도 오랜 세월 직장인으로 지내다가 48세가 돼서야 글쓰기를 시작했다.

셋째, 다각도의 수익 창출이 가능하다.

글을 쓰면 인세가 주 수입이라고 생각하는 분들이 많다. 하지만 이는 잘못된 생각이다. 실제 인세로 돈을 벌기 위해서는 엄청나게 많은 책을 팔아야 한다. 그래서 작가라면 누구나 저마다의 수익 창출 방법을 가지고 있다.

가장 대표적인 것이 강연이다. 책을 냈다고 하면 그 분야의 전문가로서 인정을 받게 마련이다. 이걸 적극 활용하면 된다. 책을 쓴 작가라고 하면 그 분야에서 불러주는 곳이 많다. 문화센터, 도서관, 학교 등 수많은 곳에서 강연을 할 기회를 가질 수 있다. 또한, 강연은 책을 홍보하는 데 가장 좋은 수단이다.

《대통령의 글쓰기》의 강원국 작가도 책 출간 후 무료 강연도 마다하지 않았다고 한다. 책 홍보를 위해 도서관에 전화를 해 '내가 이러한 책을 쓴 사람인데, 강연을 하고 싶다' 고 제안을 했다고 하니, 그 책이 희대의 베스트셀러가 된 것도 그 정성에 하늘이 감동한 것이리라.

작가가 되면 이 외에도 다양한 사회적 기회를 얻을 수 있다. 조금 유명해지면 정치를 할 수도 있고, 일정 단체에서 그럴듯한 직함을 받을 수도 있다.

넷째, 사회적 경험과 내공이 빛을 발하는 직업이다.

노래 가사처럼 '나이가 든다는 것은 늙는다기보다는 익어가는 것' 이라고 볼 수도 있다. 관점의 차이다. 젊고 사회 경험이 없다고 글을 쓰지 못하는 것은 아니다. 하지만 인생의 경험이 많고 관록이 있으면 아무래도 쓸 거리도 많다. 인생 자체가 글쓰기의 재료니까.

*　*　*

글쓰기는 일찍 시작할수록 좋다. 젊다는 것은 그만큼 나아질 일만 남았고, 또한 글을 쓸 시간이 충분하다는 것을 의미한다. 경험이 부족하고 쓸거리가 없다는 말은 앞으로 좋아질 일만 남았다는 것을 뜻하기도 한다. 나도 40살이 넘어서 본격적으로 글쓰기를 시작했다. '조금 더 일찍 시작할걸' 하는 아쉬움이 남는다. 20살은 아니더라도, 30살부터라도 시작했으면 하는 미련이 있다. 30살부터 한 해에 2권씩 출간했어도 벌써 30권이 넘는 책을 출간했으리라. 이런 이유로 글쓰기는 일찍 시작하는 게 좋다.

거창한 준비를 하고 시작하려고 해서는 안 된다. 완벽하게 준비가 되는 시기는 영영 오지 않는다. 일단 시작하는 게 중요하다. 역량이 돼서 쓰는 게 아니다. 쓰다 보면 역량을 갖추게 되는 이치이다.

섣부른 자기 검열이나 자아비판도 금물이다. '내가 무슨 내공이 있고 경험이 있어 글을 쓰겠냐'고 생각해서는 절대 안 된다. 한 살이라도 젊었을 때 시작해야 하고 어느 조직에 속해 있건 상관없이 꾸준히 글을 써야 한다. 이미 이 세상엔 수없이 많은 책이 존재하지만 아직 출간하지 않은 미지의 영역이 더 많다. 책은 준비된 상태로 쓰는 게 아니다. 쓰다 보면 하나둘씩 알게 된다. 특히 직장인이라면 반드시 글을 써야 한다.

《나도 회사 다니는 동안 책 한 권 써볼까?》를 쓴 민성식 저자도 15년 차 부동산 회사를 다니는 직장인이다. 그는 전문 분야를 살려 《한국 부자들의 오피스 빌딩 투자법》, 《부자의 계산법》, 《부동산 직업의 세계와 취업의 모든 것》 등 다양한 베스트셀러를 출간함으로 그의 역량과 가치를 최고조로 이끌어냈다. 즉, 못 할 사람은 없다. 다만 하지 않은 사람만 있을 뿐이다.

이미 나이가 드신 분들은 너무 늦었다고 한탄할 필요가 없다. 환갑부터 시작해도 60년(120세 평균수명이 곧 온다!)은 할 수 있다. 1년에 한 권씩만 출간해도 60권이다. 적은 양이 아니다. 늦었다고 생각할 때가 기회란 말도 있지 않은가?

당장 글쓰기를 시작하라. 그리고 글쓰기를 책 출간하기로 연계하고, 그것을 본인만의 작품으로 승화시켜라. 밝은 노후가 여러분을 맞이할 것이다.

본래 가만히 있으면 아무것도 이루어지지 않는 법이다.

글을 꼼꼼히 그리고 천천히 읽는 사람은

이미 글을 쓰기 시작한 사람이다.

- 소설가 이승우

2장

무엇을 써야 할까?

- 글쓰기 콘셉트 잡기

무엇을 쓴다고요?

- 쓸거리를 찾는 방법

*
쓸거리는 가까이에 있다.

_____ 범죄 소설을 읽다 보면 공통되는 점들이 있다. 반전과 의외성이 그 핵심이라고 할 수 있는데, 범인은 의외의 사람이며, 항상 우리 주변에 있다. 그걸 못 보고 있다가 범인이 누구인지 알게 되면 무릎을 탁 치게 된다. 글쓰기도 마찬가지다. 주위에서 찾아야 한다. 쓸거리는 항상 가까이에 있는 법이다.

쓰기로 결심했다면 가장 먼저 봉착하는 것이 무엇을 쓸 것인가에 대한 문제이다. 즉, 주제를 잡는 과정이다. 사람마다 다 살아온 환경이 있고 저마다의 삶이 다르다. 각자의 삶은 책 열 권 분량의 이야기가 있다는 말이 괜히 나온 것이 아니다. 저마다의 스토리가 있다. 그걸 쓰면 된다.

나 역시 첫 책 《기술은 어떻게 사업화되는가》가 내 업무의 연장이었다. 나는 당시 회사에서 '특허 및 기술사업화' 업무를 수년간 담당하고 있었다. 그걸 엮어서 책으로 만들었다.

그럼 저마다의 스토리는 어떻게 찾아야 할까? 눈을 감고 생각해 보자. 나는 도대체 누구이고, 어떤 사람일까? 내가 생각하는 나와 타인이 바라보는 나는 분명히 다르다. 자기 자신을 올바로 바라보는 것에서 글쓰기는 시작한다고 볼 수 있다.

좀 더 구체적으로 살펴보자. 내 이력서를 만들어 보자. 내 직업이 무엇이고, 내 전공, 현재 하는 일, 남보다 특출 난 재능이나 특기, 애착을 갖는 취미가 가장 기본적인 소재가 된다. 여기서 뽑아내야 가장 빠르고 편하다. 물론 모르는 분야를 공부해서 쓸 수도 있다. 다만 그렇게 하려면 시간이 필요하다. 준비 기간이 길어지면 그만큼 포기할 확률도 커진다. 글이나 책을 처음 내는 입장이라면 아무래도 나와 과거부터 현재까지 연관되어 있는 분야를 찾아 쓰는 것을 추천한다.

나는 전공 분야가 법학과 특허, 저작권이었기 때문에 전문 지식을 살려 관련 책을 2권 출간했다. 애당초 글쓰기 분야는 내 타깃이 아니었다. 하지만 독학으로 책을 준비하면서 글쓰기나 쓰기 관련 서적을 탐독했고, 거기서 내 적성을 찾았다. 지금은 내 전공 분야보다 오히려 글쓰기에 특화해 하루하루를 살고 있다.

이처럼 본인이 좋아하는 분야를 새롭게 개척하는 것도 좋은 시도이다. 나는 매일 블로그에 글을 쓰고 있다. 이렇게 쌓인 글은 1,600개가 넘는다. 책 여러 권 분량이다. 글쓰기 관련 특정 주제에 대해 글을 쓰려고 하면 블로그에서 키워드 검색을 해서 쓰면 된다. 이미 다 써놓았기 때문이다.

나는 글쓰기로 책을 출간하기 위해 학원 강좌나 컨설팅을 전혀 받지 않았다. 물론 유튜브에 있는 관련 강의를 듣기는 했지만 거의 나 혼자 힘으로 이루어냈다. 지금 생각해 보면 다소 무모하다 싶기도 하지만 당시에는 그게 최선인 줄 알았다. 비싼 비용을 투입하고 시간을 별도로 낼 상황도 아니었다.

글쓰기 관련 책을 읽으면서도 공감이 전혀 가지 않는 내용과 중복, 근거 희박을 제거하고 나면 꽤 괜찮은 정보들이 남는다. 그걸 모아서 한 권의 책으로 출간해보자고 시도한 것이 나의 글쓰기 책 3종이다.

글쓰기나 출판 노하우를 그대로 나만 알고 있기가 아까워 책으로 출간해보자고 결심했고 그 결과물이《책 쓰기가 만만해지는 과학자 책 쓰기》, 《걷다 느끼다 쓰다》, 《무작정 시작하는 책 쓰기》란 결과로 이어졌다.

당시 글쓰기 책을 쓰면서도 '수십 년 내공도 없는 내가 이런 책을 써도 되나?' 라는 고민을 많이 했다. 하지만 밀어붙인 데는 그만한 이유가 있다. 우선, 여러 책을 보지 않고, 한 권만 읽어도 충분히 글을 쓸 수 있는 그런 집약서 성격의 책을 쓰고 싶었다. 나의 이런 시도는 '1인 출판학교' 의 이승훈 작가도 인정해 주었다.

정말 작정하고 '무작정' 쓰게 만드는 책입니다.
글쓰기가 필요한 분들께 일독을 권합니다.
글을 쓸 때 필요한 거의 모든 내용이 망라되어 있습니다.

정말로 글을 쓰고 싶은 사람이라면 밑줄을 그으며 탐독하시기 바랍니다. 행간을 놓치지 마시고 읽으면 고비마다 어떻게 헤쳐나갈 수 있는지 알수 있습니다.

이 책 하나면 글쓰기에 충분합니다.

이 글은 그의 '1인 출판 학교' 카페에 '오늘 만난 책(추천 책)' 에 올려져 있다.

또 다른 이유는 스스로 터득한 좌충우돌의 생생한 경험의 기록이기 때문이다. 주식의 고수는 주식에 대한 지식이 많은 사람이 아니다. 주식으로 실제 돈을 버는 사람이 진정한 고수라 할 수 있다. 책도 매한가지다. 책에 관련한 이론에 빠삭한 사람, 출판사 에디터를 수십 년 한 사람보다는 백지 상태에서 누구의 도움 없이 스스로 터득하여 실제 책을 출간한 사람의 스토리가 더 매력 있지 않을까?

대기업에 취업한 노하우를 알고 싶다고, 20년 전에 입사한 부장에게 물어보기보다는 갓 취업에 성공한 신입사원에게 물어봐야 하지 않을까?

* * *

글을 쓰기 위해서는 자신을 알아야 하기에, 실제 글을 쓰고 그걸 책으로 출간하면 자신을 들여다보게 된다. 즉, 글을 쓰기 위해 나를 알게 된다는 의미다. 이 정도면 글을 쓸 이유로 충분하지 않을까?

《나를 알게 하는 질문들》

1. 나에게 가장 의미 있다고 생각하는 일은 무엇일까?

2. 내일 죽는다면 오늘 무엇을 할까?

3. 한 달의 휴가를 준다면 무엇을 하고 보내겠는가?

4. 로또에 당첨된다면 제일 먼저 하고 싶은 게 무엇인가?

5. 남들보다 내가 잘하는 3가지는 무엇일까?

6. 직장을 다니지 않아도 된다면 무엇을 할까?

7. 내 소유물 중 애장품 1호는 무엇인가?

8. 20살로 돌아간다면 가장 먼저 무엇이 하고 싶은가?

9. 인생을 살면서 가장 후회하는 건 무엇인가?

10. 내가 가장 좋아하는 행위는 무엇인가?

11. 어릴 적 내 장래희망은 무엇인가?

12. 주변에서 '잘한다 잘한다' 하는 것이 있는가?

《작가를 위한 집필 안내서》에서 정혜윤 대표는 '쓰고 싶은 것과 쓸 수 있는 것' 을 명확히 구분하라고 이야기한다. 쓰고 싶어도 쓸 수 없으면 쓰기 힘들다. 정 대표의 말처럼 '실제 글로 풀어낼 수 있는 주제' 를 잡는 게 가장 좋다.

첫 책은 가장 잘 아는 분야로!

- 누구나 전문 분야가 있다

＊

얼마 전 한 지인이 나에게 물었다.

"제 아버지의 삶이 눈물 없이 듣지 못할 한 많은 인생이라

돌아가시기 전에 책으로 내고 싶은데, 어떻게 하면 될까요?"

그래서 대답했다.

"네~, 본인이 잘하는 분야부터 쓰세요."

_____ 사람에게는 누구에게나 기회가 온다. 누군가는 인생을 살면서 총 3번의 기회가 온다고 하는데, 대부분 기회가 오는지도 모르고 지나가는 경우가 많다고 한다. 나는 이런 말을 들으면서 '기회는 오는 것이 아니라 스스로가 직접 만들어나가는 것이 아닐까' 하는 생각을 했다. 주변에서 '저 사람은 기회를 잘 잡았어'라고 할 때도 막상 자세히 들여다보면 온 기회를 잡았다기보다는

기회 자체를 본인이 만든 경우가 많다.

그동안 나에게도 여러 번 기회가 왔다 갔겠지만 나는 그걸 정확히 알지는 못했다. 또한 앞으로도 얼마나 올지도 모른다. 다만 글쓰기가 내 인생의 기회 중 하나였음은 분명한 사실이고, 나는 기회가 왔다기보다는 나 스스로 기회를 만들었다고 생각하고 있다. 그렇다. 기회는 누가 만들어주는 것이 아니다. 본인 스스로 개척해 가는 것이고 만들어 가는 것이다.

처음 작가가 되길 결심하고 시작한 것이 글쓰기다. 책은 글로 이루어져 있고, 글쓰기도 익숙하지 않은 상황에서 책을 낸다는 것은 언감생심이었기 때문에 나는 쓰기부터 시작했다. 매일 몇 줄 안 되는 글이라도 써서 블로그나 카페에 올렸다. 지금 보면 민망하기 짝이 없는, 말도 안 되는 완전 엉터리 글이었다. 하지만 그렇게 꾸준히 하다 보니 자신감이 생겼다. 그러던 중 우연히 '글쓰기'에 관한 책들을 읽게 되었고 거기서 단순한 진리를 깨달았다. 글을 쓰는 사람이 정해져 있는 게 아니라는 사실이었다. 즉, 글은 누구나 쓸 수 있으며, 그걸 성공한 자가 '저자'라는 칭호를 받게 된다는 이 결과론적인 해석 때문에 나는 그날로부터 글쓰기 책을 닥치는 대로 도서관에서 빌려 읽기 시작했다. 그리고

1년 뒤 책이 나왔으며 나는 작가가 되었다.

처음 글을 쓰기로 결심한 후 가장 먼저 드는 고민은 역시 '어떤 책을 쓸까?' 하는 점이었다. 이미 글쓰기 가이드북에서 언급하는 대로 '내가 쓸 책의 주제는 내 주변에 있다' 는 걸 알고 있었으므로 나를 되돌아보기 시작했다. 내가 쓸 수 있는 분야가 무엇이 있을까? 그렇게 해서 나온 아이템이다.

1. 특허
2. 기술사업화
3. 저작권
4. 지식재산권
5. 공부법

당시 나는 특허와 기술사업화 업무를 오랜 기간 담당하고 있었는데, 때마침 그때 후임자를 위해서 '특허 및 기술사업화 매뉴얼'을 작성 중이었다. 매뉴얼을 준비하던 중에 문득 '이걸 좀 더 자세히 써서, 책으로 출간하면 어떨까?' 하는 생각이 들었다. 대상은 연구소에 처음 들어오는 신입 연구자나 대학생, 특허나 기술사업화 업무를 담당하게 될 신입 직원이었다. '이들이 처음 일을 맡을 때 좀 더 재미있고 쉽게 업무의 세계를 큰 틀에서 맛볼 수 있는 책이 없을까' 고민하던 차에 문득 이런 생각을 한 것이다. 결과적으로 대성공이었다. 단박에 계약에 성공하고 책도 성공적으로 출간되었다. 더욱이 2020년 세종도서 교양부문에 선정되기까지 했으니 첫 책 치고는 상당한 성과를 낸 셈이었다.

내가 지금도 잘했다고 생각하는 건 내가 여기서 멈추지 않았다는 것이다. 나는 책 한 권만 쓰고 그만 둘 생각이 애당초 없었기에 바로 다음 책, 그다음 책을 연달아 출간했다. 그 결과 현재 6권의 책을 냈다. 비교적 짧은 시간에 얻은 나만의 성과였다.

내가 비교적 수월하게 첫 책을 출간할 수 있었던 이유는 분야가 '내 전공과 업무와 관련이 있는 특허와 기술사업화'였다는 점이다. 잘 모르는 분야를 노렸다면 첫 책 출간도 쉽지 않았으리라 생각한다. 당시 나는 책을 한 권도 출간한 적이 없는 초보였고, 출판 시장은 초보 저자에게 그다지 우호적이지 않은 상황이었다. 주제를 잘 잡아 들어간 것이 성공의 주요 요인이라고 생각한다. 이처럼 책을 출간하기 위해서는 본인이 가장 잘할 수 있는 분야를 찾아야 한다. 본인의 전공 분야, 특기, 회사에서의 담당 업무,

특화된 취미가 있으면 그걸 노리는 것이 가장 좋다. 이게 아니라면 남들이 해보지 못하는 독특한 경험이나 자신만의 차별화된 장기를 책으로 쓰면 된다.

글을 쓰면서 많이 들은 말 중 하나가 '사람들은 저마다 책 열 권 분량의 스토리가 있다' 는 말이었다. 열 트럭이 있을지 한 트럭이 있을지는 사람마다 다르겠지만 그만큼 자신의 삶을 돌아보면 글로 쓸 말이 분명히 있을 거라는 의미리라. 아무리 찾아도 '저는 쓸 거리가 없어요. 제 삶은 평범 그 자체랍니다' 라는 분이 있다면 그분은 자신의 삶을 제대로 파악하지 못했거나 아니면 인생을 상당히 소극적으로 산 분이다. 지금부터라도 진취적이고 도전적인 삶을 살 필요가 있다고 하겠다. 본래 가만히 있는 자에게는 아무 일도 일어나지 않는 법이니까.

지인 중에 유아식 만들기에 뛰어난 재능을 가진 분이 있었다. 이 분은 파워 블로거로 '10분 안에 만드는 간편 영양 이유식' 이라는 콘셉트로 많은 인기를 누리는 분이었다. 이 분은 이걸 책으로 만들면 된다. 한 분은 젊은 날의 실수로 교도소에서 10년 가까이 생활하셨다. 교도소 생활과 출소 이후 사회적 편견, 극복 사례 들을 진솔하게 담아 글을 쓰면 책으로 충분히 출간할 수 있다.

3년 간 면접만 300번 본 분이 있다. 그 경험을 살려 '나는 면접에 300번 떨어졌다' 는 식의 책을 쓰면 된다. 주말마다 캠핑을 간다고? 그걸 살려서 '아이와 함께 떠나는 주말 캠핑 장소 100곳!' 이라던가 '나는 주말에 캠핑장으로 출근한다' 는 식의 책을 만들 수 있다. 이처럼 내 주변에서 일어나는 모든 것들이 글쓰기 아이템이 된다.

나는 아직까지 내 전문 분야 외에는 책을 써본 일이 없다. 크게 기술사업화와 글쓰기가 내 전문 분야다. 앞으로 좀 결을 달리해 내 분야가 아닌 분야까지 쓰고 싶은 욕망은 분명히 있다. 그래서 항상 블로그에 앞으로 쓸 주제에 대한 이야기를 풀어놓는다. 세상 모든 일은 모두 연관성이 있다. 책 출간이 글쓰기로 연결되고, 글쓰기는 공부법, 리더십, 인문학, 심리학까지 연결된다. 주제는 제각각이지만 그 중심을 이루는 중핵은 어차피 다 비슷하다. 그래서 다 할 수 있다는 거다.

출판사는 왜 내 원고를 거절할까?

- 독자에 앞서 출판사가 있다

*
양궁에서 금메달 따는 것보다 양궁 국가대표가 되기가 더 힘들다.
독자를 설득시키기보다는 출판사를 설득하기가 더 힘들다.

—— 나는 한 작가의 작품에 깊은 감명을 받으면 그 작가의 작품은 전부 읽는 편이다. 마치 한 영화를 인상 깊게 본 후 그 영화를 만든 감독의 작품을 모조리 섭렵하듯이. 그래서 책을 꾸준히 내는 게 중요하다. 신간이 나올 때마다 이전에 출간한 책의 판매량이 일시적으로 올라간다. 다음 책이 이전 책을 끄는 구조다.

누군가가 그 책의 장점을 발견해서 책을 구입하고 또 나중에 가서는 이 작가가 다음번에는 무슨 책을 낼지 궁금증을 자아낼 정도면 가장 좋다. 글을 쓰는 사람이라면 누구나 그런 경험을 하고 싶어한다.

천신만고 끝에 원고가 완성되면, 출판사에 '내 책 내주세요' 하고 투고를 한다. 출판사에서 내 원고를 보고 '그래, 내가 찾던 원고야!' 하고 연락이 오기를 기다리지만 현실은 녹록지 않다. 하루가 지나고 이틀이 지나고 점점 초조해지기 시작한다. '검토하는데 시간이 걸릴 거야. 조금 더 기다려보자' 며 스스로를 위안한다. 또 며칠이 지난다. 이제 점점 불안감이 분노로 바뀐다. 출판사들이 단체로 휴가라도 간 걸까? 이게 아니라면 도대체 왜 연락이 오지 않는 걸까?

이런 과정은 투고 후 대부분의 예비 저자가 거치는 일종의 배앓이다. 나도 그랬다. 왜 이 훌륭한 원고를 알아주지 않는 걸까? 도대체 무엇이 잘못된 것일까? 내 원고가 책으로 출간하기에 부족하다는 걸까? 며칠이 지나니 조금씩 답변이 오기 시작한다. 대부분 '우리 출판사의 출간 방향과 맞지 않다' 라는 천편일률적인 답변이다. 시간이 지나면 이마저도 오지 않는다. 거절 메일을 보내 준 곳은 오히려 양반이다. 결국 투고를 통한 기획출판의 길은 아스라이 멀어진다. 이 경우 세 가지 선택의 기로에 놓인다. 하나는 원고를 수정·보완하여 다시 투고하는 것이고(재투고), 둘째는 출판 자체를 아예 포기하는 것이고(포기), 마지막은 자비 출판의 세계로 눈을 돌리는 것이다(자비출판). 대부분 그렇다. 책을 처음 투고하는 사람이라면 누구나 거쳐야 할 통과의례다.

＊　　＊　　＊

그럼 출판사에서는 왜 '출간 방향과 맞지 않다'고 하면서 이처럼 완곡하게 거절하는 것일까? 그 이유는 다양하지만 크게 두 가지로 나눌 수 있다.

첫째는 원고가 책으로 출간하기에 충분하지 않아서다.

기획력이 부족하든 원고의 질이 떨어지건 어떤 이유에서든 책으로 출간할 만한 수준이 아니라는 의미다.

둘째는 저자 인지도 부족이다.

쉽게 말해 저자에게 판매력이 없다는 의미다. 여기에는 출간해도 아무도 관심을 가지지 않을 작가란 의미도 포함하고 있다. 이 책에서 '인지도가 없는 작가가 책을 출간하는 방법'은 별도로 설명을 했으므로 전자에 대해서 이야기해보도록 하겠다.

원고가 함량 미달이라는 건 뭘 의미할까? 책으로 출간할 가능성이 보이지 않는다는 것은 무엇을 뜻할까? 왜 출판사는 작가가 그토록 심혈을 기울이고 애써서 쓴 원고를 '출간 방향과 맞지 않다'는 다분히 우회적인 표현으로 거절하는 걸까? 출판사 입장에서는 투고한 원고에 대고 '함량 미달입니다'라고 직접적으로 말할 수 없다. 그러니 '출간 방향과 맞지 않다'는 가장 예의 바르고 완곡하게 거절할 수 있는 방법을 택하는 것뿐이다. 그럼 도대체 무엇 때문에 내 원고가 탈락했을까? 여기에는 다 이유가 있다.

첫째는 최근 출판 경향이 '투고 원고'에 집중하지 않는다.

출판 트렌드가 변화하고 있다. 투고 형식의 기획출판보다는 시장의 흐름이 자비출판 쪽으로 진화하고 있다. 기획출판 형식을 취하는 출판사도 '투고'를 통하기보다는 '섭외' 방식을 더 선호한다. 섭외 방식은 출판사에서 도서에 대한 기획을 하고, 이에 맞는 작가를 섭외하는 방식이다. 출판사에서 작가에게 '이러이러한 책을 써주십시오' 하고 제안한다. 원고 기획 자체를 저자가 하지 않고 출판사에서 한다. 최근에는 파워블로거나 인플루언서, 파워유튜버에게 책 출간을 제안하는 경우가 대단히 많다. 이런 현상이 가속화되면서 투고 형식으로 도서를 출간하기는 더욱 힘들어졌다.

둘째, 원고의 콘셉트가 출판사의 기준에 미달해서다.

원고가 좀 부실하더라도 콘셉트 자체가 좋다면 흔쾌히 출간을 승낙하는 출판사가 반드시 있게 마련이다. 하지만 대부분의 초보 저자는 여기서 탈락의 고배를 마신다. '누구나 흔히 생각하는 주제', '특별할 것이 없는 뻔한 스토리', '재탕, 삼탕을 반복한 듯 특징 없는 내용', 이런 내용으로 원고를 쓰면 출판사에서 관심을 가질 리 만무하다. 출판사도 영리를 추구하는 기업이라 팔릴 가능성이 전혀 보이지 않는 책을 선뜻 출간하려고 하지 않는다. 한물 간 주제, 독창성이 떨어지거나 말하고자 하는 주제가 결핍된 원고, 이미 시중에 많이 언급된 주제라면 출판사의 선택을 받기 어렵다고 보아야 한다.

셋째, 출판사에 예의를 지키지 않아서다.

출판사도 하나의 법인이자 인격체다. 저자와 출판사는 서로 힘을 합쳐 원고를 책으로 만들어가는 동반자적 관계다. 상대방에 대한 지극한 배려까지는 아니더라도 최소한의 예의는 지켜야 한다.

투고 시 출간 기획서도 없이 달랑 원고만 보낸다던가, 초보 저자임에도 원고를 전체 다 보내지 않고 극히 일부만 보낸다거나, 한글 파일이 아닌 PDF파일이나 시중에서 잘 쓰지 않는 독특한 워드 프로그램 파일로 보내거나 하면 출판사에서 제대로 검토하지 않을 확률이 대단히 높다. 반대로 출간기획서, 원고의 전체나 상당 부분을 지극히 완곡하고 예의 바르게 보낸다면 출판사 역시 기쁜 마음으로 적극 검토해 줄 것이다.

넷째, 저자의 성실성이 의심받는 경우다.

가령 내용이 부실하다던가, 책으로 출간할 만한 분량이 되지 않는다던가, 원고로서 지켜야 할 형식을 전혀 지키지 않은 경우다. 특히 어디서 베낀 듯한 원고, 출처가 불명확한 원고, 짜깁기한 듯한 논리적 일관성이 없는 원고가 대표적이다. 출판사는 표절에 대해 대단히 민감하므로 남의 책을 통째로 가져다가 붙이는 식의 비도덕적인 행위를 해서는 안 된다.

다섯째, 부당한 요구다.

계약 후에는 갑을 관계가 바뀌는 경우도 간혹 있지만 초보 작가에게 출판사는 갑(甲)이다. 거대한 산이다. 투고 시 여러 조건 등을 협의할 수 있겠지만 지나치게 세세하게 따지고 들어서는 안 된다. 특히 출판사에서도 납득할 수 없는 부당한 요구를 해서는 안 된다. 상호 간의 협의가 중요하다. 처음 투고를 하면서 스타 작가인 양 인세에 대해 선금 조건을 무리하게 요구하거나, 특정 출간 시기를 요구하는 등 조건을 달면 출판사에서 거절할 확률이 높다. 작가의 몫이 있고 출판사의 몫이 따로 있다. 출판사는 내 원고만 다루지도 않는다. 역지사지의 정신으로 출판사의 심정을 이해해야 한다.

투고 원고를 거절하는 출판사의 속사정을 다섯 가지로 알아보았다. 가장 핵심은 '콘셉트'다. 원고를 책으로 성공적으로 탈바꿈하는 가장 큰 힘은 콘셉트를 잘 잡는 데서 시작한다. 독창적인 주제에 구체적으로 표현이 가능하고 사회적 이슈를 가져올 만한 파급력 있는 콘셉트를 가진 원고라면 어느 출판사에서도 환영한다. 이게 가능하면 다른 단점이 있어도 받아줄 출판사가 분명히 있다.

출판사는 안다. 원고를 읽는 순간, '이 원고는 여러 출판사에서 연락이 가겠구나' 하는 사실을. 대부분의 출판사가 보는 시각이 비슷하다. 가끔 예측을 벗어날 때도 있지만 출판사는 의외로 보수적이다. 매출을 가지고 도박을 하려 하지 않는다.

미국의 소설가 존 가드너는 "출판사 편집자들이 직업상 너무 많이 읽기 때문에 글이라면 넌더리를 낸 나머지 그 재능이 눈앞에서 춤을 추더라도 재능을 알아볼 수 없게 된다"고 했다. 하지만 일단 독자에 앞서 출판사다. 그들을 설득하지 못하면 책 출간은 요원하다. 지피지기면 백전불태다.

내 책은 누가 읽을까?

- 예상독자 정하기

＊
예상 독자는 '단 한 명'의 독자를 설정하는 것이다.

이를 '페르소나(persona)'라고 한다.

페르소나는 person a 즉, 오직 a를 위해 씀을 의미한다.

_____ 글쓰기 책을 보면 거의 대부분이 '예상 독자 정하기'를 하나같이 외치고 있다. 그만큼 예상 독자를 정하는 일이 중요하다는 뜻이리라. 나는 이 말이 잘 이해되지 않았다. '최대한 많은 사람이 내 글을 읽어주어야 하는 게 아닐까?' 하는 막연한 바람이 있었다.

　상식적으로 생각해 봐도 작가는 많은 사람이 자기 책을 읽어주기를 바란다. 누구나 내 책을 좋아하고, 구입하기를 원한다. 이런 마음은 글을 쓰는 작가라면 누구나 가지는 생각이다. 그 마음은 충분히 이해하고도 남는다. 하지만 예상 독자를 너무 넓게 잡으면 실패할 확률이 높아진다. 왜 그럴까?

첫째 이유는 '기획력' 이다.

예상 독자가 넓으면 도대체 어느 장단에 발을 맞춰야 할지 고민이 생긴다. 가령 타깃 독자를 '20대에서 50대까지의 남성' 이라고 한다면 범위가 너무 넓어져 아무 세대에도 공감을 받지 못하는 뜬구름 잡기 식의 이야기를 할 수밖에 없다. 모두를 만족시켜야 하기 때문이다. 이럴 경우 원고는 산으로 갈 수밖에 없다. 원고에 맞는 기획을 제대로 할 수 없다.

기획의 핵심은 개별화, 구체화, 세분화할 때 제대로 구현해 낼수 있다. 가령 '누구나 따라 할 수 있는 공부법' 이라고 막연하게 원고가 기획한다고 가정해보자. 이러면 원고가 밋밋해져서 아무도 책을 사지 않는다. 누구에게 이야기하는지 모호해지기 때문이다. 차라리 예상 독자를 좁혀 '40세 이상의 수능 준비생을 위한 수능 300점 맞는 법' 처럼 특정 독자를 위한 예상 독자의 범위를 좁히려는 노력이 필요하다. 이렇게 하면 적어도 40대 이상의 수능 준비생에게는 관심을 받을 수 있다. '출산을 준비하는 법' 이라는 책보다는 '30대 중반 이후 출산을 준비하는 법' 이 더 구체적이다. 이렇게 해야 노산 임산부를 독자로 노릴 수 있지만, 전체 임산부를 염두에 두면 모두를 잃는 법이다.

둘째는 '원고의 질' 이다.

독자의 범위를 좁히면 원고의 질이 좋아진다. 대상 독자를 넓게 잡으면 원고가 자칫 밋밋해질 수 있다. 모두를 만족시켜야 하기에 뻔한 이야기, 누구나 공감할 만한 당연한 이야기만 늘어놓는다. 이래서는 차별성이 없어진다. 독자에게 외면당할 수밖에 없다. 대상을 개별화하고 세분화하면 재미있는 원고가 탄생한다.

《작가를 위한 집필 안내서》를 쓴 정혜윤 작가는 "누구나 보다는 '바로 당신' 을 위한 책이라는 점을 강조해야 한다"고 이야기한다. 맞는 말이다. 맞춤형 글, 차별화된 글로 불특정 다수가 아닌 바로 '당신' 을 위한 글이라는 생각이 들게끔 해야 한다. 《은퇴자를 위한 노후 설계》보다는 《제대 군인을 위한 재취업 전략 30가지》라고 하면 '당신' 이라는 이미지가 더 선명하게 와닿지 않을까?

셋째는 '독자' 이다.

구체적으로 독자를 한정하면 여기에 감정이입이 되고 역지사지를 느끼는 독자가 생겨난다. 여기서 제대로 된 글이 나오고, 독자로부터 환영받는 힘이 생긴다. 독자를 구체적으로 세세하게 잡으면 그들이 무엇을 원하고, 무엇을 고민하고, 무엇을 필요로 하는지 자세히 표현해 낼 수 있다. 이렇게 표현한 글은 독자의 마음을 사로잡는다.

독자는 자신이 공감하는 글을 보면 지갑을 연다. 나 역시 마찬가지다. 책을 펼쳤는데 내가 좋아하는 문장, 내가 공감하는 문장이 있으면 즉시 집어들어 계산대로 간다.

그럼 독자의 마음은 어떻게 사로잡을까? 내 주위에 알만한 사람을 특정 독자(a)라고 가정해놓고 쓰면 된다. 그 사람을 위해 말하듯이 쓰도록 하자. 그래야 살아 있는 글을 쓸 수 있다.

넷째, 제작 상의가 필요다.

글의 구체적인 서술 방식, 도서 마케팅, 디자인 등 책을 출간할 때 예상 독자를 고려해야 할 때가 너무도 많다. 예상 독자의 지적 수준이나 나이대 등을 고려해서 문체의 수준도 조정해야 하고, 마케팅 방법이나 표지 디자인도 독자에 맞게 달라지기 때문이다.

예상 독자를 좁히면 독자의 고민이 무엇이고 그걸 어떻게 해결할 수 있는지 고민하면서 더 객관적이고 구체적이며, 진솔한 글이 나올 수 있다. 또 예상 독자는 좁게 정해도 어떻게든 확장되게 마런이다. 따라서 의식적으로 독자를 좁힐 필요가 있다.

독자 또한 책을 선택할 때 모든 요소를 동시다발적으로 고려하지 않는다. 독자에게 어필할 수 있는 단 몇 개만 있어도 충분하다. 한국교원대 박영민 교수는 심지어 "글은 혼자만의 작품이 아니라 예상 독자와의 공동작품"이라고 이야기했다. 예상 독자를 염두에 둔 글쓰기가 그만큼 작가와 함께 호흡하고 작가를 돕는다는 말이다.

내 책의 경쟁자는 누구인가?

- 경쟁 도서 분석

*
강경화 당시 외교부장관에 대한 책을 쓰려고 했다.

'철의 여인 강경화' 가 가제였다.

자료 찾기부터 문제가 발생했다.

유튜브나 신문기사 정도는 찾을 수 있었으나,

그 외의 자료는 찾을 수가 없었다.

블루오션임에도 참고할 자료가 없어 쓰기를 포기했다.

그러다가 타이밍까지 놓쳐버렸다.

_____ 경쟁 도서가 없을수록 좋을까? 아니면 많은 것이 좋을까? 언뜻 보면 없는 게 더 나을 것 같지만 실상은 그렇지가 않다. 일장일단이 있다. 경쟁 도서가 너무 없으면 참고할 책이 없어서 글쓰기가 힘들어질 수 있고, 너무 많으면 기존 책과의 차별성 문제로 인해 자칫 원고를 완성해놓고도 책으로 출간하기 힘들 수 있다.

이처럼 책을 기획할 때 '어떤 주제'를 '어떤 콘셉트'로 전개해 나갈 것인지는 대단히 중요하다. 특히 비슷한 책이 얼마나 시중에 출시되어 있는가를 반드시 사전에 확인해야 한다. 이걸 간과하면 나중에 원고를 다 완성해놓고도 출간이 힘들어질 수 있다. 그러면 이만저만 손해가 아니다.

글을 쓸 때 가장 유의해야 할 사항이 '비슷한 책이 얼마나 출시되어 있는가?'이다. 내 첫 책 《기술은 어떻게 사업화 되는가》는 같은 부류의 책이 거의 없었다. 교수들이 쓴 어려운 전문서 외에는 회사나 기관에서 내부용으로 만든 백과사전식의 매뉴얼이 다였으니까. 이런 이유로 나는 '특허와 기술사업화' 분야를 내 첫 책의 주제로 정했고 성공적으로 책을 출간할 수 있었다.

이렇게 단박에 책 출간에 성공한 이유는 철저한 사전조사 덕택이었다. 경쟁 도서에 대한 조사를 과하다 싶을 정도로 충분히 했기 때문에 중복의 문제는 발생할 수 없었다. 소위 레드오션이라고 하는 '책이 엄청나게 출간되어 있는 분야'는 기존 책과의 두드러진 차별성이 없다면 책 출간도 어렵고, 설사 출간된다고 하더라도 큰 기대를 하기 힘든 경우가 많다. 사전 조사 없이 무턱대고 달려들었다가 큰코다치기 십상이다.

　개인차가 있기는 하지만 책 한 권을 쓰기 위해서는 보통 수십 권의 책을 참고한다. 그중 특히 집중적으로 참고하는 책은 서너 권이다. 같은 주제의 책은 같은 내용을 다루기 때문에 겹치는 내용이 많다. 따라서 서너 권만 제대로 읽으면 다음부터는 속도가 붙는다. 근거 희박과 중복을 걷어내면 남는 문장은 몇 줄 되지 않는다. 결국 30권이라고 해도 속도가 붙어 금방 읽는다.

　읽으면서 인용할 말이나 중요한 포인트라고 생각하는 부분을 표시하거나 메모한다. 실제 글을 쓸 때 효과적으로 이용해야 할 대상이기 때문이다. 이렇게 표시하고 메모한 내용이 실제 원고를 쓸 때 적재적소에 활용되며 원고를 풍성하게 한다. 내 생각만으로는 쓰다가는 그 많은 분량을 소화할 수 없기 때문이다.

　책은 반드시 구입해서 보도록 하자. 간혹 책을 도서관에서 빌려보는 분들이 있다. 주머니 사정도 무시 못 할 바는 아니지만, 적어도 글을 쓰겠다고 결심했다면 가급적 돈을 주고 사야 한다. 저자가 되기로 결심했다면 일정 부분 투자는 불가피하다. 빌려 읽은 책은 입체적 활용이 불가능하다. 책에 메모도 하고 책장을 접기도 하고 표시도 해야 하기 때문이다. 책을 사서 읽어야 자기만의 생각이 생기고 입체적 사고가 가능하며 시야가 열린다. 책을 소중히 하지 말고 전투적으로 활용하라. 그게 시간을 단축하고, 돈도 절약하는 길이다.

경쟁 도서는 왜 읽어야 할까?

첫째는 벤치마킹이다.
잘 써 놓은 책은 내 책의 이정표가 되고 구심점이 된다.

둘째는 모방이다.
책을 탐독하여 괜찮다고 생각되는 부분은 적극적으로 반영하면 된다.

셋째는 인용이다.
인용할 만한 내용은 적극 인용하여 글을 풍성하게 한다.

그럼 경쟁 도서는 어떻게 찾을까? 인터넷 서점에 접속하여 관련 키워드 10개 정도를 뽑아서 검색하면 된다. 가령 경매에 관한 책을 쓴다고 치자. 그럼 '경매', '옥션', '임장', '공매', '특수물

권', '유치권', '법정지상권', 'NPL' 등의 경매 용어로 검색을 해야 한다. 위 용어들로 검색을 하면 대부분의 경매 관련 책을 찾을 수 있다. 일부 인터넷 서점에서는 '연관도서' 나 '그 책을 산 사람이 가장 많이 본 책' 이라는 AI를 통한 추천 시스템을 운영하므로 이를 참고해도 좋다. 전문서적은 책 뒤에 '참고문헌' 을 명시하고 있으므로 그걸 적극 활용하는 것도 팁이다.

﹡　﹡　﹡

글을 쓸 때 가장 참고하기 좋은 것은, 역시 다른 책이다. 써보면 안다. 나도 글을 쓰기 전 수많은 자료를 모았지만 주로 활용한 것은 결국 책이었다. 내가 쓰고 싶은 책과 가장 유사한 책, 그러니까 괜찮다고 생각하는 책을 한 권 사서 그 책을 철저하게 분석하고 연구했다. 제목, 표지 디자인, 카피 문구, 저자 소개, 본문 구성, 목차, 프롤로그와 에필로그, 출판사 이름, 가격, 대표자 이름, 편집자 이름, 책 사이즈까지 책에 관련한 모든 걸 세세히 살펴봤다. 그리고 그 책을 며칠 동안 들고 다녔다. 시간과 장소를 달리해 떠오르는 궁금증은 책에 어김없이 기록해놓았고 그걸 일일이 찾아서 확인했다. 이렇게 하다 보면 어떻게 진행을 해야 할지 대략적으로 손에 잡히기 시작했다.

나는 철저하게 벤치마킹을 통해 방법을 찾았다. 처음에는 그렇게 써야 한다. 본래 잘 모를 때는 따라 하는 것이 최고의 방법이다. 잘 썼다고 생각하는 책 한 권을 구해 그 책을 따라 해 보자. 눈 덮인 설야를 혼자 걷기보다는 앞선 사람의 발자국을 따라 걷는 게 아무래도 안전하다.

이 말을 할 때마다 서산대사의 시가 떠오른다.

踏雪野中去(답설야중거) 눈 덮인 들길 걸어갈 제
不須胡亂行(불수호란행) 함부로 흐트러지게 걷지 마라
今日我行跡(금일아행적) 오늘 남긴 내 발자국이
遂作後人程(수작후인정) 뒷사람의 이정표가 되리니

나는 개인적으로 이 시를 아주 좋아한다. 달달 외우고 쓸 정도다. 얼마 전 대전의 한 건물 입구에 이 시구가 적혀 있는 걸 보고 깜짝 놀랐다. 가장 좋아하는 문구는 "오늘 남긴 내 발자국이 뒷사람의 이정표가 된다"는 말이다. 그렇다. 우리 인간은 어떻게든 서로에게 영향을 준다. 내가 쓴 책, 내가 한 말, 내가 쓴 글, 내가 한 행동 하나하나가 다른 사람에게는 엄청난 의미로 다가올 수 있다는 말이다.

우리 인간은 존재, 관계, 성장의 욕구를 가지고 있다. 책도 그
래서 쓰는 거다. 내가 쓴 책 한 권이 한 사람의 인생을 바꿀 수 있
다. 그 사람으로 하여금 세상 어느 책보다 훌륭한 글을 쓰게 할
수도 있다. 나도 선배들의 역작을 글 쓰기에 소중하게 활용했다.
이처럼 글 쓰기에는 먼저 쓴 작가의 책이 좋은 이정표 역할을 한
다. 타인의 책을 참고할 때는 같은 분야의 책을 참고해야겠지만
반드시 이에 구속될 필요는 없다. 하지만 전문서적을 쓰려고 하
는데 굳이 시집을 참고할 필요는 없으리라. 결을 같이하는 책, 같
거나 비슷한 주제의 책을 참고하면 그걸로 족하다.

책에도 틈새시장이 있다

- 역사는 의외의 곳에서 일어난다

*
명로진 작가는 '어린이 책' 이 블루칩이라고 했다.

어린이 책을 전문으로 쓰는 작가 외에는 어린이 책에 큰 관심을 가지지 않는데, 실상은 어린이 책이 꽤 괜찮은 분야란 거다.

부모들도 정작 본인의 책을 사는 데는 주저하다가도, 아이들이 책을 사달라고 하면 기쁜 마음으로 지갑을 연다.

―― 지지 않는 게임. 이미 이겨놓고 하는 게임. 블루오션 전략에 대해 조금 더 이야기해보자. 블루오션 전략이란 무경쟁 시장 창출을 말한다. 없는 시장을 창출한다는 게 핵심이다. 기존에 없던 시장이므로 경쟁자도 없다. 물론 어느 시간이 지나면 경쟁자가 자연히 생기겠지만 그전까지는 독점이다. 경쟁자가 없으므로 승자독식이 가능하다.

2000년대 초반에 블루오션 전략이 크게 유행한 적이 있다. 가치와 시장을 창출한다는 개념이 당시에는 꽤나 충격적이었다. 기존의 시장에서 경쟁하는 시스템만 생각해오던 상황에서 블루오션 전략은 꽤나 이목을 집중시켰다.

블루오션과 반대되는 개념이 레드오션이다. 레드오션은 경쟁 시장이다. 각 주체가 치열하게 시장의 파이를 차지하기 위하여 경쟁하는 시장을 의미한다. 새롭게 창출하지 않은 시장은 대부분 레드오션이다. 신규 진입자는 기존 세력과 경쟁해야 한다. 이래서는 신규 진입이 결코 쉽지 않다. 그럼 경쟁시장이 좋을까, 무경쟁 시장이 좋을까? 답은 하나마나다. 시장의 규모란 게 이미 정해져 있는 레드오션은 경쟁자가 늘어날수록 제 살 파먹기다. 하지만 블루오션은 시장을 어떻게 창출하느냐에 따라 시장의 규모를 측정할 수 없다. 그래서 블루오션 전략으로 가야 한다. 대부분의 벤처기업이 대박을 터뜨릴 때 이런 블루오션 전략으로 성공한 사례가 대부분이다. 틈새를 노리고 그 틈새를 활용해 미지의 영역을 개척함으로써 수익을 창출한다.

글쓰기에도 이런 블루오션이 있다. 남들이 시도하지 않은 분야 중 꽤 시장성이 있어 보이는 분야가 블루오션이다. 이런 분야의 책을 써서 성공한 사례는 아주 많다. 가장 대표적인 작품이 채사장 저자의 《지적 대화를 위한 넓고 얕은 지식》이다. 이 책은 출간 이전부터 이미 화제였다. 채사장 작가는 인기리에 연재한 팟캐스트 방송 《지대넓얕》을 통해 이미 수많은 청취자와 소통하고 있었으며 이를 정리해 책으로 출간했다. 당시에는 이런 책이 거의 없었다. 이 책은 빠르게 변화하는 시대 속에서 자꾸 새로운 것을 습득해야 한다는 현대인의 강박감을 속 시원하고 명쾌하게 해결해준다는 콘셉트로 많은 인기를 끌었다. 독자 입장에서 자칫 부족하다고 느끼는 지적 소양에 대한 해결책을 제시함으로써 나름 블루오션 시장을 창출했다고 볼 수 있다. 이 책이 성공을 거두자 이후 비슷한 부류의 책들이 우후죽순 나오기 시작했다. 채사장은 팟캐스트와 책 출간을 절묘하게 연계하여 베스트셀러 작가가 되었다. 결국 핵심은 '현시대의 독자들은 과연 무엇을 원하는가?' 이다. 그걸 찾아서 독자의 니즈를 충족시킬 수 있는 글을 써야 한다.

* * *

출판계에서 가장 '핫' 하고 전도유망한 블루오션은 '어린이 책' 이다. 가령 《여자라면 힐러리처럼》이 성공하자 이지성 작가는

《어린이를 위한 여자라면 힐러리처럼》을 출간하였고, 《리딩으로 리드하라》가 대박이 나자 《어린이를 위한 리딩으로 리드하라》를 썼다. 역사 강사로 유명한 설민석도 어린이 책으로 대박이 났다. 이들은 왜 하나같이 어린이 책을 이렇게 쓰는 것일까?

명로진 작가는 어린이 책이 블루칩이라고 했다. 어린이 책도 쓰는 사람만 쓰는데, 알고 보면 이 분야가 꽤 괜찮은 분야라는 것이다. 부모들도 정작 본인의 책을 구입하는 데는 주저하다가도, 자녀가 책을 사달라고 하면 기쁜 마음으로 지갑을 연다.

최근 어린이 도서관이 늘어나는 추세다. 살고 있는 지역의 지역공공도서관을 검색해보면 '어린이 도서관'이나 '기적의 도서관'이라고 이름 붙은 도서관이 있는 데 이런 곳이 어린이 전용 도서관이다. 일반 공공도서관도 종합자료실은 성인 책을 취급하지만, 어린이 자료실을 별도로 운영 중인 경우가 대부분이다.

중·고생은 입시 덕분에 책을 잘 읽지 않는다. 오히려 청소년 문학은 다소 침체되어 있다. 성인이 되면 부익부 빈익빈이다. 읽는 사람은 계속 읽고 읽지 않는 사람은 평생 한 권도 읽지 않는다. 소위 '마태 효과'다. 하지만 어린이 책은 꾸준하다. 최근 교육도 아이들이 동영상이나 만화에 빠지지 않도록 책 읽기를 유도하는 분위기가 강하다. 어린이 책이 많이 활성화되고 있는 중요한 이유이다. 어린이 책은 반드시 도전해볼 만한 분야이다. 나 역시 이와 같은 이유로 어린이 책을 준비하고 있다.

어린이 책에 대해 거리감을 두고 색안경을 끼고 바라볼 필요가 없다. 어린이 책 시장을 어린이 책 전문 작가의 고유 영역이라고 생각할 것이 아니라 일반 작가들도 적극적으로 노려야 한다. 슬프게도 어린이 때 책을 가장 많이 읽다가 점점 나이가 차면서 책을 읽지 않는다. 이들에게 책의 가능성을 심어주면 나중에 이들이 커서 책을 사랑하는 독자로 성장하지 않을까?

한국의 출판 산업 발전을 위해서 어린이부터 챙겨야 한다. 그러기 위해서는 어린이를 위한 책을 써야 한다. 이건 시대적 사명이자 작가들의 숙제이며 가장 훌륭한 '블루오션'이다.

작가는 타고나는 게 아니라
불굴의 노력으로 만들어진다

- 마리오 바르가스 요사

3장

글쓰기가 어렵다고요?

- 글은 어떻게 쓰는가?

생각나는 대로 일단 멈추지 말고 써라

- '프리 라이팅 기법'으로 쓰기

*

《파인딩 포레스터》라는 영화에서 프리 라이팅 기법에 대해 아주 절묘하게 설명하고 있다. 주인공인 괴짜 소설가 윌리엄 포레스터는 문학적 재능을 보인 16세의 흑인 고등학생 자말 월라스에게 다음과 같이 말한다.

1. 마음이 시키는 대로 타자기를 두드려라.
2. 생각하지 말고 의식하지 말고 내면의 충동에 따르라.
3. 춤추듯이 손가락을 움직여라.

_____ 세상에는 두 가지 유형의 글을 쓰는 방식이 있다. 하나는 한 문장 한 문장을 고민을 거듭해서 완성해가는 방식이고, 또 하나는 일사천리로 일단 써놓고 그다음에 수정하는 방식이다. 나는 후자를 선호한다. 한 문장씩 고민해서 쓰다 보면, 어느 한 문장에

서 막히게 되면서 리듬이 자꾸 끊기기 때문이다.

마음이 시키는 대로 가감 없이 일단 써놓고 보는 방식을 '프리 라이팅 기법'이라고 한다. 이미 일반화된 글쓰기 방식으로 원고를 쓰는 방식으로는 가장 탁월하다. 이 방법을 알게 된 후부터 글쓰기 속도가 비약적으로 빨라졌다. 즉흥적으로 생각나는 내용을 일단 써놓고 본다. 어차피 나중에 수정할 것이므로 완결성, 균제미, 철자, 맞춤법 등은 고려 대상이 아니다.

딱히 고민하지 않고 머릿속에서 생각나는 대로 자연스럽게 쓴다. 생각이 나서 쓰기보다는 쓰다 보면 생각이 난다. 이런 이치를 글쓰기에 그대로 활용하는 방식이다. 문장을 쓰다 보면 그다음 문장이 생각나고, 또 다음 문장이 생각난다. 글쓰기 전에는 생각조차 나지 않던 것들이 쓰다 보면 희한하게 생각이 난다.

'프리 라이팅(Free Writing)'은 우리말로 '자유 글쓰기'라고도 하고 '내리쓰기'라고도 한다. 철자나 맞춤법 등에 얽매이지 않으면서 쓰고자 하는 것을 처음부터 끝까지 멈추지 않고 쭉 써내려가는 방식이다. 프리 라이팅이란 개념을 처음 도입한 피터 엘보(Peter Elbow)에 따르면 "멈추지 말고 자신의 생각을 쭉 써내려가라. 철자나 맞춤법 같은 데 신경을 쓸 필요도 없고, 내용에 대해 심각하게 고민할 필요도 없다"고 한다. 결론적으로 다른 데 얽매이지 않고 오로지 쓰기에 집중하여 자연스럽게 써나가는 것이 프리 라이팅의 핵심이다.

처음 프리 라이팅을 접했을 때 나는 정확한 뜻을 이해하지 못했다. 그동안 내가 배우고 생각했던 것과 완전히 배치되는 방식이었기 때문이다. '어떻게 생각하지 않고 멈추지 않고 쓸 수 있단 말이지?' 라는 생각은 글쓰기에 익숙하지 않은 대부분의 사람들이 공통적으로 갖는 생각이다. 간혹 글쓰기 강연을 나가보면 수강생들이 가장 이해하지 못하는 부분이기도 하다.

쓰다 보면 안다. 프리 라이팅 기법을 활용하지 않고는 글쓰기가 대단히 고행길이 된다는 사실을. 이 방법 외에 달리 방법이 없다는 사실을. 나는 '프리 라이팅'이란 용어를 모를 때도 이미 이 기법을 활용해서 쓰고 있었다. '이게 바로 프리 라이팅이라고 하는구나' 하는 것을 나중에서야 알았다.

다음은《하버드 글쓰기 강의》에서 글쓰기 선생 바버라 베이그가 학생들에게 프리 라이팅에 대해 설명하는 장면이다. 좀 길지만 하나도 버릴 문장이 없으므로 인내심을 가지고 들어보자.

몇 차례 심호흡을 해서 마음을 가라앉혀라.

이어 펜을 집어들고 쓰는 것이다.

무슨 내용이라도 좋다.

꼭 주제를 정할 필요가 없다.

어떻게 구성할 것인지 생각하지 않아도 된다.

문장과 문단을 일괄되게 구성할 필요도 없다.

철자가 꼭 정확하지 않아도 된다.

심지어 내용을 이해할 필요도 없다.

하지만 꼭 해야 할 일이 한 가지 있다.

무엇이든 상관없이 계속 펜으로 끼적거리는 것이다.

이 말은 생각을 멈추지 않는다는 뜻이며, 앞으로 돌아가

단어에 밑줄을 긋거나 단어를 고치거나 바꾸지 않는다는 뜻이다.

그저 쉬지 않고 펜을 놀리는 것이다.

위 글에서 핵심은 '생각을 멈추지 않는다' 는 것이다. 생각을 멈추면 이미 프리 라이팅이 아니다. 쓰면서 순간순간 생각하고, 생각한 걸 직관적으로 글로 옮기면 그걸로 충분하다.

혹자는 이렇게 생각할지 모르겠다. '이런 식으로 글을 쓰면 제대로 된 문장이 나오겠는가?' 하지만 그건 기우다. 이렇게 쓴 문장이 고민을 거듭해서 쓴 문장보다 훨씬 자연스럽다. 내용도 더 좋다. 생각을 많이 하면 인위적인 힘이 작동되고 이런 상태에서 쓰면 부자연스러워진다. 자연스럽게 가감 없이 풀어나가는 글에서 좋은 단어, 문장, 글이 만들어지게 마련이다.

* * *

대한민국을 대표하는 도시건축가인 김진애는 프리 라이팅에 대해 이렇게 말한다.

"자유 글쓰기를 통해 나의 모든 것이 나온다. 생각의 메모들이 모여 책이 되는 것은 물론, 아이디어의 방울들이 물줄기가 된다. 새로운 구상이 떠오르는 건 부수 효과다."

맞는 말이다. 그녀는 프리 라이팅에는 두 가지 요소가 필요하다고 이야기한다. 첫째는 적어도 삼십 분 이상은 쓸 것, 둘째는 단어만 쓰지 말고 문장으로 쓸 것이다.

《뼛속까지 내려가서 써라》의 유명 작가 나탈리 골드버그도 프리 라이팅을 강조한다. 자유롭게 쓰면 글쓰기의 뿌리에 깔린 심리적 어려움을 덜어내며 글을 보다 쉽게 쓸 수 있다고 한다. 그뿐만 아니라 자유롭게 쓰기는 글감을 떠올리는 데도 아주 좋다고 말한다. 실제 프리 라이팅이 익숙해지면 글쓰기 실력이 놀라울 정도로 향상된다. 나도 그랬다. 한두 문장을 적기도 힘든 내가 책을 여러 권 써냈으니 이미 나로서 검증된 것이 아닌가?

프리 라이팅의 창시자 피터 엘보의 생각을 다시 들여다보자.

자유롭게 쓰기는 내가 아는 한 글을 써 내려가는 가장 손쉬운 방법이며 최고의 만능 연습이다. 쓰다 보면 좋은 글이 나오기도 하고 의식의 흐름을 잘 기록한 글이 나오기도 한다. 속도는 우리의 목표가 아니지만 가속이 붙기도 한다.

프리 라이팅에는 연습이 필요하다. 짧은 글부터 연습을 해보자. 하루에 한두 개씩 해보면 대략적인 개념이 선다. 꾸준히 열심히 하다 보면 프리 라이팅이 아니고서는 글을 쓸 수 없을 지경에 이르게 된다.

글쓰기 강연이 있을 때마다 프리 라이팅에 대해 누누이 강조한다. 글쓰기의 맛을 대략적이나마 본 사람들은 일정 부분 공감하지만, 글에 익숙하지 않은 분들은 전혀 믿을 수 없다는 표정을 짓는다. 끙끙 앓으며 한 문장 써내려가기 고통을 겪기보다는 무엇이든 일단 써놓고 수정하는 것이 좋다. 안 보이는 것을 끄집어내는 것보다는 눈에 보이는 것을 가지고 수정하는 것이 훨씬 편하다. 이게 다 컴퓨터가 생겨나면서 가능해진 방식이다.

백날 말로 해야 소용이 없다. 직접 해보면 알 수 있다. 무엇인가를 시작하고 배울 때 때로는 너무 따지지 말고, 속는 셈 치고 따라 해보는 것도 좋은 방법이다.

심지어 중학생조차 이해할 수 없다면

- 쉽게 써야 하는 이유

*
당신이 아는 것을 다섯 살배기 아이에게 설명할 수 없다면

실제로 아는 것이 아니다.

- 알베르 아인슈타인

____ 김국환의 노래 《타타타》 중에 이런 가사가 나온다.

"네가 나를 모르는 데 난들 너를 알겠느냐?"

상대방과 소통할 때 가장 상황을 악화시키는 것은 상대방이 얼마나 알고 있는지 알 수 없다는 사실이다. 나는 상대방에 알고 있을 거란 전제 하에 이야기를 했음에도 상대방은 그 내용을 전혀 모르고 있다면 어떻게 될까? 내 말이 거의 쓸모없는 말이 되고 상대방은 무한한 인내심을 발휘해 그 말을 듣고 있었다는 말이 된다. 이와 같은 의사 전달의 불일치는 왜 발생하는 것일까?

이 의혹을 해소하려면 인간의 본래적 특징을 잘 이해해야 한

다. 우리는 '인간은 본래 자기 분야를 제외한 다른 분야는 전혀 모른다'고 생각해야 한다. 이 말은 틀림없는 사실이다. 자기 분야가 아닌 분야는 거의 백지상태나 마찬가지다. 사람들이 이걸 놓치고 있다.

말을 하건, 글을 쓰건 상대방의 입장을 고려하지 않으면 이처럼 상호 간에 오해가 발생하기 마련이다. 따라서 가장 안전하고 확실하게 접근하는 방법은 '상대방이 모르고 있다'는 전제를 밑바탕에 까는 것이다. 실제로도 그렇다. 따라서 아주 쉽게 써야 한다. 중학생도 읽고 이해할 수 있을 정도로 써야 한다. 상대가 아무것도 알지 못한다는 전제 하에 가장 완곡하고도 쉽게 표현해야 한다.

쉽게 쓰기가 어렵게 쓰기보다 더 어렵다. 쉽게 쓰려면 핵심을 장악해야 하기 때문이다. 특정 주제에 대해 완벽하게 이해하면 맥을 짚어서 아주 쉽게 쓸 수 있다. 하지만 장악이 안 되면 본질을 꿰뚫어보는 시각이 생기지 않기 때문에 어렵게 쓸 수밖에 없다. 어렵게 쓰려고 어렵게 쓰는 게 아니다. 몰라서 어렵게 쓰는 거다. 마치 쉽게 강연하는 것이 어렵게 강의하는 것보다 더 어려운 것과 마찬가지 이치이다.

간혹 사람들과 대화를 해보면 이 사람이 이 주제에 대해 알고 이야기하는지 모르고 이야기하는지 대번에 알 수 있다. 말도 마찬가지거니와 표정에서도 알 수 있다. 하물며 글이야 오죽하겠는가? 독자는 안다. 이 사람이 알고 쓰고 있는지, 아니면 전혀 이해하지 못하고 쓰고 있는지를. 정확히 이해하지 않으면 쉬운 글을 쓰기가 무척이나 힘들다. 그래서 쉽게 쓰는 건 글쓰기에서 대단히 중요한 일이다.

　나는 글을 쉽게 쓰기 위해 여러 방법을 사용한다. 그중 가장 핵심은 문어체를 쓰지 않고 구어체를 쓴다는 것이다. 내 눈앞에 앉아 있는 바로 그 사람에게 이야기하듯이 글을 쓴다. 말하듯이 쓴다. 그래서 내 글은 아주 쉽다. 쉽게 쓰려고 의식적으로 노력하기 때문이다. 설사 어려운 문장을 썼다고 할지라도 퇴고할 때 모두 쉽게 바꾼다. 하지만 '쉽다' 는 것 또한 상당히 주관적이라 내 딴에는 아주 쉽게 썼다고 하지만 읽는 독자의 입장에서 어디 그런가? 그래서 평균치로 정해 놓은 게 중학생 수준이다. 딱 중학생이 이해할 만한 수준이 가장 좋다고 생각하기에 거기에 맞추려고 노력한다. 물론 예상 독자층이 구체적이고 명확하다면 그걸 염두에 두고 그에 맞춰서 쓰도록 해야 한다.

　그럼 쉽게 쓰려면 어떻게 해야 할까?

첫째는 단문으로 쓴다.

단문으로 쓰면 문장을 읽을 때 딱히 고민하지 않아도 된다. 술술 읽힌다. 그대로 머릿속으로 들어가므로 쉽게 쓰기의 첫째는 단문으로 짧게 쓰는 것이다.

둘째, 쉬운 단어를 사용한다.

어려운 단어를 쓰면 읽다가 도중에 맥이 끊긴다. 멈칫거린다. 최대한 쉬운 단어를 사용하되 반드시 어려운 단어를 꼭 써야겠다면 국어사전을 활용해 더 쉬운 단어가 있는지 찾아보길 추천한다. 이러면서 어휘력도 비약적으로 향상된다.

셋째, 비유, 예시, 비교를 쓴다.

특정한 주장을 한다면 그에 합당한 비유, 예시, 비교를 들어준다. 독자는 주장 자체에서 이해하지 못한 내용도 예시를 보며 '그래, 이 말이었어!'를 외친다. 따라서 예시, 비유, 비교, 대조, 사례를 구체적으로 보여주라. 그러면 쉬워진다.

넷째, 능동형 문장을 쓴다.

능동형은 수동형보다 이해하기 훨씬 수월하다. 가령 '지나친 운동은 몸을 망가뜨린다' 라고 적기보다는 '운동을 많이 하면 건강을 해칠 수 있다' 고 쓰는 게 훨씬 이해하기 쉽다. 능동형이 가능한 문장은 수동형을 최대한 억제하고 능동형으로 쓰기 위해 노력하자.

다섯째, 어려운 개념은 보충 설명을 해준다.

간혹 주제 자체의 무거움으로 인해 쉽게 쓸 수 없는 상황이 올 수 있다. 이럴 경우 일단 필요한 문장은 적되, 적은 문장에 대해 부연해서 설명한다. 이러면 한결 이해하기 쉬워지고 적어야 할 어려운 문장도 그대로 고수할 수 있다.

여섯째, 논리적 흐름이다.

글을 쓸 때 논리적 흐름을 지켜서 쓰면 독자가 읽을 때 부담감을 느끼지 않는다. 다음 내용에 대한 기대로 인해 안정적으로 쉽게 읽힌다.

일곱째, 편집이다.

어려운 글일수록 한쪽에 들어가는 줄 수를 최소화하고 문단 띄어쓰기를 함으로써 가독성을 높이는 것이 좋다. 소설책처럼 너무

빽빽하게 문단 구분도 없이 적어놓으면 가독성 면에서도 좋지 않을 뿐 아니라 거부감부터 생겨 이해하고 노력하는 독자의 기제가 발동하지 않는다. 어려울수록 단순화하는 것이 방법이다.

여덟째, 요약이다.

글을 마무리에 핵심 내용을 서너 줄 정도로 요약해주자. 그러면 독자가 언뜻 이해하기 힘들었던 내용도 쉽게 이해할 수 있다. 요약 내용을 박스에 넣어 가독성 있게 하는 방식도 추천한다.

위에서 적시한 것처럼 쉽게 쓰는 방법은 많다. 기술적인 방법은 위에서 적시한 8가지만 참고해도 충분하다. 단, 쉽게 쓰기 위한 정신적 측면도 분명히 고려할 필요가 있다. 가령 욕심을 버리는 것, 내가 가진 것 이상으로 쓰려고 하지 않는 태도이다. 내 역량을 넘어선 글쓰기는 결국 무리수를 두게 되고, 독자로 하여금 글을 읽기 힘들게 만드는 원인이 된다. 따라서 내가 하고자 하는 말을 내 역량에 맞게 써야지 그 이상으로 쓰려고 했다가는 낭패를 보기 십상이다.

* * *

퇴고 과정에서 어려운 글을 쉬운 글로 바꾸다 보면 글쓰기 실력도 비약적으로 향상된다. 나는 실제 초고를 쓸 때보다 퇴고 시 문장력이 좋아짐을 느낀다. 고쳐 쓰기의 대부분이 쉽게 쓰기다. 의미를 명확히 하고, 내용의 어색함을 없애는 등의 작업이기 때문이다. 쓰다 보면 '어떻게 하면 쉬운 문장으로 바꿀까?' 라는 고민을 하게 되고 가장 쉽고 적절한 문장을 구사할 수 있게 된다. 이게 습관이 붙다 보면 독서를 할 때도 '이 문장을 차라리 이렇게 표현하는 게 좋지 않았을까?' 라는 생각을 하게 된다.

얼마 전 한 책에서 '속도보다 더 중요한 것은 단연코 깊이' 라는 글을 읽고 한참을 생각했다. 나는 속도에서 깊이가 나온다고 믿고 살아온 사람이기 때문이다. '고민해서 쓴다면 누가 못 쓸 것인가?' 라는 나름대로의 오만함도 있었다. 하지만 생쌀이 재촉한다고 밥이 되지 않는 법이다. 뜸을 들여야 한다. 시간이 필요하다. 글쓰기도 써놓고 일정 시간 묵혀놓으면, 그리고 또 고치고 또 묵혀놓으면, 이 작업을 계속 반복하면 시간은 많이 걸리지만 좋은 문장이 나온다. 이렇게 쓰면 누구나 쉽게 쓸 수 있다. 우리가 쉽게 쓰지 못하는 건 어렵게 쓰려고 의도했다기보다는, 쉽게 쓸 수 있음에도 시도를 하지 않은 것이다.

달이 빛난다고 말하지 마라

- 구체적으로 써야 하는 이유

___ 독자는 어떤 글에 공감하고 반응할까? 독자의 반응을 유도하기 위해서는 여러 요소가 필요하다. 그중 가장 대표적인 것이 '구체성'이다. 구체적으로 쓸수록 독자는 공감한다. 머릿속에서 생생하게 그려지기 때문이다. 추상적이고 막연한 이야기로는 사람의 마음을 움직일 수 없다.

구체적으로 쓴다는 말은 '상세하게 쓸 수 있는 최대치'를 끌어낸다는 말임과 동시에 '추상적이고도 거대 담론적 표현'을 사용하지 않는 것을 의미한다. 가령 꽃을 단순히 꽃이라고 표현하지 말고 복사꽃이면 '복사꽃', 찔레꽃이면 '찔레꽃'이라고 구체적으로 명칭을 말해주자. 총이라고만 하지 말고 'P38구경'이라고 하고, 차라고만 하지 말고 '렉서스 ES330H'라고 말해주자. 이렇게 하면 머릿속에서 구체적인 모양새가 그려진다.

E. H. 화이트는 "인류 전체에 대해 쓰지 말고 구체적인 한 인간에 대해 쓰라"고 했다. 왜 이런 말을 했을까? 그는 추상적인 글을 '짜증나는 사고의 지연 과정'이라고 표현한다. 인류에 대한 거창한 주제는 실제 우리의 삶과 유리되어 있다. 아무도 관심을 가지지 않는다. 그보다는 내 바로 옆에 있는 한 사람에 대해 이야기해 보라. 거기서 공감도 나오고 감정이입도 되고 역지사지가 된다.

러시아의 대문호 안톤 체호프도 비슷한 말을 했다.

Don't Tell Me the Moon Is Shining.
Show Me the Glint of Light on Broken Glass.
달이 빛난다고 말하지 마라.
차라리 깨진 유리조각에 비친 달빛을 보여 주라.

이 말은 구체성의 극단까지 가라는 의미다. 체호프의 말대로 백날 이야기해봤자 소용없다. 독자가 느낄 수 있게 있는 그대로의 모습을 그저 보여주면 된다. 달이 빛난다는 표현은 일종의 강요다. 하지만 깨진 유리조각에 비친 달을 보여주면 그제야 '아 달이 이렇게 빛나는구나' 하고 독자는 생각한다.

글이란 감정의 표현이요 의사의 전달이다. 그런데 전달하는 도중에 많은 진실을 왜곡한다. 따라서 진정한 의미의 전달은 애당초 불가능한 것인지도 모른다. 인간의 제한된 언어로 그 사람의 생각을 표현하는 건 사실상 불가능하다. 이럴 바에야 '어떻다'라고 어설픈 언어로 재단하기보다는 있는 그대로 보여주고, 독자의 몫으로 넘기는 것이 정답이다.

또한, 우리 인간의 감정은 'A라서 B다'라는 식으로 정의할 수 없다. 가령 남편을 보고 우는 아내의 감정을 단순히 슬퍼서, 아파서 등의 이유로 정의할 수 있을까? 불가능하다. 우리 인간의 감정이란 의식 세계 저 밑에 무의식의 세계가 있고, 더 밑에는 무엇이라고 부를 수도 없는 세계, 인간의 의지로는 어찌할 수가 없는 세계가 존재하는지도 모른다. 그러므로 인간의 특정한 행동의 이유를 정의하는 것이 불가능해졌다. 그러면 결국 '어떻다'라고 말하기보다는 차라리 판단을 유보하고 그 자체를 독자에게 '보여주는 방식'이 필요하다. 판단은 독자의 몫으로 넘기는 것이다.

강원국은 그의 강연에서 이렇게 말했다.

'예쁘다'를 표현하기 위해서는 '예쁘다'라는 말을 결코 써서는 안 된다. 즉, 예쁨을 표현하기 위해 눈이 어떻고, 코가 어떻고 입이 어떻다는 등 구체적으로 말해줘야 독자가 그걸 읽고 머릿속에서 그려낼 수 있다.

자기소개서를 쓸 때도 마찬가지다. 내가 성실한 사람이라는 걸 표현하기 위해 '성실'이라는 단어를 쓰면 안 된다. 성실하다고 하면 곧이곧대로 믿을 사람도 없으려니와, 오히려 역효과가 날 수도 있다. 차라리 '성실하다는 생각을 심어줄 수 있는 행동이나 일화'를 보여줌으로써 평가위원 스스로 '이 사람은 정말 성실하구나' 하는 생각을 가지게 해야 한다.

＊　　＊　　＊

구체적으로 쓰기 위해서는 죽은 말보다는 살아 숨 쉬는 언어를 사용해야 한다. 그럼 어떤 언어가 살아 숨 쉬는 언어일까?

첫째, 직설적 언어보다 인간의 감각을 자극하는 언어이다.

가령 "~ 해라"라고 말하기보다는 ~하면 어떤 효용이 있고, 어떤 좋은 결과를 가져다줄 수 있는지 보여주면 된다. 하라 마라 지시

하면 인간은 본능적으로 거부감이 생기게 마련이다.

둘째, 일상에서 쓰는 말을 활용하자.

살아 숨 쉬는 언어를 활용해야 한다. 즉, 문어체가 아닌 구어체가 좋다. 심하게 말하면 형이하학적인 글을 써야 한다. '잘 지내시나요?' 라고 쓰면 될 말을 '지체 무탈하십니까?' 라고 쓰지 않은지 진지하게 고민할 필요가 있다.

셋째, 구체성의 최고 밑단까지 내려가서 쓰자.

단어, 문장, 사례도 구체적일수록 좋다. 나탈리 골드버그는《글쓰며 사는 삶》에서 "나는 진리와 민주주의 정직함에 대해 쓰고 싶다" 고 말하기보다는, "나는 면전에서 아버지의 거짓말을 들은 후, 저녁을 먹는 내내 그것을 되새기던 때에 대해 쓰고 싶다" 고 쓰라고 이야기한다.

얼마 전 공주에 있는 금강온천에 갔다. 벽에 도난 주의와 관련해 의미심장한 글을 적어놓은 걸 보았다.

도난의 50%는

무심코 목욕 바구니에 넣어 놓은 열쇠가 도난당하는 것이며

40%는 열쇠를 잠시 옆에 두면 슬쩍 가져가는 것이고

10%는 잠금을 해제하여 지갑 및 귀중품을 빼가는 것이다.

여러분은 이 글을 읽고 어떤 생각이 드는가? 이 말을 보고 단순히 '도난 주의'라고 적은 문구보다 훨씬 더 구체적이므로 강력하다는 느낌을 받았다. 구체성의 극치라고 할 수 있다. '도난 주의'는 집합명사이고 추상명사다. 이런 단어로는 절대로 도난에 주의하지 않는다.

살아 있고, 살아 숨 쉬고, 독자가 공감할 수 있는 글을 써야 독자의 마음은 움직인다. 구체적인 것은 비단 글쓰기뿐만 아니라 다른 분야에서도 똑같이 적용된다. 계획을 짜도 구체적으로 짜야 훌륭한 결과가 나오고, 칭찬을 해도 구체적으로 해야 효과가 큰 것처럼.

왜 다들 짧은 문장을 쓰라고 할까?

- 짧게 써야 하는 이유

*
단문으로만 써도 전혀 유치하지 않은 김훈 작가가 있는 반면
장문 위주로만 써도 전혀 어렵지 않고, 막힘이 없는 이문열 작가도 있다.

───── 글쓰기 책이라면 빠짐없이 하는 말이 '단문으로 써라'이다. 나도 여러 책에서 '단문 쓰기'의 중요성을 강조한 바 있다. 그런데 과연 짧게 쓰는 게 정답일까? 아니면 장문을 섞어 써도 무방할까? 짧게 쓰면 유치하게 느껴지고 길게 쓰면 유려한 맛은 있지만 읽기가 힘들다. 단문을 써도 미려한 김훈 작가가 있고, 장문으로도 얼마든 멋진 문장을 만들어내는 이문열 작가도 있다. 과연 무엇이 정답일까?

우리가 흔히 이야기하는 필력은 마치 그 사람의 말이나 행동처

럼 한번 굳어지면 쉽게 바뀌지 않는다. 마치 정신세계의 선입견이나 고정관념과 유사하다. 그만큼 바꾸기 힘들다. 똑같은 주제로 글을 써도 멋지고 유려하게 핵심만을 집어서 쓰는 사람이 있다. 이런 사람을 두고 '필력이 좋다'고 한다. 누구나 필력을 키우고 싶어 하지만 하루아침에 이루어지지 않는다. 꾸준히 노력하고 갈고 닦아야 한다.

필력을 키우기 위해서는 어떻게 해야 할까? 가장 먼저 할 일은 많이 읽는 일이다. 필력이 뛰어난 글을 자주 읽다 보면 점차 익숙해지면서 닮아가게 마련이다. 꾸준히 양질의 글을 읽다 보면 자신도 모르게 읽은 문장들이 체화되어 있다가 글을 쓸 때 자연스럽게 반영된다. 나 역시 어린 시절 문장력을 키우기 위해 혹은 논술 시험에 대비하기 위해 신문 사설을 많이 읽었다(당시에는 사설 읽기 열풍이었다). 각 신문사 홈페이지(누리집)에는 '오피니언'이란 코너가 있고 여기에 많은 칼럼이 실려 있다. 본인이 좋아하는 칼럼니스트가 쓴 칼럼을 꾸준히 읽는 것도 좋은 방법이다. 나도 대학 시절 강준만 교수의 글을 많이 읽었다. 《강원국의 글쓰기》를 읽다가 강원국 작가도 강준만 교수가 쓴 칼럼으로 공부했다는 걸 알고 꽤나 놀랐다. 《골든아워》를 쓴 이국종 교수도 김훈 작가의 작품을 꾸준히 필사했다고 한다.

나는 〈조선일보〉의 '백영옥의 말과 글', 〈중앙일보〉의 '문태준의 마음 읽기'를 자주 읽는다. 이들은 소설가이자 시인으로 읽고 있노라면 문장력뿐만 아니라 생각까지 자라는 느낌이 든다. 이처럼 자신이 좋아하는 작가의 작품이나 칼럼을 꾸준히 읽으면 글쓰기에 자신감이 생긴다. 세상 매사가 그렇지만 자신감이 전부다. 할 수 있다는 자신감에 충천하면 보이지 않는 세계가 보인다. 이게 읽기의 힘이다. 앞에서 언급한 문학인들의 칼럼을 읽으면 내 필력은 아직 멀었다는 것, 더 배울 것이 많다는 점, 그리고 내공을 더 쌓아야 한다는 겸손함이 절로 나온다.

* * *

글쓰기 책에서 문장력과 관련해 가장 많이 언급되는 말이 '짧게 쓰라'는 거다. 왜 짧게 쓰기를 너 나 할 것 없이 부르짖는 것일까? 길게 쓰면 무슨 큰 문제라도 생기는 걸까?

나도 처음에는 이 말을 쉽게 이해하지 못했다. 길게 비문으로 쓸 바에야 짧은 문장이 낫겠지만, 너무 짧게 쓰면 마치 초등학생 글쓰기처럼 보일 수도 있기 때문이다. 오히려 긴 문장이 많은 내용을 담을 수 있고, 글 자체도 유려하며 짧은 글보다 호소력 있고 전달력이 있지 않을까? 글은 전달력이 핵심이라고 하지 않았던가?

이남훈 작가는 그의 책《필력(筆力)》에서 '무턱대고 짧게 쓰지 마라' 고 말한다. 그는 '생각을 충분히 하고 정리도 잘 된다면 복문 구사가 정답' 이라고 주장한다. 단문이 주지 못하는 유려함과 종합적 표현 능력으로 읽는 이를 사로잡을 수 있다는 거다. 이 주장도 이해 못 할 바 아니다. 나는 실력이 어느 정도 있는 분이라면 장문을 구사해도 되고, 오히려 장문이 장려되어야 한다고 생각한다.

하지만 글쓰기에 익숙해져 자유롭게 쓸 수 있는 단계까지 이르지 못한 분이라면 장문 구사가 독이 될 확률이 높다. 문장을 길게 쓰면 비문이 나올 확률이 그만큼 높아지기 때문이다. 이런 이유로 글쓰기를 시작한 지 얼마 안 된 분일수록 장문보다 단문으로 쓰기를 권하고 싶다. 초보자는 어차피 단문으로 쓰려해도 길어지는 경향이 있다. 짧게 쓴다는 의식이 없으면 자신도 모르게 조금씩 문장이 길어진다. 그래서 글쓰기를 할 때 항상 단문으로 쓰겠다는 생각을 가지고 의식적으로 짧게 쓰는 게 여러모로 좋다.

강원국 작가는《강원국의 글쓰기》에서 타협안을 제시한다. 그는 '글에도 리듬이 있다' 고 말한다. 즉, 장문과 단문을 적절히 혼합하여 써야 한다는 거다. 그는 '글을 잘 쓰기 위해서는 단문 쓰기가 핵심' 이라고는 하지만, '단문과 장문이 7:3이나 8:2로 어우러져 리듬감 있는 글이 된다면 더할 나위 없이 좋다'고 주장한다. 절대 공감한다. 글이 리듬감이 있으면 읽기가 수월하다. 편하게 잘 읽힌다. 장문 일변도는 읽는 데 숨이 차고, 단문 일변도는 산만하고 유치하며 단조롭다.

＊　＊　＊

왜 단문으로 써야 하는지 생각해보자. 단문 쓰기는 장문 쓰기에 비해 많은 장점이 있다.

첫째, 이해력이다.

단문으로 쓰면 읽는 사람이 이해하기 쉽다. 읽는 족족 그대로 흡수된다. 장문으로 쓰면 주어와 서술어가 멀리 떨어져 있어 어디서 끊어 읽어야 할지 모른다. 여러 내용이 한 문장에 들어가 있어 어디까지가 주어부이고 어디까지가 서술부인지 읽으면서 생각을 해야 한다. 이러면서 읽기가 힘들어지고 집중력이 저하되고 이해력도 떨어지게 된다.

둘째, 명료성이다.

단문은 형용사나 부사의 개입 여지가 원천적으로 차단된다. 꾸밈말을 억제할 수 있다. 형용사나 부사를 자꾸 가져다 대기 시작하면 글이 자칫 누더기가 된다. 짧은 글은 명료하다. 그대로 내용이 전달된다.

셋째, 정확한 문장이다.

짧게 쓰면 비문을 구사할 확률이 현저히 낮아진다. 문장이 길어지면 주어와 술어가 어울리지 않을 확률이 높아지고 그 결과 독자의 인내심을 한없이 시험한다.

넷째, 용이성이다.

단문은 쓰기가 쉽다. 주어와 서술어가 기본이고 기껏해야 목적어 추가 정도다. 간단히 쓸 수 있다. 그래서 누구나 쉽게 쓸 수 있다.

《책 쓰기의 정석》을 쓴 이상민 작가는 "문장은 짧게, 탁탁탁 치고 나가야 한다"고 말한다. 그래야 글에 호소력이 있다는 거다. 짧게 쓰면 글에 추진 엔진을 붙이는 것과 유사하다. 글이 늘어지지 않아 질척거림이 없다.

나는 강원국 작가처럼 단문과 장문이 7:3이나 8:2로 어우러져 리듬감 있는 글이 가장 좋다고 생각한다. 하지만 기본은 단문이다. 단문을 원칙으로 삼고 쓰다가 어쩌다 장문을 쓸 때 리듬감이 사는 법이다. 문장이 길어질 때 문장을 쪼개라. 쪼갤 수 있을 때까지 쪼개라. 이런 연습을 꾸준히 하면 단문으로도 많은 걸 할 수 있다는 걸 스스로 깨닫게 된다. 어려운 글보다는 쉬운 글, 장문보다는 단문이 미덕인 걸 절대로 잊지 말자.

초보는 단문을 쓰려고 해도 장문이 된다! 장문 쓰기는 때가 되면 하기 싫어도 하게끔 되어 있다. 무엇이든지 자연스럽게 확장되어야 제대로 된 결과물이 나오는 법이다.

두리뭉실 쓰는 글쓰기의 함정

- 힘이 있는 글은 어떻게 쓰는가?

*
너는 차지도 않고 뜨겁지도 않다. 차라리 내가 차든지,

아니면 뜨겁든지 하다면 얼마나 좋겠느냐!.

_ 요한묵시록 3장 15절

_____ 대부분의 직장 상사는 시키는 대로 말대꾸하지 않고 정확
하고 신속히 업무를 처리하는 직원을 좋아한다. 말대꾸를 하거나
반론을 제기하는 톡톡 튀는 아이디어맨은 직장에서 그다지 환영
받지 못한다. 본래 모난 돌이 정을 맞기 마련이다. 원래 사회가
그렇다. 튀는 사람이라면 남 밑에서 일하기보다는 개인 사업을
하기를 권하고 싶다.

언젠가 한 강연에서 "작가는 조직생활과 맞지 않다"는 말을 들
은 기억이 있다. 작가는 남과 다른 독특한 시각과 관점을 가지고
있어서 조직 생활에 적합하지 않으니 직장에 연연하지 말라는 내

용이었다. 듣다 보니 공감이 갔다. 내가 그랬으니까. 나 역시 작가라는 직업과 직장 생활을 병행하고 있다. 하지만 나만의 독특한 사차원적인 사고가 직장 생활에 그다지 환영받지 못한다는 것을 깨닫고 회사에서는 평범한 직장인인 척 생활하고 있다. 나의 또 다른 인격인 셈이다. 작가는 이처럼 다중인격자로서의 삶을 살아야 하는 애달픈 운명이다.

그럼 작가적 시각과 관점이란 도대체 무엇일까? 왜 나만의 관점을 가져야 할까? 그건 글이 가지는 본래적 속성 때문이다. 글이라는 것은 닥치는 대로 쓰는 것이 아니라 자신의 관점에서 써야 한다. 자신의 관점이 없으면 그건 작품이 아니라 그저 사실의 기록에 불과하다. 똑같은 피사체를 보고 사진을 찍거나 그림을 그려도 어떤 사진은 작품이라고 부르고 어떤 그림은 아무도 관심을 가지지 않는 붓칠에 불과한 것이다.

마이클 케나의《솔섬》사진을 대한항공에서 광고로 사용하여 문제가 된 적이 있다. 솔섬은 자연물로 마이클 케나 외에 누구라도 찍을 수 있다. 하지만 누가 찍느냐, 어떤 관점에서 찍느냐에 따라 결과물은 완전히 달라진다. 글도 마찬가지다. 누가 어떤 방식으로 썼느냐가 대단히 중요하다. 글에는 작가의 개성, 관점, 해석이

고스란히 묻어나기 때문이다.

　작가의 관점이란 일반인과 다른 차별성을 의미한다. 남과 다르게 생각하고 판단하며, 남들이 보지 못하는 것을 찾아내는 능력이다. 일반인의 시각에서 세상을 바라보면 차별화된 독특한 시각을 가지기가 쉽지 않다. 작가는 평범한 사람과는 다른 차별화된 시각이 있어야 하고 그걸 글로 표현하는 사람이기 때문이다. 일반인과 같은 생각을 한다면 그들이 생각하는 방식대로 표현하게 되고 그건 누구나 쓸 수 있는 평범하고 진부한 글밖에 써내지 못하는 결과를 초래할 수 있다.

＊　＊　＊

　작가는 자기만의 독특한 시각으로 세상을 바라본다. 남들이 바라보지 못하는 심연 깊숙한 곳까지 바라본다. 그래야 남이 미처 생각하지 못한 부분까지 건드리게 되고 그곳에서 힘이 있는 글, 제대로 된 글이 나오는 법이다. 간혹 글을 읽다 보면 어정쩡한 태도로 일관하는 글을 자주 보게 된다. 이것도 아니고 저것도 아니다. 도대체 무슨 말을 하는지 알 수가 없다. 이런 글은 읽어도 재미가 없고 감동도 없으며 공감마저 생기지 않는다. 그저 밋밋하다. 소위 '착한 사람 이데올로기' 다. 우리가 흔히 이야기하는 클리

셰, 안전빵, 진부함, 두리뭉실, 애매함, 밋밋함, 어정쩡함, 보신탕, 기시감, 술에 술 탄 물에 물탄 듯한 한마디로 실패한 글쓰기다.

성경에 "너는 차지도 않고 뜨겁지도 않다. 차라리 내가 차든지, 아니면 뜨겁든지 하다면 얼마나 좋겠느냐! 그러나 너는 이렇게 뜨겁지도, 차지도 않고 미지근하기만 하니 나는 너를 입에서 뱉어버리겠다"라는 말이 나온다(요한묵시록 3장 15절). 신(神)도 미지근한 건 싫어하신다. 그런 공간에는 신이 들어갈 여지가 없기 때문이다.

글 쓰기 책에 지겹도록 나오는 말이 "예상 독자를 최대한 한정하라는 주문"이다. 나도 처음엔 이 말의 뜻을 정확하게 이해하지 못했다. 예상 독자가 많으면 많을수록 '그만큼 책을 읽을 독자가 많아져서 좋은 게 아닌가?'라는 생각이었다. 누구나 자기 책이 만인의 사랑을 받기를 원함에도 그걸 애써 외면하고 독자를 한정하는 게 옳냐는 논리다. 하지만 그 이유를 알게 되자 이해가 됐다. 독자를 한정하면 그 한정된 독자에게 할 말을 정확하게 표현할 수 있고, 글 자체가 생생하게 살아있는 구체적인 문장이 되기 때문이다(마치 서로 대화하듯이).

예상 독자를 좁히라는 말은 구체적으로 쓰라는 말이고, 어정쩡함을 던져버리라는 의미다. 제대로 된 글을 쓰려면 두루뭉술하게 쓰지 말고 어느 한 편에 확실히 서야 한다. 그래야 말한 바에 대한 논거를 보다 구체적이고 생생하게 표현할 수 있다. 가령 사형제도의 찬반에 관한 토론을 할 때, 찬성하는 입장이나 반대하는 입장에 서야 그에 대한 논거를 제시할 수 있다. 어중간한 태도를 취하면 논거를 제시하기도 힘들뿐더러, 제시한 논거도 전혀 구체적이지 않은 미지근한 논거가 대부분이다. 이것도 옳고 저것도 옳다는 식의 표현은 구체적이지 못하고 힘이 없다. 어느 한 편에 서서 사자후를 내지르고 그것에 대한 세세하고 구체적인 논거를 제시함으로 글은 힘을 얻게 된다. 두리뭉실한 글을 쓰지 않기 위해서라도, 살아 있는 글을 쓰기 위해서라도 어느 한쪽의 입장에 서야 한다. 재미있는 사실은 어느 입장에 확실히 서면 그전까지 생각나지 않았던 논거들이 하나둘씩 생각난다는 점이다.

＊　＊　＊

제대로 된 글을 쓰기 위해 참 고민을 많이 했다. 글쓰기와 관련 책을 시중에 출간된 건 거의 다 읽어본 것 같다. 이런 과정에서 '글은 독자가 예상한 수준을 뛰어넘어야 한다'는 어떻게 보면 당연한 사실을 뼈저리게 절감했다. 독자가 예측이 충분히 가능한 상투적이고 진부한 것, 일반론으로는 독자의 관심을 끌기 힘들다. 따라서 때로는 과감하게 질러대며 독자를 미증유의 신세계로 안내할 줄도 알아야 한다.

힘이 있는 글을 쓰기 위해서는 흔히 두 가지 방법을 사용한다. 하나는 대립하는 두 관점을 소개한 후 어느 한 편에 서는 방식이다. 가령, 사형제 폐지와 관련한 논쟁 시 찬성의 논거와 반대의 논거를 보여준 후 어느 한편의 손을 들어주는 방식이다. 어느 한편에 설 때 그 이유에 대해 정확하게 설명해야 하고 반대 논거의 문제점을 구체적으로 이해하기 쉽게 제시해야 한다.

둘째는 여러 대안을 있는 그대로 나열한 후 그중 어느 하나가 자기 의견이라고 맺는 방식이다. 가령 우리나라 사교육 병폐를 해결하는 방법에 대해 이야기한다고 가정해 보자. 사교육을 해결하는 방법은 여러 가지가 있다. 이걸 모두 나열한 후 그중 하나를 선택하고 그 이유를 제시하는 방법이다.

모름지기 힘 있고 재밌는 글은 대칭 구도를 만들고 양자가 제대로 싸우게 해야 한다. 그래야 독자도 열광한다. 깊이 빠져든다. 독자는 확실한 걸 좋아한다. 서로 양보하고 좋은 관계면 드라마도 망한다. 드라마를 보면 갈등, 대립, 반목, 치정, 삼각관계, 불륜, 살인, 사기 등 인간이 지양해야 할 온갖 이야기투성이지만 역설적이게도 이런 것들이 나와야 재밌다. 독자 또한 이런 글에 열광한다. 양자의 의견이 대립하고 부딪칠 때 팽팽한 긴장감이 생기고 거기서 제대로 된 글이 나온다. 밋밋한 글은 앙꼬 없는 찐빵이다. 우리 사회가 보수와 진보, 명분과 실리, 야당과 여당, 원칙과 예외, 이론과 실제가 끊임없이 대립하듯 글을 쓸 때도 입장의 대립을 통해 하나를 선택하는 방식으로 가야 글도 살고 나도 산다. 그런 글이 힘도 있다.

말하지 않아도 알아요

- 독자를 위한 공간을 열어주자

*
CF 배경음악 중 이런 노래 가사가 있다.

"말하지 않아도 알아요~."

____ 우리 한국의 미(美) 중 최고를 뽑자면 '여백의 미'가 아닐까 한다. 빡빡하고 숨 막히는 것에 지친 현대인이 느끼는 안도감의 미가 바로 여백의 미다. 비어 있는 공간을 통해 우리 뇌는 자연의 호흡을 할 수 있다. 미술적으로도 공간을 아무것도 채워 넣지 않고 그냥 그대로 비워둠으로써 공간 자체에서 발산하는 미를 중시하는 미술적 사조 중 하나가 바로 '여백의 미'다.

미국의 현대 음악가인 존 케이지(John Cage)가 작곡한 '4분 33초'란 곡은 여백의 미의 정수를 보여준다. 3악장으로 된 악보에는 TACET(조용히)이라는 글만 쓰여 있고, 오선지에는 아무런 음표가 없다.

그는 화가인 친구 로버트 라우센버그(Robert Rauschenberg)가 한 전시회에서 아무것도 그리지 않은 빈 캔버스를 전시한 걸 보고 이 곡을 착안했다. 빈 캔버스는 빛의 방향이나 그 앞을 지나는 사람들의 그림자에 의해 변화되며 실시간으로 새로운 모습을 보여준다. 관객과 호흡하고 주변 환경과 함께 어우러진다. 존 케이지도 이걸 보고 '4분 33초'를 작곡(?)했다. 아무것도 연주하지 않아도 공연장에서 관객의 기침소리, 옆 사람과의 속삭임, 실제 연주가 없다는 투덜댐, 팸플릿 넘기는 소리가 모두 어우러져 '4분 33초'의 음악이 된다. 관객이 함께 호흡하며 만들어내는 음악이다.

글쓰기에도 여백의 미가 있다. 비어 있는 공간이 있다. 독자의 역할이 필요한 작가의 지극한 배려가 있는 곳이 있다. 독자를 생각하는 마음이 작동하는 곳이다. 글을 쓸 때 미주알고주알 다 말하지 않는다. 독자를 가르치려 하지 않는다. 독자 스스로 생각할 만한 공간과 여지를 만들어준다. 판단의 독자의 몫이다. 우리는 《친절한 금자씨》가 아니다. 말하지 않아도 안다. 그리고 이미 독자는 다 알고 있다.

＊　＊　＊

글을 쓸 때 항상 '이걸 다 설명해야 하나? 이걸 다 써야 하나?'

하는 고민을 한다. 초등학생에게 설명하듯 자세하고 쉽고, 구체적인 방식으로(A에서 Z까지) 설명해주면 참 좋겠지만, 독자는 이런 저자의 과잉친절을 그다지 좋아하지 않는다. '왜 나를 무시하는가?' 라는 원색적이고도 불만 섞인 거부감만 나타낼 뿐이다. 마치 학창 시절 선생님에게 가르침을 받는 듯한 인상을 줄 수 있기 때문이다. 그래서 다 말하면 안 된다. 조금 여지를 남겨두고 일부는 독자의 몫으로 넘겨야 한다.

반대로 너무 설명을 안 하면 독자와 저자의 거리는 마치 기차 레일처럼 서로 좁혀지지 않는다. 동상이몽이다. 소위 사고(思考)의 미스매칭이다. 내가 아는 걸 독자도 알 것이라는 나만의 착각이라고나 할까? 즉, '독자의 공간을 열어주다가 자칫 독자를 미궁에 빠지게 하는 것이 아닐까?' 하는 저자의 염려와 걱정이다. 여기서 문제가 발생한다. 친절함을 빙자한 '다 말하게 만드는' 이유가 여기에서 생겨나기 때문이다.

독자를 위한 여백이 필요하다는 건 알겠는데 쓰다 보면 생각처럼 마음먹은 대로 되지 않기 마련이다. 나 혼자 이야기하면 독백이지만, 독자와 함께하면 호흡이 된다. 독자와 호흡하기 위한 노력이 필요하다. 그렇게 하기 위해서는 100%를 다 말하지 말고 80% 정도만 이야기한다는 생각을 가져야 한다. 다 말하려고 하다가는 안 하니만 못한 말이 되고 글 자체도 질척거릴 수 있다.

롤랑 바르트는 《텍스트의 즐거움》에서 텍스트를 '읽기 텍스트'와 '쓰기 텍스트'를 구분할 수 있다고 말했다. 읽기 텍스트는 독자가 읽게 만든 텍스트다. 독자가 인쇄된 내용을 읽으면 그 자체로 목적 달성이다. 쓰기 텍스트는 이와는 정 반대다. 독자의 몫이 있다. 독자가 직접 쓰도록 유도한다. 독자에게 생각할 여지를 제공하는 그런 텍스트다.

그는 읽기 텍스트와 쓰기 텍스트가 적절히 어우러져야 살아있는 글이라고 말한다. 동감한다. 바르트는 "글을 쓴다는 것은 사람들에게 새싹을 하나씩 나누어주는 것"이라고 말하며, "독자가 텍스트의 소비자에 머물지 않고 생산자로 적극적으로 참여해야 한다"고 주장한다. 글이란 게 작가가 쓰는 것이므로, 이 말은 작가는 새싹을 나누어 주듯 독자의 참여를 적극적으로 배려해야 하고 독자는 새싹을 키우듯 작가가 펼친 독자의 공간에서 마음껏 사유하라는 이야기다. 여러분은 어떻게 생각하시는가?

* * *

독자의 공간은 어떻게 만들어낼까?

첫째, '질문'이다. 단정 짓지 않고, 강요하지 않는다.

판단하지 말고, 독자에게 묻는다. 독자가 생각하게끔 만든다. 독자는 글을 읽으면서 질문에 대한 답을 본능적으로 생각한다. 절대로 답을 이야기해서는 안 된다. 질문만으로 끝나야 한다. 독자에게 '이건 어떻게 생각하나?', '누가 이런 주장을 했는데, 실현 가능성은 얼마나 될까?' 와 같이 질문을 던지면 된다. 질문이 구체적일수록 독자는 더 구체적으로 고민하게 된다.

둘째, 결론을 내지 않는다.

문제를 제기하고 해결책을 제시하지 않는 방식이다. 해결책은 독자의 몫이다. 선택지를 제공하고 선택은 독자에게 달려있다고 하는 방식이 대표적이다.

셋째, 제안한다.

독자에게 다양한 해결책을 제시하고, '정답은 이 외에도 많이 있으므로 독자 여러분도 찾아보길 바란다' 고 한다. 선택사항에 취향은 있어도 정답은 없는 법이니까.

넷째, '여운'이다.

글 말미에 진한 여운을 남기며 글을 마무리한다. 그 여운의 힘에 의해 독자는 생각을 한다. 내가 자주 활용하는 방식이다. 글의 마지막에 진한 여운이 있는 말을 쓰려고 노력한다.

다섯째, 게슴츠레 설명한다.

독자에게 지나친 설명을 삼가고, 어렴풋이 설명한다. 과잉친절은 간섭이다. 설명하려 하면 구차해진다. 판단은 순전히 독자의 몫이다. 독자는 결코 무지하지 않으며 모르는 건 바로 인터넷에서 찾아본다.

여섯째, 예시 들기다.

독자가 경험해 봄직한 사례를 예시로 들어보자. 이런 사례에 독자는 감정이입이 된다. 자기 처지나 상황을 생각하고 '그래, 그때 그랬었지' 하는 공감을 이끌어낼 수 있다. 그러면 자기 처지와 작가의 예시를 비교하며 입체적이고 객관적으로 생각하게 된다.

마지막으로 솔직, 정직, 투명이다.

있는 그대로를 말하라. 판단은 순전히 독자의 몫이다. 결정권은 그들에게 있다. 본래 '믿어 달라'고 할 때는 '믿어달라'는 말은 하지 않는 법이다. 직접적으로 이야기하면 공감이 없다. 솔직, 정직, 투명하게 쓰면 믿어달라고 하지 않아도 믿게 되어 있고, 믿지 말라고 해도 믿게 되어 있다.

아는 것을 다 쓰지 말자. 독자를 위한 공간을 남겨두자. 나 역시 글을 쓸 때 쓸 거리가 5개가 있으면 정작 활용하는 건 한두 개다. 나머지는 내 블로그에 고이 모셔둔다. 다음에 언젠가는 활용할 수 있다는 믿음 하에 깊숙이 숨겨놓는다. 숙성의 시간이다.

너무 많은 이야기를 하려 하면 글이 질척거리게 되고 중언부언, 중복, 재미없음으로 인해 원래 취지를 훼손하게 되고 초점을 잃게 마련이다. 글의 자제는 독자로 하여금 절제미를 느끼게 한다. 작가의 아우라를 느끼게 한다. 이런 글은 여백의 미가 있다. 여백의 미는 순백의 미이며 여유의 미다. 독자는 여백을 읽는다. 여백이란 공간 속에서 저자와 호흡하며 저자가 독자를 위해 숨겨놓은 행간을 읽는 재미를 맛본다.

질문에 대한 대답을 모조리 해버리면 독자가 침투할 공간이란 없다. 한두 개만 넌지시 던지고 나머지는 찾아보라는 숨바꼭질 놀이를 하면서 글을 쓰는 혹은 읽는 즐거움 속에서 작가와 독자가 서로 교감한다. 글쓰기에서 손해란 없다. 쓸 말을 모두 쓸어 담지 않더라도 독자는 안다. 심연 깊숙한 곳에서 작가의 여유를 느낀다. 그리고 작가의 깊이를 공감한다. 마구 배설하듯이 쏟아내면 독자는 느낀다. 글 쓰는 사람의 깊이가 없다는 것과 내공이 약하다는 것을.

생각이 나서 쓰는 게 아니라
쓰다 보니 생각이 난다

- 일단 써야 하는 이유

*
꽉 막혔던 글도 일단 시작을 하면 희한하게 써진다.

_____ 학창 시절 나는 공부를 꽤 잘하는 축에 속했다. 내가 생각하는 공부 비법은 크게 3가지다. 의지, 시간 그리고 요령이다. 공부를 하겠다는 굳은 의지와 이를 지속할 있는 힘, 그리고 적절한 요령이 어우러져야 남들보다 잘할 수 있다. 나는 실제 공부한 시간보다 공부를 어떻게 할지 고민하는 시간이 더 많았다. 소위 방법론에 대한 나름대로의 철학이 있었던 셈이다.

글쓰기를 처음 시작할 때도 마찬가지였다. 나는 글쓰기나 책 출판을 배우지 않고 독학으로 했다. 이런 이유로 글쓰기나 책 출판에 대한 방법론적 고민을 엄청나게 했다. 시중에 출시된 관련 책을 거의 탐독했다. 우리가 무엇인가를 처음 시작할 때 가장 좋은 방법은 그 분야의 책을 10권 정도 읽는 것이다. 나도 그렇게 했다.

그동안 6권의 책을 출간했고, 매일 쓰는 삶을 살고 있으니 결과적으로는 성공한 셈이다. 결과물이 나오니 주변 사람들이 묻는다. '어떻게 그 많은 글을 썼냐'고? 대답은 항상 같다. '쓰다 보니 그렇게 되었다'고. 마치 '정상을 어떻게 정복했냐'는 질문에 '오르다 보니 정상이었다'는 말과 흡사하다.

이 지극히 간단하고 단순한 원리가 글쓰기의 핵심이다. 하루 분량을 정해놓고 꾸준히 쓰다 보면 엄청난 양의 글이 축적된다. 나도 매일 블로그에 한두 편씩 글을 썼다. 그게 어느덧 1,600개가 넘는다. 이렇게 축적이 일어나면 놀라운 일이 생긴다. 생각의 덩어리가 커지고 거기서 나만의 철학이 생긴다. 그러면 더욱더 쓰고 싶어진다. 일종의 선순환의 고리를 만든 셈이다.

처음 글을 쓰는 분들이 하는 걱정은 크게 두 가지다. 하나는 '내가 과연 쓸 수 있을까?'라는 자기 의심이고, 다른 하나는 '내가 쓴 글을 어떻게 생각할까?'라는 타인에 대한 의식이다. 글은 배워서 쓰는 게 아니다. 쓰면서 배운다. 쓰다 보면 익숙해지고, 익숙해지면 좋아하게 되고, 좋아하게 되면 자주 하게 되고, 자주

하게 되면 잘하게 된다. 또한, 타인은 내게 그렇게 관심이 없다. 인간은 모두 자기중심적이다. 타인의 행동이 나에게 연관이 없는 한 크게 신경 쓰지 않는다. 따라서 편하게 쓰면 된다. 내 마음대로 써도 아무도 관심이 없다. 그럼에도 타인을 의식한다.

글쓰기를 시작하고 하루에 한두 개씩 꾸준히 블로그에 올렸다. 글이 쌓여감에도 아무런 반응이 없었다. 나는 크게 개의치 않고 꾸준히 글을 업로드 했다. 시간이 지나자 반응이 조금씩 오기 시작했다. 누군가 하트도 눌러주고 댓글도 달았다. 하루는 블로그를 통해 알게 된 한 분이 나에게 연락을 해왔다. 블로그에 쓴 글을 잘 읽고 있다는 것이었다. 그 이후 나는 그제까지 써왔던 파격적인 글을 쓰지 못했다. 그분이 계속 의식이 되는 거다. 누군가를 의식하게 되면 이처럼 글쓰기가 어려워진다.

✳ ✳ ✳

우리 인간은 세상에 태어난 이상 누구에게든 좋은 기억으로 남기를 원한다. 앨더퍼가 이야기하는 '존재 욕구' 다. 세상에 한 번 태어난 이상 '그래, 저 사람은 멋진 인생을 살았어' 라는 말을 듣고 싶어하지 아무런 존재감 없는 삶을 살려는 사람은 아무도 없다. 천동설, 지동설은 다 쓸데없는 이야기고 세상은 오로지 나를 중심으로 돌아간다는 자기 착각 속에서 살아간다.

세상에 100년도 채 못 되는 짧은 기간을 왔다 가면서 자기의 이름을 가장 확실히 남기는 방법은 바로 '쓰기'다. 하지만 실천하는 사람은 거의 없다. 글쓰기란 게 막상 해보면 만만치가 않기 때문이다. 쓰지 못하는 데는 여러 가지 이유가 있다. 일단 배운 적이 없고, 독서량도 부족하고, 어휘력도 딸리고, 표현력도 안 되는 등 온갖 이유를 댄다. '나는 쓰지 못한다'며 손사래를 치며 자기 행동을 합리화한다. 대부분 이렇다.

그러면 본래 어려우니 전문가에게 맡겨 놓고 빠져 있을까? 평생을 글쓰기와 담쌓고 유유자적하며 살아갈까? 도대체 방법은 없는 걸까? 본래 해답은 본인에게 있는 법이다. 답은 의외로 간단하다. 생각을 바꾸면 된다. '나는 충분히 쓸 만한 자질을 가지고 있고, 꾸준히 쓰다 보면 나도 잘 쓸 수 있다'는 마음이 바로 그것이다.

우리는 모두 무대공포증을 가지고 있다. 간혹 많은 청중 앞에서 말을 아주 잘하는 사람도 있기는 하지만 이분들도 처음부터 그랬던 것은 아니다. 무대공포증을 이겨내기 위해 많은 노력을 했을 뿐이다. 이런 공포증은 왜 생기는 걸까? 나는 잘하려는 욕심 때문이라고 생각한다. 타인에게 내 본모습보다 잘 보이려는 욕심이다. 있는 그대로 보이기는 싫고, 특히 치부를 드러내기는 더 싫다. 나를 있는 모습보다 더 드러내려 하고 더 잘 보이려 한다. 누구나 마찬가지다. 하지만 너무 걱정할 필요 없다. 글쓰기에는 정답이 없기 때문이다. 누구의 글이 정답이고 누구의 글은 오답이지 않다. 그러니 내 글이 정답이라고 생각하고 쓰면 그걸로 충분하다. 다들 어려워하고 피하려 하지만 그 공포를 이겨낸 사람만이 다른 사람보다 더 잘 쓸 수 있을 뿐이다.

모든 문제의 해결책은 문제 안에 있다. 왜 문제가 발생했는지 생각해보고 발생 이유를 해결하면 그게 정답이자 해결책이다.

첫째는 남을 의식하지 않기다.

남은 내 글에 관심이 없다고 생각하자. 실제 그렇다. 내가 아무리 글을 블로그에 올려도 읽는 사람은 몇 명 되지 않는다. 거의 읽지 않는다. 그래서 더 자유롭다. 최근에는 접속자가 늘어 조금 당혹스럽기는 하지만 여전히 많지 않다. 남들은 내 글에 관심이 없다고 생각하자. 설사 읽더라도 크게 고민하거나 의식하지 않는다. 절대 고민할 필요 없다.

둘째, 우리는 타고르나 헤밍웨이가 아니다.

만고불변하는 불멸의 문장을 쓸 필요가 없다. 그냥 쉽고 재미

있게만 쓰면 된다. 거장의 마스터피스를 만드는 게 아니다.

셋째, '뭐 어때?' 하는 당당함이다.

창피 한 번 당할 생각으로 나를 드러내자. 나 역시 항상 민망한 글을 쓰면서도 '뭐 어때?' 하는 정신으로 무장해있다. 누가 뭐라고 할까 봐 고민하기보다는 누가 물어보고 따지고 들면 빙그레 웃으며 이렇게 말한다.

"뭐 어때?" (작가는 그래야 하는 거라고 굳게 믿으며).

넷째, 남에게 잘 보이려 하지 않는다.

내 말을 하고 내 말을 들은 독자가 감동하는 건 둘째 문제다. 남을 의식하기 시작하면 제대로 된 말을 하지 못한다. 소위 '너도 옳고, 또 너도 옳다' 식의 밋밋한 소리만 하게 된다. 따라서 남을 절대로 의식하지 말아야 한다. 남이 듣고 싶어 하는 말보다는 내가 하고 싶은 말을 해야 한다. 내가 하고 싶은 말이 남이 듣고 싶어하는 말이 되면 그게 상선(上善)이다.

쓰다 보면 그분(?)이 오실 때가 있다. 자주는 아니지만 누군가가 내 손을 잡고 대신 써주는 것 같은 느낌이 올 때가 있다. 이럴 때 뛸 듯이 기쁘다. 안 써지는 날은 무얼 해도 안 된다. 글을 잘 쓴다는 건 타인에게 인정받는 측면도 있지만, 결국 내가 스스로 만족해야 한다. 스스로 만족하지 않는 상황에서 타인이 만족하는 경우는 거의 없다.

나를 만족시키기 위해서는 자주 써야 한다. 일종의 매트릭스다. 자주 하다 보면 익숙해지고, 익숙해지면 좋아하게 되고, 좋아하게 되면 잘하게 되고, 잘하게 되면 계속하게 된다.

글을 쓸 때 거창한 생각을 가지고 시작한 적은 한 번도 없다. 그냥 쓰다 보니 생각이 났고, 그걸 계속 이어 쓰다 보니 글 한 편이 완성되었다. 이런 놀라운 경험을 하고부터는 써야 할 내용을 정리해놓고 쓰기보다는 멈춰 있는 커서를 그저 밀고 나간다. 그러다 보면 무엇인가가 계속 나타난다. 처음부터 머릿속에 있던 것이 절대 아니다. 쓰다 보니 툭툭 튀어나왔다.

글쓰기는 모두가 어려워하는 고난도의 정신적 복합 노동이다. 나만 어려운 게 아니다. 달필이라고 하는 강준만 교수도, 남정욱 교수도, 강원국 작가도 다들 어려워한다. 다만 그들은 우리보다 쉽게 시작하고 편하게 쓴다. 경험으로 이미 알고 있기 때문이다.

쓰다 보면 써진다. 쓴 글이 다른 글을 불러온다. 참 신기하다.

경험해본 사람은 안다. 한 문장을 쓰고 있으면 다음 문장이 생각나고, 그 문장을 쓰면 또 다음 문장이 생각난다. 쓰지 않았으면 도저히 생각하지 못했을 내용도 쓰면서 머릿속에 '저 여기 있어요!' 하면서 하나둘씩 나타난다. 마치 술래잡기가 끝나고 숨어 있던 친구들이 슬그머니 나오는 모양새와 흡사하다.

　글쓰기는 나무를 성장시키는 것과 비슷하다. 한 가지가 자라면 거기서 또 다른 가지가 자라고 그 가지가 자라면 또 다른 가지가 자란다. 나는 이런 과정이 무척 즐겁다. 일단 쏟아부어 넣고 퇴고할 때 필요 없는 가지는 가지치기를 하면 된다. 글쓰기를 통해 우리는 하루하루 성장한다. 이게 바로 내가 글쓰기를 멈추지 못하는 결정적인 이유다. 나는 이 기쁨을 내 삶이 다하는 날까지 꾸준히 해나가려 한다. 여러분도 속히 동참하시길!

글쓰기의 소재는 자기 주변에 있다.

자기와 가장 가까운 곳,

바로 그 곳이다.

4장

글쓰기는 누구나 할 수 있다!

- 글을 쉽게 쓰는 방법

초고는 한 달 안에 쓰자

- 단시간에 밀어붙여야 하는 이유

＊
한 달에 쓰지 못하면, 한 해에도 쓰지 못한다.

―――《매일 인문학 공부》의 저자 김종원 작가는〈국방일보〉와의 인터뷰에서 책을 읽을 때 가장 중요한 것은 멈춤이며, 평소 하루에 4시간씩 사색을 한다고 밝혔다. 그는 실제 '1234의 원칙'에 맞춰 생활한다. 1일 1식, 2시간 운동, 3시간 수면, 4시간 사색이다. 일반인이 쉽게 따라 할 수 있는 패턴은 아니지만 그중 사색만큼은 아무리 강조해도 지나침이 없다. 보통 글쓰기의 재료가 확보되고 그것들이 머릿속에서 일정한 체계와 질서를 가지게 되면 독특한 자기만의 사상이 된다. 이 시점이 언젠가는 온다. 바로 그때가 써야 할 시점이다.

글을 쓰기로 결심했다면 초고는 반드시 한 달 안에 완성해야 한다. 한 달 내에 쓰지 못하면, 한 해 안에도 절대 쓰지 못한다. 인간의 본성이다. 시간은 이따금 인간의 감동을 퇴색시키고 처음의 결의를 잊게 하는 법이다. 사람은 마감에 맞게 움직이게끔 하나님께서 만드셨다. 오죽하면 '원고를 쓰는 건 작가가 아니라 마감이다'란 말까지 있을까? 마감을 앞에 두고는 누구나 초인적인 힘이 생겨나게 마련이다.

마감을 정해놓는 일은 대단히 중요하다. 마감이 없으면 초고 작성은 거의 불가능해진다. 이런 이유로 초고는 한 달 안에 쓴다는 각오를 다져야 한다. 간혹 초고 작성을 6개월이나 1년 안에 하겠다는 식으로 여유 있게 잡는 분들이 있다. 그 신중함과 느긋함에는 경의를 표하고 싶지만 이런 경우 초고를 완성했다는 분을 본 적이 없다. 대부분 중도에 포기한다. 왜 그럴까? 그만큼 변수가 많기 때문이다. 누구라도 하루를 온전히 글쓰기에 집중할 수 없다. 무슨 일이 발생할지 모른다. 그렇기에 글 쓸 시간을 삶의 최우선 순위에 놓고, 한 달 동안은 가급적 약속도 잡지 말고 온전히 초고 쓰기에 집중해야 한다.

책 한 권을 60개의 꼭지(소목차)로 만든다고 가정하면 하루에 2꼭지씩 쓰면 된다. 하루 2꼭지면 한 달이면 어떻게든 초고가 완성된다. 초고 쓰기에 있어서 중요한 건 질보다 양이다. 질은 따지지 말고 하루에 쓸 양만 채운다는 생각으로 쓰자. 핵심은 하루 목표량을 정하고 쉬지 않고 한 달간 몰아치는 것이다.

조정래 작가는 그의 책 《황홀한 글감옥》에서 그의 글쓰기 방식을 자세히 설명하고 있다. 그는 하루 원고지 30매 쓰기를 철칙같이 지킨다고 밝혔다. 일본의 추리소설가인 나카야마 시치리(中山七里)는 원고지 기준으로 하루 25매, 한 달에 700매를 쓴다고 인터뷰에서 밝혔다. 《침묵》의 유명한 일본의 대문호 엔도 슈사쿠는 그의 강연집을 책으로 묶은 《엔도 슈사쿠의 문학 강의》에서 하루 8매를 쉬지 않고 쓴다고 하루 집필 양을 밝혔다. 단문의 달인이라고 하는 김훈 작가는 '필일오(必日五)' 란 단어를 책상에 붙여 놓고 규칙적으로 매일 원고지 5매를 쓴다.

이처럼 하루에 쓰는 양을 꾸준히 유지하다 보면 어느덧 원고는 완성되어 있다. 티끌 모아 태산이다. 질보다 양이라는 말이 여기서도 그대로 통용된다. 나도 초고를 쓸 때는 매일 2꼭지씩 썼다. 지금도 초고를 쓸 때는 이 원칙을 철칙같이 지키고 있다. 이 이상 더 좋은 방식이 없기 때문이다.

＊　＊　＊

나는 초고를 빠르게 완성하고, 완성된 초고를 여러 번 수정하는 철저한 퇴고주의자다. 이런 이유로 초고를 어떻게든 한 달 내에 쓰고 그걸 여러 번 수정하는 방식을 활용한다. 쓸 때도 '프리라이팅'이라고 하는 자유 글쓰기를 통해 대단히 자연스럽고 즉흥적인 방식으로 쓴다. '어차피 나중에 수정한다'는 전제가 있기에 가능한 일이다.

일단 쓰기 시작하면 뒤도 돌아볼 필요가 없다. 그저 하루 분량만 지키면 된다. 자동차 헤드라이트가 비치는 곳만 보면 된다. 또한, 초고를 쓸 때는 이미 쓴 원고를 절대로 읽으면 안 된다. 아쉬움이 남고, 자꾸 수정하고 싶고, 불현듯 생각이 나기 때문이다. 쓸 때는 앞만 보고 달려야 한다. 어떻게든 초고를 완성만 하겠다는 명제에 최대한 집중해야 한다.

《책 쓰기가 만만해지는 과학자 책 쓰기》를 출간하고 나서 '하루 15분 글 쓰기로 어떻게 책을 씁니까?'라며 원망 어린 표정으로 질문했던 분이 있었다. 하루 15분 쓰기로 두 달 안에 책을 쓸 수 있다는 주장이 거짓이며 허구라고 했다. 하지만 전혀 그렇지 않다. 글 쓰기의 본질을 전혀 모르는 상황에서 하는 말이다.

실제 한 꼭지를 15분에 쓰기는 쉽지 않다. 하지만 꾸준히 연습하면 충분히 가능하다. 최근에는 한 꼭지의 분량이 갈수록 줄어들고 있다. 과거에는 꼭지 수를 적게 하고 한 꼭지에 7~8쪽 분량인 책이 많았다. 하지만 최근에는 트렌드가 바뀌었다. 짧은 글을 선호하는 독자들의 취향 변화 덕에 한 꼭지가 2~4쪽인 경우가 많다. 이 정도 분량이면 15분에 충분히 쓸 수 있다.

빨리 쓰고 부족한 부분은 나중에 보충하면 된다. 우리에겐 퇴고가 있다. 어차피 쓴 글은 수정할 것이고, 수정에 수정을 거듭하다 보면 봐줄 만한 원고로 탈바꿈하게 되어 있으니까. 익숙해지기가 어려울 뿐이지 막상 몸에 붙으면 누구나 할 수 있다.

간혹 '그렇게 빠르게 날림으로 쓴 글이 무슨 소용이 있는가? 처음부터 다시 써야 하는 거 아닌가?' 하는 의문을 품을 수도 있다. 하지만 써 보면 안다. 그렇게 직관적으로 쓴 글이 고민을 거듭해서 쓴 글보다 훨씬 자연스럽고 원고의 질(質)도 좋다는 사실을.

강원국 교수도 "일단 써놓고 좋아질 때까지 고친다. 시간은 공평하게 주어진다"고 이야기한다. 또한 "아무리 못 쓴 글도 고치면 좋아진다"고도 말한다. 따라서 잘 쓰려고 하지 말고 일단 쓰겠다는 자세를 유지하는 것이 중요하다. 거칠게 쓰고, 쓰고 나서 수정하면 된다. 전체를 한 번 아우르고 세부적으로 나가는 방식이 글쓰기에는 좋다. 초고도 그렇게 써야 한 달 안에 쓸 수 있다. 생각이 많으면 배가 산으로 가는 법이다.

야마구치 마유의 《7번 읽기 공부법》도 이와 비슷하다. 나무를 먼저 보지 말고 숲을 보라는 게 마유 공부법의 요체다. 가령 어느 과목이나 7번 읽어야 내용을 알 수 있다고 하는데, 처음 1~3회독은 한 쪽당 4초 이내로 본다. 전체를 먼저 조망하고 그다음 4회독부터 조금 더 자세히 읽는 방식이다. 처음부터 자세히 보지 않는다. 이해가 되지 않아도 상관없다. 어차피 지금 이해가 안 되는 부분도 나중에 다시 볼 때 이해가 될 것이기에 여러 번 본다는 생각으로 가볍게 읽는다. 깊이 생각하지 않는다. 그러다 보면 자연스레 머릿속에 내용들이 자리 잡는다. 글쓰기도 이와 다르지 않다. 일단 완성해놓고 여러 번 수정하는 방식이 가장 좋다.

* * *

내가 이 방식을 추천하는 이유는 또 있다. 바로 '부담감'이다. 많이 써본 사람은 어느 시점에 어떤 시련이 닥칠지 예측이 된다. 그래서 그에 맞게 움직인다. 저항력 즉, 대응 기제가 있다. 하지만 처음 시작하는 분들은 시련이 닥치면 버텨낼 힘이 없다. 부담감을 가지지 않기 위해서라도 프리 라이팅을 활용해 초고를 재빨리 쓰도록 하자.

이 방식이 가능해진 것도 글쓰기 도구가 작가에게 유리하게 바뀌었기 때문이다. 손으로 쓸 때는 수정하기가 힘들어 수정을 최소화하기 위해 생각을 한 후 써야 했다. 하지만 지금은 전혀 그럴 필요가 없다. 컴퓨터가 있기 때문이다. 컴퓨터의 최대 장점은 수정이 편하다는 것이다. 일단 뭐든지 쏟아내고 쏟아놓은 것들을 넣고 빼고 재배치하면서 글다운 글로 만들면 된다.

이제껏 내가 제시한 방식을 이해하지 못하는 분들도 많다. 이런 분들은 죄송하지만 고정관념을 탈피할 필요가 있다. 무엇인가를 배울 때 너무 따지지 말고 맹목적으로 따라 하는 것이 좋다.

이 방법을 활용해도 막상 쓰기가 어렵다면 스스로를 되돌아보아야 한다. '내가 과연 쓸 준비가 된 것일까?' 잘 안 써진다는 건 아직 준비가 되지 않았음을 의미한다. 이 경우 초고 쓰기는 잠시 미루고 그 전 단계라고 할 수 있는 매일 조금씩 쓰는 연습을 하도록 하자.

맞춤법이나 글의 균제미 따위는 생각할 필요 없다. 특정 주제에 대해 하루에 세 줄이 되었건, 다섯 줄이 되었건 쓰는 연습을 하자. 꾸준히 하다 보면 분량도 조금씩 늘어난다. 더 쓰고 싶은 욕구가 자연스레 생기기 때문이다. 이렇게 내공을 쌓고 쓰기에 익숙해지면 그때부터 쓰고자 하는 주제의 원고를 쓰기를 시작하면 된다. 뭐든지 공짜로 되는 건 없다. 준비 없이 글을 뚝딱하고 쓸 수 없다. 준비하다 보면 써야 할 시점이 온다. 그 기간 동안 내 공을 닦는 것도 좋은 방법임을 잊지 말자.

나는 실수로 논문 제출 일을 잘못 알아 단 3일 만에 석사 논문의 초고를 쓴 적이 있다. 3일간 도서관에서 거의 정신 나간 사람처럼 썼다. 사람이 막다른 곳에 몰리면 평소에는 없던 초인적인 힘이 난다. 본인도 모르는 또 다른 능력이 나타난다.

실전처럼 인생을 살면 세상에 못 할 일이 없다. 다만 조금 피곤할 뿐이다. 무슨 일이든 약간 쫓기는 마음으로 단시간에 집중해야 성과도 나오고, 시간도 절약할 수 있고, 성공할 확률도 높아지는 법이다. 세상만사가 다 그렇다.

질을 따지기보다 양으로 승부하라

- 질보다는 양이다

*
질보다 양이다.

양속에서 질이 나오니까

—— 질(質)보다는 확실히 양(量)이다. 처음부터 질을 노리다가 는 질도 놓치는 것은 물론 양까지 놓치게 된다. 양을 확보하면 질은 저절로 따라오게끔 되어 있다. 즉, 양 속에서 질이 나온다. 실체도 불분명한 질을 생각하지 말고 오로지 양으로 승부한다 는 전략을 짜야 한다. 아무리 내가 생각하기에 기가 막힌 글을 썼다고 해도 전문가가 보면 웃음밖에 나오지 않는 법이다. 모든 것은 자기 착각이다. 이럴 바에야 양이라도 채우는 것이 최상의 선택이다. 양을 채우다 보면 어쩌다 질이라는 놈도 얻어걸린다. 그럴 때 뛸 듯이 기쁘다.

나는 한참을 고민해서 한 글자씩 꾸역꾸역 써내려가는 걸 별로 좋아하지 않는다. 이렇게 하면 몇 자 쓰지 못하고 포기하던가, 쓰는 도중 길을 잃어버린다. 차라리 생각나는 바를 가감 없이 펼쳐나가는 걸 좋아한다. 왜냐하면 내가 글을 쓸 때 프리 라이팅을 철저히 활용하기 때문이다. 프리 라이팅은 이것저것 따지지 않고 생각나는 걸 고스란히 글자로 옮기는 방식이다. 도중에 멈추면 안 된다. 검열하지 않는다. 맞춤법을 따지지도 않는다. 생각나는 대로 그대로 밀고나가야 한다. 이 방식이 나와 맞다. 나는 프리 라이팅을 이용해 무려 6권의 책을 썼다. 써놓은 원고까지 하면 10편이 넘는다.

프리 라이팅의 최대 장점은 어찌됐건 분량을 채울 수 있다는 점이다. 이 방식을 활용해 하루에 두 꼭지만 쓰면 한 달이면 책한 권 분량의 원고가 완성된다. 질보다 양이라는 공식과 찰떡궁합이다. 즉 질보다 양을 위한다면 프리 라이팅을 활용해 글을 써야 한다.

*　*　*

양질 전화(量質轉化)의 법칙이란 말을 들은 적이 있는가? 이 말은 양 속에서 질이 나온다는 말이다. 쓰다 보면 어쩌다 실수로(?)

하나씩 얻어걸리기도 한다. 내가 봐도 '이건 괜찮은데?' 하는 문장이 나온다. 이럴 때 신이 난다. 자꾸 실수를 반복하다 보면 더 이상 실수가 아니게 된다. 양 속에서 질이 나온 결과다. 이런 이유로 질보다 양이라는 게다.

처음 글을 쓰는 사람에게 질은 절대로 나오지 않는다. 바이올린을 처음 배우는 사람에게 프로 연주자의 환상적인 연주를 기대할 수 있을까? 차근차근 단계를 밟고 올라서야 한다. 이렇게 꾸준히 하다보면 나도 모르게 실력이 부쩍 자라 있다. 익숙해지면 잘 쓸 수 있다. 우리 인간은 특정 행동을 반복하다 보면 거기서 안주하지 않고 무엇인가 변화를 시도한다. 인간의 본능이다. 유명한 가수들이 히트곡을 부를 때 원곡대로 부르는 것을 본 적이 있는가? 이렇게 시도하는 변화가 나를 업그레이드하는 주요 원동력이 된다.

경제학 용어에 '규모의 경제' 란 말이 있다. 아무리 좋은 것도 사이즈가 안 되면 인정도 못 받고, 그 자체로 힘이 없다. 가령 1인당 국민소득이 5만 불이라고 해도 인구가 채 1만 명도 되지 않는다면 큰 의미가 없다. 그만큼 규모가 중요하다. 일정 규모가 되면 그 자체로 힘을 가진다. 우리가 아는 훌륭한 예술가들은 죄다 다작을 했다. 모차르트도 그랬고, 베토벤도 그랬다. 피카소 역시 다르지 않다. 왜 그럴까? 이유는 간단하다. 규모의 경제다. 다작 중 명작이 나오기 때문이다. 양에서 질이 나오고, 양은 질을 만든다.

셰익스피어 역시 154편의 소네트를 썼다. 그중 일부는 대작이지만 다른 작품은 동시대인들도 썼을 법한 평범한 작품에 불과하다. 일부는 그야말로 형편없었다. 사실 이류 시인보다 일류 시인들이 형편없는 시를 더 많이 쓴다. 이들은 많은 시를 썼기 때문에 확률적으로 이류 시인보다 형편없는 시가 많은 것이다. _마이클 미칼코, 《아이디어가 폭발하는 생각법》

글쓰기에도 똑같은 원리가 적용된다. 쓰다 보면 좋은 작품이 나오게 마련이다. 작정하고 좋은 작품을 쓰려고 하면 반드시 실패한다. 의식하면 힘이 들어가기 마련이다. 골프를 칠 때도 수영을 할 때도 왜 하나같이 몸에 힘을 빼라고 할까? 자연스러울 때 거기서 명품이 나오게 마련이다. 의식하는 순간 좋은 작품은 물 건너간다. 그래서 다작이 중요하다. 몸에 힘을 빼고 자연스럽게 많이 쓰면 그걸로 족하다. 다작이 명작을 만든다. 양질 전화의 법칙, 즉, 양이 질을 촉진한다.

미국 캘리포니아대 교수이자 심리학자인 딘 키스 사이먼튼 (Dean Keith Simonton)은 양질 전화의 법칙을 통계학 방법으로 입증했다. 그의 말에 따르면 발표 논문이 많을수록 창의적 아이디어 역시 많이 나온다고 한다. 한때 유행했던 '1만 시간의 법칙' 도 똑같은 원리다.

양은 일정 수준까지 차면 질로 바뀐다. 어느 시점까지는 변하지 않다가 어느 순간 갑자기 폭발적으로 반응한다. 소위 '퀀텀 리프(Quantum Leap)' 다. 이때가 양이 질로 변화하는 순간이다. 강원국 작가는 "한 사람과 군중은 다르다" 고 이야기하며, "같은 사람도 군중일 때와 혼자 있을 때 전혀 다른 양상을 보인다" 고 말한다. 물 한 방울과 바닷물이 다르고, 실 한 오라기와 옷감은 다르다. 양이 질을 부른다.

적자생존, 기억에는 휘발성이 있나니

- 메모가 필요한 이유

───── 인간은 망각의 동물이다. 인간의 기억은 유한하다. 듣고 나면 머릿속에 영원히 기억될 것 같지만 불과 몇 초 만에 잊어버린다. 누구나 이런 경험을 해 보았으리라. 불쑥 좋은 생각이 났다가도 몇 분 지나지 않았는데 전혀 기억이 나지 않는 경험. 결국 좋은 생각은 우리에게 불쑥 나타났다가 슬그머니 사라진다. 그래서 어떻게든 기억을 붙잡아놓아야 한다. 좋은 생각이 떠올랐을 때 지체 없이 기록해놓지 않으면 망각의 저편 너머로 이내 사라지고 만다. 이런 이유로 작가라는 직업은 불쑥 솟아난 아이디어를 얼마나 잘 간직하느냐가 성패를 좌우하게끔 되어 있다.

다른 직업도 마찬가지이겠지만 작가에게 있어서 기록은 일반인의 그것보다 몇 곱절은 더 중요하다. 작가의 기록은 그 자체로 글쓰기의 소중한 재료가 되기 때문이다.

작가들은 저마다 메모 습관을 가지고 있다. 불쑥 찾아오는 손님을 언제든 붙잡을 준비가 되어 있다. 어딜 가서 무엇을 하든 작가는 항상 메모할 도구를 가지고 다닌다. 그게 수첩이건 스마트폰 어플이건 녹음기이건, 그건 중요하지 않다. 중요한 건 생각났을 때 바로 기록할 수 있는 준비와 자세다. 작가는 본인 주변에서 발생하는 일을 무심코 흘려보내지 않는다. 오히려 적극 대응하고 거기서 본질과 핵심을 찾아낸다. 그리고 그걸 놓치지 않는다. 이게 작가의 힘의 원천이자 작가만이 가지는 능력이다.

강준만 교수는 《글쓰기가 뭐라고》에서 "메모 습관을 갖는 순간 주변 풍경이 달라진다"고 말했다. 메모할 건수를 찾기 위해서 계속 생각이 떠오른다고 한다. 즉, 생각이 떠올라 메모를 하는 게 아니라 메모를 하다 보니 생각이 떠오른다는 거다. 공감한다.

생각이 떠올라 메모를 하는 건 어찌 보면 다분히 수동적이다. 하지만 메모를 하기 시작하면 누구나 욕심이 생긴다. 더 메모하고 싶다. 하나도 허투루 놓치기 싫다. 그래서 메모를 더 하게 되고 메모를 하려고 머릿속에서 생각하는 순간 이전에는 생각하지 못했던 것들이 마구 떠오르기 시작한다. 이런 경험은 메모를 하기 전에는 전혀 깨닫지 못했던 것이다. 이게 메모의 가장 강력한 힘이다!

﹡ ﹡ ﹡

나는 메모를 할 때 보통 카카오톡을 활용한다. 카카오톡 기능 중 '자기와의 대화'를 이용해 키워드 위주로 처넣는다. 좋은 문구나 문장을 보면 스마트폰 카메라로 찍어둔다. 그리고 잊지 않기 위해 속히 귀가한다. 집에 와서 컴퓨터에 정리한다. 이게 가장 순발력이 있고 편하다. 최근에는 네이버 메모 어플도 자주 활용한다.

하지만 다른 방법을 이용하는 분들도 많다. 가령 수첩을 가지고 다니거나 녹음 어플을 이용해 바로바로 음성으로 녹음을 하거나, 스마트폰 메모 어플을 이용하기도 한다. 어떤 방식으로 메모하느냐는 중요하지 않다. 본인이 편한 대로 하면 된다. 단 여러 방식을 다양하게 이용해보길 바란다. 다양한 방식을 활용해보면 어떤 방식이 나와 맞는지 알 수 있다. 중요한 건 생각났다가 나에게서 도망치는 그 변덕스러운 아이디어를 놓치지 않고 제대로 붙잡을 수 있느냐다.

강준만 교수는 길을 걷다가 혹은 버스를 타다가, 심지어 당구를 치다가도 좋은 생각이 떠오르면 즉시 멈추고 메모를 한다고 한다. 본래 수첩을 들고 다녔는데 주머니가 불룩해지는 것이 싫어 종이 한두 장을 가지고 다니며 즉시 메모한다고 한다. 나도 이 방식을 써보았다. 괜찮은 방법이다. 이처럼 생각을 잡기 위한 노력은 어떤 방식으로든 가장 최적의 방법으로 즉시 이루어져야 한다. 갑자기 찾아온 생각을 온전히 보전하기 위해서는 다른 일을 하다가도 멈추고 메모를 해야 한다.

메모는 자신이 알아볼 수 있게 키워드 위주로 기록하면 된다. 주절주절 다 쓸 시간이 있겠는가? 키워드 위주로만 적어도 대부분 기억해낼 수 있다. 떠올릴 수 있을 정도로 적으면 그걸로 충분하다.

본래 기획이나 아이디어 찾기, 콘셉트 잡기는 작정하고 하려고 하면 잘 안 된다. 그게 우리 두뇌의 속성이다. 그러다가 갑자기 어느 순간 우연처럼 좋은 생각이 떠오른다. 화장실에서, 버스 안에서, 길을 걷다가, 혹은 영화를 보다가도 불쑥 나타난다.

그래서 항상 메모할 준비를 해두어야 한다. 자투리 시간을 잘 활용하여 메모를 통해 기획이나 아이디어, 콘셉트를 정하는 연습을 꾸준히 해보자.

＊　＊　＊

메모의 효용은 또 있다. 글을 쓰다가 막히거나 집중이 되지 않을 때 글을 미완성 상태로 놔두자. 억지로 붙잡고 있어 봐야 글이 제대로 써질 리 만무하다. 단 쓸 내용을 간단하게 메모를 해 주머니에 넣고 다니자. 한가할 때 메모를 보고 고민해보면 좋은 생각들이 마구 용솟음친다. 작가로서의 카타르시스는 이럴 때 생겨난다. 인간은 벌려놓은 일을 어떻게든 마무리 지으려는 속성이 있다. 소위 '자이가르닉 효과'다. 이 심리학적 효과를 글쓰기에 적용하면 아주 좋다.

강준만 교수도 글이 안 써지면 미완성 상태로 두고 그걸 1~2줄 메모로 남겨 몸에 지니고 다닌다고 한다. 중간 중간 적어놓은 메모를 보고 생각을 해본다. 그러면 막힌 배수로가 뚫리듯 막혔던 부분이 시원하게 해결된다고 한다. 그래서 이젠 아예 미완성 상태를 즐기는 수준에 이르게 되었다고 말한다. 나도 이 방법을 자주 활용한다. 생각이 잘 나지 않을 때는 그냥 내버려둔다. 여지는 남겨 놓은채.

메모의 요령이 알고 싶다면 시중에 메모 방법론에 대한 책이 아주 많으니 일독을 권한다. 메모의 방법은 정답이 없다. 자기가 편한 대로 하면 된다. 다만 타인이 어떻게 메모하는지 확인해보는 건 필요하다. 누구나 자기만의 스타일이 있겠지만 좋은 기능이나 방법을 몰라서 못 쓰는 경우는 겪지 말아야 할 것이 아닌가?

명심하자. 적는 자만이 살아남을 수 있다. 적자생존(적는 자만이 살아남는다)이다. 생각이 있어서 적는 게 아니다. 적다 보면 생각이 난다. 적으려고 하면 아이디어가 떠오른다. 무언가를 해야 또 다른 무언가를 얻는 법이다. 가만히 있으면 아무것도 우리에게 오지 않는다.《쓰기의 감각》에서 메모의 중요성을 강조한 앤 라모트의 말을 경청할 필요가 있다.

좋은 아이디어가 떠오르거나, 사랑스러운 것이나 이상한 것이나 어떤 이유에서건 기억할 만한 가치가 있는 것들을 발견할 때면, 얼른 카드를 꺼내 몇 마디 단어로 압축하여 휘갈겨 쓴다. 나중에 그것을 통해 전체를 기억해낼 거라고 믿으면서 말이다.

세상에는 기록을 하지 않는 작가 친구들도 꽤 많이 있는데, 그

것은 수업 시간에 필기하지 않고 듣기만 하는 것과 같다. 내 생각에, 당신이 중요하고 창조적인 생각을 잊어버리지 않고 잘 저장해놓을 수 있을 정도로 기억력이 뛰어난 사람이라면 그것은 큰 행운이고, 나머지 인간인 우리가 당신을 왕따시키더라도 놀라지 말아야 한다.

내가 좋아하는 안도현 시인도 똑같은 말을 한다. 그는 "잠들기 5분 전쯤 기발한 생각이 머리를 스치고 지나갈 때, '아 내일 아침에 꼭 그것을 써야지' 하고 생각만 하고 잠들지 말라"고 말한다. 영감은 받아 적어두지 않으면 아침까지 우리를 기다려주지 않기 때문이다. 그렇게 해서 놓친 시(詩)가 수십 편이나 된다고 한다. 그래서 안도현 시인은 잠자리에 들기 전에 아예 메모지와 펜을 머리맡에 두고 잔다. 화장실에도 놓아두고 심지어 속주머니에도 넣어둔다고 한다. 경청할 만한 이야기다. 김기택 시인의 다음 말을 곱씹어 보자.

한 편의 시가 나오기 전까지 나도 내 안에서 무엇이 나올지 모른다. 궁금해서 기다려진다. 시가 나오기를 기다릴 때 시가 어린애 같다는 생각이 종종 든다. 이 녀석은 성질이 청개구리 같아서 꺼내려고 하면 얼른 숨는다. 아무리 좋은 컨디션, 고요한 시간, 알맞은 분위기를 준비해놓고 유혹해도 좀처럼 나오지 않는다. 무관심한 척, 아무도 자기에게 관심 없는 척하면, 그제야 저도 심심하고 궁금하니까 살살 고개를 쳐든다. 이 녀석은 내가 준비가 안 된 순간을 느닷없이 급습하여 난처한 상황에 빠져 쩔쩔매는 것을 즐기는 것 같다.

_ 김기택, 놀이로서의 시 쓰기, 〈시와 시학〉 2005년 봄호

고쳐 쓰며 글쓰기는 무럭무럭 자란다

- 퇴고의 중요성

*
누구나 글을 쓸 수 있지만, 작가만이 고쳐 쓸 수 있다.
바로 여기가 뭔가가 만들어지는 곳이고,
가장 중요한 전투가 벌어지는 곳이다.
그리고 아무도 이 일을 대신해줄 수 없다.

_윌리엄 C. 노트

———— 이 세상에는 두 종류의 글쓰기 방식이 있다. 하나는 일필
휘지로 써 내려간 후 가급적 수정을 하지 않는 방식, 다른 하나
는 자유롭게 일단 써내려간 후 여러 번 수정하여 글을 완성하는
방식이다. 그동안 내 글쓰기 방식을 돌이켜보면 전자도 아니고
후자도 아니었다. 이도 아니고 저도 아닌 어중간한 상태. 요한
계시록에 나오는 '뜨겁지도 않고 차갑지도 않은' 그런 어정쩡
함이 있었다.

지금 와서 생각해 보면 초고는 가볍게 쓰고 수정에 공을 들이는 것이 더 좋지 않나 싶다. 초고주의자들은 '처음 쓴 글이 정답'이라는 주장을 편다. 하지만 시대가 바뀌었다. 이제는 컴퓨터라는 문명의 이기(利器)가 생겨났으므로, 손으로 쓰거나 타자기로 두들기던 시대와는 쓰는 방식도 달라져야 하지 않을까? 앞에서 말한 프리 라이팅 즉, 자유 글쓰기를 위해서라도 초고주의보다는 퇴고주의가 정답이라는 것이 내 생각이다.

마루야마 겐지는 초고를 완성하면 최소 7번은 고쳐 쓰라고 한다. 한승원 작가도 그의 글쓰기 책에서 최소 7번 이상은 고쳐 쓴다고 밝혔다. 반대로 조정래, 나카야마 시치리나 김병완 작가는 한 번 쓴 글을 잘 고치지 않는다고 한다. 과연 무엇이 정답일까?

어느 정도 글쓰기의 궤도에 오른 분이라면 본인의 스타일에 맞추어 쓰면 그만이다. 하지만 적어도 글쓰기의 세계에 이제 방금 진입한 분이라면 초고주의보다는 퇴고주의를 추천한다. 그 이유는 다음과 같다.

1. 프리 라이팅의 효과적인 적용을 위해서다.
2. 한 번 깊숙이 들여다보는 것보다는 여러 번 자주 들여다보는 것이

효율적이기 때문이다.

3. 초고의 관점과 퇴고의 관점은 분명히 다르다.

4. 글은 만지면 만질수록 좋아진다.

5. 글쓰기 실력은 초고 작성 시보다 퇴고 시 부쩍 자란다.

6. 어차피 퇴고는 해야 한다.

7. 눈에 보이는 걸 수정하는 것이, 안 보이는 것을 끄집어내는 것보다
   효율적이다.

지금부터 하나씩 알아보자.

첫째 이유는 글쓰기의 수월성이다.

고민해서 쓰는 것보다는 직관적으로 쓰는 것이 훨씬 편하고
효율적이다. 고민해서 쓰려 하면 자칫 진도 나가기도 힘들다.
그냥 자연스럽게 생각을 펼쳐나가면 된다. 이걸 '프리 라이팅',
다시 말해 '자유 글쓰기'라고 한다. 순간적으로 머릿속에서 떠
오르는 생각을 놓치지 말고 자연스럽게 써내려가면 된다. 적다
보면 다음 문장이 생각나는 그런 이치다. 즉, 생각이 나서 쓴다
기보다는 쓰다 보면 문장이 꼬리에 꼬리를 물고 이어지는 그런
상황이다.

한 줄도 적지 못하고 고민 고민하는 것보다는 일단 다 써놓고 수정하는 편이 훨씬 효율적이다. 이렇게 쓴 글이 오히려 내용도 더 좋다. 한 번에 일필휘지로 완벽하게 쓴다는 생각은 버리고 가볍게 초고를 쓰도록 하자. 이렇게 써야 속도가 붙어 짧은 시간에 초고를 완성할 수 있다. 단기간에 쓰지 않으면 포기할 확률이 높아지는 것이 글쓰기다.

둘째는 자주 보기다.

깊숙이 한 번 보는 것보단 여러 번 자주 보는 게 훨씬 좋다. 자주 보게 되면 보이지 않던 것들까지 볼 수 있다. 매번 쓸 때마다 다른 관점으로 바라볼 수 있고 그에 따라 글의 내용도 달라질 수 있기 때문이다.

나는 기획안을 작성할 때도 골똘히 생각하기보다는 그냥 직관적으로 여러 번 자주 생각하는 편이다. 이런 방식으로 아이디어를 도출하다 보면 머릿속에서 나올 만한 내용이 다 나온다. 이걸 활용해 기획안을 작성한다. 이 방식이 한 번 깊게 고민하는 방식보다 훨씬 효율적이다.

《7번 읽기 공부법》으로 화제가 된 야마구치 마유도 비슷한 이야기를 한다. 한 번 깊숙이 보는 것보다는 여러 번 자주 보는 방식이 효율적이라고 그녀는 주장한다. 숲도 보지 못한 상황에서 나무부터 보는 우를 범하지 말라는 말이다.

셋째, 입장의 차이다.

초고를 쓸 때는 작가의 입장이지만 퇴고를 하다 보면 작가의 입장, 즉 쓰는 입장에서 독자의 입장, 즉 읽는 입장이 된다. 관점의 변화를 통해 막상 당사자의 입장에서는 도저히 알 수 없는 내용을 제삼자적 시각에서는 찾아낼 수 있다. 이렇게 하면 자신의 원고를 보다 객관적으로 검토하고 수정할 수 있다. 우리 인간은 제삼자적 입장에서는 다분히 객관적이지만 막상 본인이 당사자가 되면 객관성을 상실하는 경우가 많다.

넷째, 어차피 퇴고는 해야 한다.

초고를 정성 들여 완성해도 퇴고는 해야 한다. 안 할 수 없다. 일필휘지로 한 번에 완벽하게 쓰는 사람은 많지도 않을뿐더러 그런 재능은 문학작품을 쓸 때 써야 한다. 일반인은 그렇게 쓸 수 없다. 설사 본인은 한 번에 쓴 원고에 손댈 바가 없다고 생각할지라도 그건 자기 착각이다. 출판사에 보내봐야 수정할 사항은 실타래 풀리듯 끊임없이 생겨난다. 어차피 해야 할 퇴고라면 초고를 조금 수월하게 쓰고 퇴고 시 수정을 하면 된다. 공정률로 치자면 초고에서 70%를 달성하는 것보다는 조금 힘을 빼서 50~60%로 부담 없이 쓰는 게 훨씬 효율적이다.

다섯째, 보이지 않는 걸 억지로 쥐어 짜내는 것보다는 눈에 보이는 걸 수정하는 게 훨씬 편하다.

과거에는 컴퓨터가 없어서 원고지에 펜으로 직접 써야만 했다. 원고지에 쓰면 수정하기가 쉽지 않다. 그래서 한 번에 잘 쓰려고 하는 경향이 분명히 존재했다. 하지만 이제는 그렇지 않다. 일단 할 말을 모두 쏟아내 놓고 그걸 연결하고 조합하고 수정하면서 원고를 만들어나간다. 어린아이들이 레고 놀이를 할 때를 상상해보라. 레고를 하나씩 꺼내서 조립하지 않는다. 모두 쏟아놓고, 쏟아놓은 블록을 집어서 조립해나간다. 글쓰기도 이처럼 해야 여러 모로 편리하고 유리하다.

* * *

퇴고를 최소화하자는 초고주의자들은 '퇴고를 염두에 두고 글쓰기를 하면 초고의 완성도가 떨어져 처음부터 다시 써야 하는 불상사를 겪을 수 있다'고 주장한다. 나름 일리가 있다. 하지만 나는 그렇게 생각하지 않는다. 왜냐하면 퇴고주의자의 초고 쓰기는 형편없는 원고를 쓰자는 게 아니라 프리 라이팅 기법을 활용하자는 것이기 때문이다. 또한, 프리 라이팅에 익숙해지면 오히려 가볍게 쓴 원고가 고민 고민해서 쓴 원고보다 더 좋아지는 경험을 하게 된다.

실제 나는 프리 라이팅을 활용해 책을 6권이나 출간했고, 그 중에서 원고를 다시 써야 할 정도의 일은 발생하지 않았다. 오히려 고민 고민해서 쓴 글이 나중에 수정해야 할 사항이 더 많았다. 즉 고민해서 쓴 글보다는 직관적으로 쓴 글이 더 좋다는 사실을 명심하자.

퇴고는 많이 할수록 좋다. 다다익선이다. 따라서 원고를 쓰면 '이제 그만해도 되겠다' 혹은 '더 이상 이 원고는 손댈 데가 없다'는 생각이 들 정도로 퇴고를 해야 한다. 이 단계가 되면 느낌이 온다. 그 시점이 퇴고를 마무리해야 할 시점인 동시에 원고를 투고해야 할 시점이기도 하다. 노벨문학상을 탄 헤밍웨이도 초고를 쓰고 나서 수백 번 고쳐 쓰는 퇴고주의자였다. 그는 "초고는 걸레다"라는 원색적인 말까지 써가며 퇴고의 중요성을 강조했다. 마루야마 겐지, 한승원의 주장도 이와 다르지 않다.

내가 퇴고주의자가 된 데는 다른 이유도 있다. 나의 글쓰기 성향에 따른 이유라고도 할 수 있겠다.

첫째는 '인용' 이다.

이건 철저히 나만의 글쓰기 방식에서 연유한 것이다. 나는 꼭지(소목차) 제목을 먼저 확정하고 글을 쓴다. 프리 라이팅 기법을 활용해 가감 없이 모조리 쏟아낸다. 나름대로 초고를 완성해 놓은 후 인용 작업을 시작한다.

내 생각만으로 쓴 글은 자칫 밋밋해질 수 있다. 남의 이야기를 삽입함으로 글을 보다 재미있게 하고 공신력을 확보하고자 노력한다. 이런 작업을 글쓰기와 동시에 하면 참 좋겠지만 하늘은 나에게 그런 역량까지 주시지는 않았다. 다 쓴 원고에 인용할 만한 문구를 넣고 스토리를 심는다. 보통 1교(1회차 수정)나 2교(2회차 수정) 때 이 작업을 한다.

인용을 할 때에는 초고의 틀이 흔들리지 않도록 적재적소에 인용 문구를 자연스럽게 삽입해야 한다. 이걸 잘해야 글도 안정감이 생기고 내용도 풍성해진다. 인용은 비단 같은 종류의 책뿐만 아니라 전혀 다른 분야의 책에서도 충분히 가능하다. 글을 쓰는 머리는 이미 인용을 향해 달려가고 있기에 인용할 내용이 나오기 마련이다. 인용을 위해 책을 읽는다는 것은 책읽기의 궁극이며 가장 뛰어난 독서법이기도 하다. 따라서 최고의 독서법은 글쓰기를 위한 독서다. 별도로 독서법을 공부할 필요가 없다. 이렇듯 글을 쓰며 얻는 효과는 비단 글쓰기에만 그치지 않는다. 이게 글쓰기의 힘이다.

둘째는 '숙성' 이다.

초고를 완성하면 바로 퇴고에 돌입하지 않는 것이 좋다. 일정 기간 숙성의 시간이 필요하다. 한 대상을 끊임없이 계속해서 바라보다 보면 그것에 함몰되고 만다. 글이 마치 그림처럼 느껴진다. 이럴 때는 시간이 필요하다. '쓰는 나' 에서 '고치는 나' 로 전환하는 데 필요한 숙성 기간이다. '당사자' 에서 '제삼자' 가 되는 과정이다.

갓 태어난 아이가 착한 아이인지 나쁜 아이인지는 아이 엄마도 모른다. 하지만 시간이 지나면 자연스레 드러난다. 글도 마찬가지다. 어느 정도 숙성이 되면 '내가 왜 이렇게 썼지?' 하는 나쁜 아이가 보이기 시작한다. 이걸 강원국 작가는 '낯설어지는데 필요한 시간' 이라고 한다. 고기도 숙성이 잘 돼야 지방질이 응축되면서 맛도 좋다.

셋째, '완성도'다.

퇴고를 하면 할수록 글의 완성도는 높아진다. 나는 퇴고를 보통 4번 이상 한다. 각 차별로 보는 중점 사항을 달리한다.

가령, 첫 번째 퇴고 시 전체 흐름을 본다. '내용의 급속 변침은 없는가' 와 '이 내용이 이 꼭지 주제와 맞는가' 를 확인한다. 전혀 필요가 없는 내용이라면 과감하게 삭제한다. 단 꼭지와 간접적인 연관성이 있고 별도의 꼭지로 만들 내용이 아니라면 그건 그대로 살려둔다. 버리기 아깝기 때문이다. 계륵이다. **두 번째 퇴고 시는 문단별로 문단으로서의 가치를 본다.** 한 문단으로서 기능을 제대로 하고 있는가를 보는 거다. **세 번째 퇴고 시에는 문장 위주로 본다.** 어색한 문장은 고치고 긴 문장은 짧게 쪼갠다.

마지막 퇴고 시에는 단어를 본다. 이 단어가 맞게 쓰였는지 확인하고 더 좋은 단어가 있을지 몰라 국어사전을 찾아본다. 그리고 바꾼다. 이런 작업을 꾸준히 하다 보면 글도 좋아질뿐더러 글쓰기 실력도 일취월장한다. 글은 퇴고할 때 부쩍 실력이 향상됨을 느낀다.

* * *

나는 어떻게든 원고를 전부 완성해놓고 수정하자는 주의다. 그날 쓴 원고를 바로바로 수정하는 작가도 있지만 나는 가급적 그렇게 하지 않는다. 일단 초고를 쓸 때는 초고에 집중한다. 단기간에 초고를 완성하기 위해서다. 또한, 각 퇴고가 끝날 때마다 전부 출력해서 종이를 보며 검토한다. 컴퓨터 모니터로 검토할 때와 종이로 출력해서 검토할 때는 완전히 다르다. 컴퓨터에서 보지 못한 오류도 종이로 보면 잘 보인다. 이건 대상을 바라보는 시각을 달리하는 방식이다. 가령 모니터로 볼 때 못 보던 것을 노트북이나 스마트폰으로 검토하면 안 보이던 것이 보인다. 참 신기하다. 아무리 봐도 이상한 문장은 소리 내어 옆 사람에게 이야기하듯 말해본다. 우리는 이미 정상적인 문장에 길들여져 있어서 어색한 문장은 말로 읽다 보면 무엇인가 이상하다고 느껴진다. 그런 문장은 아예 다시 쓴다.

퇴고의 방법은 아주 많다. 저마다의 노하우가 있겠지만 중요한 건 글의 완성도를 높이기 위한 노력이다. 퇴고는 하면 할수록 좋다. 퇴고의 마법을 거치다 보면 멋진 글로 환골탈태(換骨奪胎)하게 마련이다.

내게 원고를 완성하면 검토해달라고 부탁하는 친구가 한 명 있다. 원고를 자꾸 보다 보면 거기에 함몰되어 객관성을 상실하고 만다. 그래서 제삼자의 검토가 필요하다. 사탕발림이 아닌 쓴소리를 해주는 사람이 반드시 필요하다. 장강명 작가는 아내에게 원고를 보여주고 아내가 반응이 좋지 않으면 본인 역시 기분이 좋지는 않지만 그걸 밖으로 나타내지 않으려고 애쓴다고 한다. 나 역시 마찬가지다. 모든 비판을 수용하는 것은 아니지만 그런 친구가 한 명 있다는 게 꽤나 든든하다.

퇴고하기 너무나 좋은 환경이다. 진정한 승부는 초고가 아닌 퇴고가 아닐까 생각해본다.

일단 완성을 외쳐야 하는 이유

- 다 써놓고 수정하라

*
없는 걸 만들어내는 것보다는

다 채워놓고, 채워진 걸 보면서 수정하는 게 훨씬 편하다.

_____ 한 문장도 쓰지 못하고 머리를 긁적일 바에는 무엇이라도 일단 써 내려가는 것이 훨씬 낫다. 일단 칼을 뽑았다면 무엇을 자를지 고민하기보다는 무를 자르던 배추를 자르던 잘라야 한다. 자르는 과정에서 '일단 시작' 이 옳았음을 깨닫게 된다.

오랜 기간 직장생활을 하면서 후배에게 항상 강조하는 말이 있다. 업무가 부여되면 '빈 공간부터 채우라' 고 말한다. 보고서가 됐건 기획서가 됐건, 심지어 반성문이나 경위서가 됐건 상관없다. 일단 채워놓으면 거기서부터 시작이다. 고치고, 빼고, 추가하면서 결과물을 완성해간다.

나는 평가위원으로 평가에 참여할 때도 이 방식을 활용한다. 발표자의 발표를 보고 난 후 평가 점수를 매기지 않는다. 일단 일정 점수를 강제로 부여해놓고, 본격적인 평가가 시작되면 거기서 수정하는 방식을 취한다. 이게 훨씬 편하고 능률적이다.

글을 쓸 때도 이와 다르지 않다. 일단 써라. 다 쓰고 나서 그것을 수정하면 된다. 이 방식이 한 줄도 쓰지 못하고 머리를 쥐어짜며 고민하는 것보다 훨씬 효율적이다.

* * *

일단 허접하더라도 완성부터 하는 것이 중요하다. 내용이야 어찌 됐건 빈 공간을 채워서 그럴싸한 완성품을 만들어야 한다. 완성품을 보고 있으면, 그 완성도와 상관없이 일단 '이제 어느 정도 되었구나' 하는 안도감 내지 자신감이 생기게 마련이다. 그걸 좀 더 구체화하고, 세밀화하여 보다 완성도가 높은 작품으로 탈바꿈시키면 된다.

내가 이 방식을 강조하는 이유는 이 방식 외에는 달리 방법이 없기 때문이다. 특히 글쓰기에 익숙하지 않은 분들은 이 방법을 무조건 따라야 한다. 100점짜리 원고를 쓰려하지 말고, 일단 40점짜리라도 원고를 완성시켜 놓아야 한다. 그리고 나서 꾸준히 수정을 하면서 50점, 60점, 70점으로 계속 올려나가야 한다. 즉, '빼기 식 글쓰기'를 하지 말고 '더하기 식 글쓰기'를 해야 한다.

세상에는 고민을 거듭해서 해결할 일이 있고, 직관적으로 판단해서 처리해야 할 일도 있다. 내 인생을 돌이켜보면 고민해서 일을 처리할 때보다 차라리 직관적으로 떠오르는 아이디어를 활용할 때가 더 결과가 좋았다. 이런 이유로 나는 무슨 일을 하던지 '어떻게 할지 고민하기에 앞서 직관성을 활용하여 빠르게 형태를 잡고, 그걸 계속 수정하는 방식'을 활용한다. 일필휘지의 천재형이라기보다는 조각품을 만들기 위해 수천 번, 수만 번 쪼고 깎고 다듬는 둔재형이라 할 수 있다.

간혹 내 글쓰기 속도를 보고 주위에서 '어떻게 그렇게 글을 빨리 쓰십니까?'라고 묻는 분들이 많다. 하지만 그들은 모른다. 내가 어떤 방식으로 쓰는가를.

＊　＊　＊

'일단 완성'이 도대체 왜 중요한 것일까? 이유는 단 하나다. 눈에 보이는 것을 수정하는 것이 보이지 않는 것을 불러내기 위해 머리를 쥐어뜯는 것보다 백배는 더 쉽기 때문이다. 보고서나 기획안을 만들 때도 일단 공란 없이 양식을 어떻게든 채워보라고 말한다. 그리고 끊임없이, 완벽해질 때까지 수정하라고 한다. 자꾸 보다 보면 안 보이던 것들이 보이기 때문이다. 깊이보다는 반복이다. 반복이 깊이를 만든다.

글쓰기도 이와 같다. 어떻게든 원고를 처음부터 끝까지 완성해 보라. 그것이 대단히 형편없는 넝마주이 쓰레기 원고라고 생각해도 상관없다. 노벨문학상 수상자인 헤밍웨이도 철저한 퇴고주의자였기에 "모든 초고는 쓰레기"라는 원색적 표현까지 써가며 '일단 완성'의 중요성을 강조했다.

로댕의 '생각하는 사람(The Thinker)'을 떠올려 보자. 조각가는 처음부터 세밀한 작업을 하지 않는다. 전체적인 큰 틀을 만들어 놓고 그때부터 점차적으로 세부 작업에 들어간다. 이렇게 진행 상황에 따라 좀 더, 좀 더 디테일한 부분까지 손을 댄다. 글쓰기도 마찬가지다. 일단 원고를 완성해놓고 수정하는 방식이, 무엇을 쓸지 고민하여 선뜻 커서를 밀고 나가지 못하는 것보다 훨씬 효율적이다.

이런 방법이 가능해진 것도 컴퓨터 덕이다. 컴퓨터가 나오기 전에는 손으로 직접 원고지에 썼다. 손으로 쓴 원고는 부분적인 수정은 가능하지만 전체를 뒤흔드는 수정은 할 수 없었다. 이런 이유로 초고를 쓸 때 어느 정도의 고민을 한 후 써야 했다. 수정하기가 어렵기 때문이다. 하지만 컴퓨터가 등장한 이후 전혀 그럴 필요가 없다. 이야기 소재가 있으면 레고 박스에서 레고 조각을 쏟아내듯이 다 쏟아내고 그걸 퍼즐 맞추듯이 짜 맞추면 된다. 굳이 처음부터 쓸 필요도 없다. 내가 쓰고 싶은 부분부터 써도 된다. 나중에 이걸 재배치하고 편집하면 그럴듯한 원고가 만들어지기 때문이다. 이게 다 컴퓨터의 힘이다.

무엇이 보이느냐가 중요한 것이 아니라

무엇을 보느냐가 중요하다

-김 욱

5장

출판사는 내 책을 받아 줄까?

- 출판사를 설득하는 방법

어떻게 써서 보내야 할까?

- 원고의 작성 및 송부 방법

*
원고 완성이 끝났다고 그냥 메일로 보내면 안 된다.

출판사에게도 지켜야 할 예의가 있다.

하루에 출판사에 투고되는 원고는 얼마나 될까?

어느 원고를 보다 더 유심히 살펴볼까?

—— 최근에는 원고를 손으로 직접 쓰는 경우는 거의 없으리라
본다. 컴퓨터라는 무척이나 편리한 장비가 있기 때문이다. 여러
분은 원고 작성 시 어떤 워드 프로그램을 사용하시는가? 가장 많
이 쓰는 '한글'을 비롯해 다양한 워드, 메모장, 워드패드, 글쓰기
프로그램이 있다. 하지만 아직도 아날로그 감성을 활용해 손으로
쓰는 작가들도 있다. 그야말로 천차만별이다. 손으로 쓰는 것도
여러 장점이 있다. 하지만 나는 컴퓨터를 사용하기를 추천한다.

손 글씨보다 컴퓨터가 가지는 장점이 훨씬 많기 때문이다.

글을 쓰기 위해서는 어떤 도구를 사용해야 할까?

바로 한글이다. 원고 작성의 핵심은 한글 프로그램 사용이다. 어디나 그 바닥의 룰이 있는 법이다. 대부분의 출판사가 한글을 사용하므로 출판업계의 규칙을 따라야 한다. 다른 프로그램으로 원고를 작성하여 투고하더라도 편집자는 어차피 한글로 변환해서 검토한다. 그러니 애당초 한글을 사용하는 게 좋다. 단 한글 프로그램이 컴퓨터에 설치되어 있지 않다면 굳이 구입할 필요는 없다. 다른 프로그램을 사용해도 무방하다. 어차피 편집자는 한글로 바꾸어서 검토하니까.

그럼 지금부터 원고 작성법에 대해 우리가 간과하는 네 가지를 알아보자.

첫째는 '글쓰기 틀' 이다(나는 이걸 '글쓰기 뽄' 이라 부른다).

글을 쓰기 위해서는 한글 프로그램을 사용한다. 나는 한글 파일에 글을 쓸 때 책 판형과 똑같은 형태로 틀을 만들어서 쓴다. 이게 소위 내가 말하는 '글쓰기 뽄' 이다. 한 쪽에 23줄이 들어가는 뽄을 직접 만들어 사용한다. 마치 책을 직접 쓰는 느낌을 받을 수 있고 분량 조절에도 아주 제격이다. 물론 판형이나 편집, 조판에 따라 조금 바뀔 수 있다. 책 한쪽의 줄 수를 세어보면 보통 적게는 17줄부터 많게는 25줄까지 있다. 소설책이라면 몰라도 일반 단행본은 19줄에서 23줄이 가장 좋다는 것이 나의 지론이다. 나는 23줄을 주로 쓴다.

얼마 전 한 원고를 23줄 뿐에 320쪽을 써서 출판사에 보냈더니 결국 370쪽짜리 책이 됐다. 출판사에서 한쪽의 줄을 20개로 바꾸어 쪽수가 50쪽이나 늘어나고 만 것이다. 글쓰기 뿐을 17줄로 할지 23줄로 할지는 본인이 직접 테스트를 해보고 편한 걸 이용하면 된다. 다만 원고 분량이 적다면 쪽수를 늘릴 필요가 있으므로 한쪽에 들어가는 줄 수를 적게 할 필요가 있다. 편집의 묘다.

한글 표준 서식에 글자 크기 10으로 쓰면 한쪽 작성하기도 힘들다. 이왕이면 **목표를 낮게 잡고 수월하게 달성한다는 심정으로 책 쓰기 뿐을 반드시 활용**하시기 바란다. 나는 누가 이렇게 하라고 하지도 않았지만 내 개인적인 판단에 의해 이렇게 썼다. 원고를 완성한 후 딱히 편집할 필요도 없고 분량을 확인하는 데도 편리하며, 출판사에서 검토하기도 편하다고 생각했기 때문이다. 단, 투고 원고 형식이 사람마다 천차만별이므로 내가 어떻게 보내던 간에 출판사 편집자 스타일대로 수정하여 검토한다는 점을 잊지 말아야 한다.

둘째는 일관성이다.

원고를 쓸 때는 항상 독자를 고려해야 한다. 따라서 독자의 가독성을 염두에 두고 글을 써야 한다. 그래서 일관성이 중요하다. 가령 한 꼭지는 문장 갈무리를 '이다' 라고 하고, 다른 꼭지는 '입니다' 라고 하면 어색하므로, 어느 쪽이 되었건 하나로 통일시켜야 한다. 그래야 글에 신뢰감이 생긴다. 일관성이 없으면 마치 복사해서 붙여 넣은 느낌을 지울 수 없다. 원고는 일관성을 생명처럼 생각해야 한다.

글의 일관성을 확보하는 방법은 무엇일까? 원고를 쓰는 동안 원고에만 집중하여 단기간에 쓰기를 마쳐야 한다. 그래야 일관성이 확보된다. 다른 약속도 잡지 말고 온전히 글쓰기에 집중해야 한다. 물론 원고를 쓴 후에는 퇴고 때 문체를 통일하거나 양식을 맞춤으로 일관성을 확보할 수도 있다.

셋째는 분량이다.

책 한 권 분량을 채우기 위해서는 적게는 40꼭지, 많게는 60

꼭지가 필요하다. 한 꼭지의 쪽수가 5쪽 이상이라면 40꼭지 정도가 적당하지만 5쪽 이하라면 책 분량을 위해 아무래도 꼭지가 늘어날 수밖에 없다. 꼭지가 적으면 전체적인 쪽수가 안 나오기 때문이다.

최근에는 한 꼭지 당 쪽수가 많이 줄어드는 추세다. 독자의 인내심이 없어서다. 짧은 글이 대세처럼 되어 가고 있다. 따라서 짧은 글에서 임팩트가 느껴지게 해야 한다. 이런 이유로 나는 대부분의 꼭지를 4쪽에 맞추고 있다. 4쪽이 안 되면 어떻게 해서라도 늘리려고 하고 4쪽이 넘어도 가급적 6쪽 이상은 넘기지 않는다. 꼭지별로 분량이 제각각이면 역시 읽는 독자가 혼란스러워한다. 따라서 꼭지별로 페이지 수를 일정 분량으로 동일하게 조절하는 것이 좋다. 꼭지의 상위 목차인 대목차 역시 가급적 분량을 균등하게 조정하면 좋다. 가령 한 대목차는 15꼭지가 있고 다른 대목차는 5꼭지가 있어서는 곤란하다. 대목차 간에 균형이 필요하다. 그래야 보기도 좋고 읽기도 좋다.

넷째는 문체다.

문체가 달라지면 역시 독자들이 혼란스러워한다. 마치 여러 저자가 쓴 것인 양 느껴지게 한다. 이 경우 읽을 때 어려움을 겪는 건 물론이고 글의 신뢰도 또한 떨어지기 마련이다. 마치 논문 몇 편을 묶어 놓은 듯한 이질감은 글의 안정성을 떨어뜨린다.

책은 하나의 작품으로 내용상뿐만 아니라 형식적으로도 균제미가 있어야 한다. 균제미는 일종의 형태감이라고 할 수 있는데 하나의 주제를 일관성 있게 표현하는 방식이다. 주제를 어떻게 풀어나갈지 결정하고 대목차를 잡고 꼭지를 써서 표현하는 일종의 방법이라고 할 수 있다. 이게 흔들리면 책 자체가 부실해지고 만다. 그래서 문체의 통일은 대단히 중요하다.

일단 원고를 완성하면 하나의 통일된 원고 형태로 만들어야 한다. 표지부터 목차, 서문, 본문의 순서대로 정리한다. 글씨체 통일도 다시 한 번 점검하고 한글 프로그램 미리보기를 통해 큰 틀에서 검토한다. 쪽 번호도 매겨 최종 분량을 확정한다. 이렇게 하면 하나의 초고가 완성이 된다.

초고가 완성되면 바로 투고할지 몇 번 퇴고를 거칠지 결정해야 한다. 간혹 원고를 투고하고 계약에 이르게 되면 '어차피 출판사에서 수정을 할 것이므로 퇴고가 왜 필요하냐'는 분이 있는데 이는 대단히 잘못된 생각이다. 투고 원고는 최대한 정성을 기울이는 게 맞다. 자꾸 보다 보면 수정 사항이 꾸준히 나온다. 오타는 말할 것도 없다. 이런 오타나 수정사항이 많아지면 글 자체의 신뢰감을 떨어뜨리기 마련이다.

나는 퇴고주의자다. 투고 전에 가능한 한 많은 퇴고를 하자는 주의다. 보통 퇴고를 3번 정도 하고 출판사에 투고한다. 퇴고를 하다 보면 비문, 오탈자, 어색한 내용 수정, 논리적 비약이 없는가 등을 꼼꼼히 점검한다. 포털에서 제공하는 맞춤법 검색기에 돌려서 맞춤법 오류도 찾아낸다(이래도 오타는 나온다).

내 경험으로는 퇴고할 때 글쓰기 실력이 가장 향상된다. 따라서 퇴고를 다 쓴 원고의 마무리 절차라고만 단순하게 생각하지 말자. 오히려 글쓰기의 연장선이라고 생각하자. 강원국 작가는 퇴고에 대해 "우리가 톨스토이나 헤밍웨이처럼 쓰지 못하는 이유는 그들처럼 수십, 수백 번 고쳐 쓰지 않았기 때문이며, 초고는 그들 역시 우리와 비슷했다"고 말한다.

퇴고를 하다 보면 나만이 가진 잘못된 특정 패턴을 발견하게 된다. 특히 맞춤법의 경우 별도로 정리해놓자. 이게 대단히 중요하다. 하나같이 틀리는 패턴이 정해져 있기 때문이다. 틀리는 곳은 반복해서 틀린다. 이렇게 정리해놓은 것을 모니터 옆에 붙여놓고 계속 들여다보면 쓰기를 할 때 의식적으로 피하게 된다. 퇴고를 몇 번 하면 '이제 더 이상 고칠 때가 없겠다' 싶은 생각이 든다. 바로 이때가 투고를 해야 하는 시점이다.

투고할 때는 2가지가 필요하다. 하나는 원고 파일이고 다른 하나는 출간기획서다. 출간기획서에 대해서는 뒤에서 자세히 이야기할 것이다. 나는 투고 원고에 책 제목(가제)도 붙이고 저자 소개, 목차 등도 실제 책과 똑같이 만들어놓는다. 물론 저자 소개는 출간기획서에서도 담는다.

최근 저자 소개는 과거의 틀에 박힌 형식에서 탈피하여 다양한 시도가 이루어지고 있다. 다분히 감성적으로 변화하는 추세다. 시중에 출간한 베스트셀러 위주로 저자 소개를 유심히 살펴보면 느끼는 바가 있으리라. 출판기획서의 저자 소개는 작가가 어떤 사람인지 출판사에 정확하게 알려줄 필요가 있다. 경력이나 그간 출간한 책의 리스트를 첨부하여 책을 출간할 역량이 충분한 사람이라는 걸 어필할 필요가 있다. 파워 블로거나 파워 유튜버라면 그걸 최대한 활용해야 한다. 출판사에서 아주 좋아한다.

* * *

투고는 보통 이메일로 한다. 미리 투고할 출판사 이메일 주소를 확보해야 한다. 나는 주로 내가 쓴 원고와 결을 같이하는 관련 분야 출판사 이메일을 도서관이나 인터넷 서점 도서 미리보기를 이용해 수집했다. 대부분의 책 서지사항에 이메일을 안내하고 있으므로 적절히 활용하면 된다. 조심할 것은 여러 곳에 동시에 메일을 보내려면 개별 발송을 해야 한다는 거다. 물론 출판사에서도 여러 군데 보낸다는 사실 정도는 알고 있다. 하지만 개별 발송을 통해 타 출판사 이메일까지 굳이 노출할 필요가 있을까? 이건 일종의 예의라고 생각한다.

출판사에 메일을 보내면 "우리 출판사는 보내주신 원고를 검토하는 데 2~3주의 시간이 소요됩니다"라는 메일도 오고 "잘 접수되었습니다. 검토 후 회신을 드리겠습니다."라는 메일도 온다. 대형 출판사에서는 "우리 출판사는 홈페이지에서 원고 투고 코너를 운영하니 직접 신청해주십시오"라는 메일도 오고 "장르별로 투고 이메일이 다르니 선택해서 다시 투고하라"는 친절한 메일도 온다.

원고가 괜찮다고 생각하면 작은 출판사부터 연락이 오기 시작한다. 대형 출판사는 검토에 많은 시간이 걸린다. 중요한 건 출판사마다 생각하는 게 비슷하다는 거다. 투고 후 계약은 아예 안 오던가 복수의 출판사에서 오던가 둘 중 하나다. 편집자라면 누구나 안다. '이 원고는 많은 출판사에서 연락이 가겠구나'라는 사실을.

원고는 전체를 보내야 하는가?

- 원고 투고 방식에 대한 이야기

*
원고를 투고할 때 전체를 투고해야 할까?

아니면 일부만 투고해도 될까?

_____ 원고를 투고할 때마다 항상 머릿속에서 맴도는 고민이 하나 있다. 출판사에서 내가 투고한 원고를 다른 방식으로 활용할 수도 있다는 일종의 불안감이다.

'내 원고의 가치를 한눈에 알아보고 나 몰래 다른 곳에 쓰지 않을까?' 내 소중한 원고를 무단으로 가져가는 게 아닐까?'

이런 고민은 투고에 익숙하지 않은 초보 저자라면 누구나 할 수 있다. 지금 와서 생각해보면 기우에 불과했지만, 당시에는 고생해서 쓴 원고에 대한 애착이 대단했기에 이런 불안감을 가질 수밖에 없었다. 좀 더 상상의 나래를 펼쳐볼까? 당시 내 생각은 이랬다. 출판사에서 내 원고를 꽤 괜찮은 원고라고 일단 판단한다. 하지만 전략적으로 투고를 거절한다. 바로 책으로 출간하기에는 무엇인가 부족한 점이 보인다. 하지만 잘 다듬으면 시장에서 꽤 먹힐 것 같다. 출판사에서 내 원고를 근거로 무엇인가 색다른 기획을 해 그것을 책으로 출간한다. 그리고 대히트를 친다.

이런 고민은 투고해 본 사람이라면 누구나 한 번쯤은 생각해 보았으리라. 내 소중한 원고를 출판사에서 내 허락도 없이 임의로 도용한다면 그보다 씁쓸한 일이 있겠는가? 전부를 투고하는 건 불공평한 일이라고까지 생각했다. 차라리 일부만 투고하는 게 정답이 아닐까? 원고는 과연 전부를 투고해야 하는 걸까?

여기서 궁금증이 시작됐다. 왜냐하면 당시 나는 '원고는 전부를 투고해야 한다' 고 철석같이 믿고 있었기 때문이었다. 과연 전부를 보내야 할까?

원고 일부만 보내야 한다고 주장하는 사람들은 첫째, 검토하는데 시간이 오래 걸리고, 길어지다 보면 원고의 단점이나 치부가 드러날 수 있다는 점, 둘째, 원고의 일부만 보내도 어차피 출간 기획서도 같이 보내므로 원고의 실체를 파악하기에 충분하다는 점, 셋째, 아이디어가 아무리 좋더라도 원고의 콘셉트가 출판사 요구와 맞지 않아 원고를 다시 써야 할 수도 있다는 점, 넷째, 전체를 완성해놓았음에도 원고 자체가 먹히지 않으면 그간의 노력이 무용으로 돌아간다는 점을 예로 든다. 김병완 작가나 양원근 대표가 이 축에 속한다.

전체를 보내야 한다는 주장은 첫째, 우리는 기성작가가 아니므로 출판사의 믿음이 부족해, 보여줄 수 있는 건 다 보여줘야 출판사에서 신뢰한다는 점, 둘째, 초보 저자로서 일부만 보내기보다 전체를 투고하는 게 출판사에 대한 예의라는 점, 셋째, 원고가 완성되어 있음에도 그걸 굳이 잘라서 일부만 보낼 필요가 없다는 점, 넷째, 출판사에서는 초보 저자의 원고 완성에 대한 믿음이 없다는 점을 예로 든다. 이상민 작가가 이런 견해를 취한다. 나 역시 이 견해에 찬동한다.

한 글쓰기 강연에서 강연자는 이런 말을 했다.

투고 시 원고를 전체를 다 보내는 것은 바보 같은 짓이다.

출판사에서 보는 것은 원고의 콘셉트지 원고 내용 그 자체는 아니기 때문이다. 원고의 출간 가능성을 엿보려면 출간 기획서와 몇 개의 글이면 충분하다.

맞는 말이다. 하지만 나는 생각이 달랐다. 원고를 다 완성하고 이 중에서 일부만 보내지 않고 전체 원고를 투고했다. '전체 원고를 투고하는 것이 과연 합당한가?' 라는 고민은 나 역시 분명히 있었다. 하지만 내 결론은 결국 '전체 원고 투고'였다. 왜 나는 이런 선택을 해야만 했을까?

나는 나를 바라보았다. 내 현재의 입장과 처지를 생각했다. 그리고 출판사의 입장도 생각해 보았다. 당시 나는 출판에 문외한인 초보자였고 '나 같은 초짜를 뭘 믿고 원고 일부로 나를 판단해 주겠는가?' 라는 판단이 섰다. 일부 원고로 내 책의 콘셉트를 설명하기 충분하지 않다고 생각했다. 일부 원고 투고는 출판사에 대한 예의가 아니라는 나름의 철학도 있었다. 그래서 나는 모든 투고 시 원고 전체를 한글 파일로 보냈다. 한 번은 일부 원고만 투고할 경우 어떤 반응이 있을까 궁금해서 이미 다 쓴 원고였건만 일부(여기서 일부란 50여 개의 꼭지 중 잘 썼다고 생각하는 꼭지 10개 정도를 의미)를 추려서 출판사에 보냈다. 그랬더니 이런 답변이 왔다.

우리 출판사는 전체 원고를 검토하는 걸 원칙으로 하고 있습니다.

보내주신 원고로 내용을 파악하기에 쉽지 않으니, 가능하다면 전체 원고를 보내주시기 바랍니다.

우리 출판사는 1/3 이상의 원고를 보내주셔야 합니다.

위와 같이 답변을 받은 후로는 전체 원고를 보냈다. 왜 이런 현상이 발생했을까? 사람은 한 번 인상이 굳어지면 쉽사리 변하지 않는 특징이 있다. 가령, 한 식당에 갔는데 맛이든, 위생 상태든, 서비스든, 좋지 않은 인상을 받았으면 그 식당을 다시 가지 않는다. 다른 사람이 아무리 좋다고 해도 나는 그렇게 생각하지 않기 때문에 좀처럼 발길이 향하지 못하는 것이다. 나 역시 그랬다. 일부 원고로 투고를 했음에도 반응이 영 좋지 못했으므로, 내 머릿속에는 '투고는 전체 원고를 해야 한다'는 생각이 또렷이 각인되었다.

결론적으로 나는 과거에도 그랬고 지금도 그렇고 앞으로도 원고는 전체를 완성하여 투고할 생각이다. 설령 원고가 출판업계에서 돌고 돌아도! (그것도 대단한 영광이다) 아주 유명한 작가라 너도나도 계약하고 싶은 그런 작가라면 혹시 모르겠지만 일반인이야 출판사에 '책 좀 출간해 달라'는 아쉬운 소리밖에 할 수 없는 처지다. 믿음도 심어주어야 하고, 최대한 공손함을 갖출 필요가 있다.

* * *

여기서 우리는 출판사가 원고를 선정하는 방식에 대해 생각해 볼 필요가 있다. 소위 '기획 출판'이라 함은 출판사에서 책의 콘셉트를 기획하고 철저하게 출판사의 방식대로 진행하는 출판을 말한다. 여기에도 몇 가지 방법이 있다.

첫째는 출판사가 기획부터 전 과정의 주체가 되는 방식이다. 즉 어떤 주제의 책을 출간할지 출판사에서 미리 정한 다음 그에 맞는 작가를 찾는다. 가령 인공지능(AI)에 관한 책을 쓴다고 가정해 보자. 인공지능을 인문학과 연계한다는 콘셉트를 잡았다고 치자. 이런 원고를 쓸 수 있는 전문가를 찾는다. 그 전문가가 책 쓰기를 승낙을 하면 계약을 한다. 계약서에는 물론 언제까지 원고를 넘긴다는 내용이 포함되어 있다. 이 경우 전문가는 해당 기일까지 원고를 써서 넘기면 된다. 즉, 이 방식은 투고가 필요 없다. 출판사에서 작가를 섭외하는 방식이기 때문이다. 최근 이런 방식이 눈에 띄게 늘고 있다.

둘째는 작가가 직접 원고를 완성하여 출판사에 투고하는 방식이다. 작가가 원고를 써서 출판사에 투고하면 출판사에서 원고를 읽어보고 경쟁력이 있다고 판단하면 계약을 한다. 계약서에 최종 원고를 어느 시점까지 출판사에 넘길 것인지 명시되어 있다. 작가는 완성된 원고에 몇 번의 퇴고 과정을 거쳐 최종 원고를 출판사에 넘긴다. 전통적인 방식이다. 나도 이 방식을 통해 책을 출간했다.

셋째는 작가가 콘셉트를 제시하고 출판사가 승낙하는 방식이다. 이 방식은 작가가 책의 콘셉트만 출판사에 제시한다. 원고를 미리 쓰지 않는다. 출판사는 괜찮은 콘셉트다 싶으면 책으로 한 번 내보자는 이야기를 할 것이고 계약 후 작가가 원고를 완성한다. 이 경우 역시 원고는 계약 후 완성이 되므로 콘셉트 제시 때 본보기로 보여줄 원고 정도만 있으면 된다.

과거에는 투고에 의한 출간 방식이 주를 이루었으나 최근에는 책이 워낙 안 나가다 보니 출판사에서 시작부터 기획하는 첫 번째 방식이 주를 이루고 있다. 특히 개인 방송, 블로그, 네이버나 다음 카페 운영자, 파워 유튜버 등 영향력 있는 소셜 인플루언서의 책은 판매가 일정 부분 보장되기 때문에 출판사에서 먼저 발 벗고 나서는 상황이다.

앞으로는 투고를 통한 방식은 셋째 방식이 대세를 이룰 것으로 생각한다. 작가 입장에서도 원고를 다 썼음에도 계약을 하지 못한다면 손해가 이만저만이 아니다. 따라서 콘셉트 기획안(출간기획서 혹은 출판기획서)을 출판사에 제시하고 출판사에서 오케이 사인이 떨어지면 글을 쓰는 방식이 자리를 잡게 될 것으로 보인다.

결국 콘셉트 기획안을 통한 계약이 가장 좋다고 할 수 있다. 투자 대비 효과가 가장 뛰어나기 때문이다. 하지만 초보 작가에게는 넘기 힘든 산일 수도 있다. 덜컥 계약은 했는데 정작 작가가 원고를 완성하지 못한다면 그보다 골치 아픈 일이 있겠는가? 출판사도 뭘 믿고 초보 작가에게 맡기겠는가? 출판사는 책 출간에 절대로 무리수를 두지 않는다. 검증도 안 된 작가의 모든 상황을 고려해줄 만큼 너그러운 출판사는 이 지구에 없다.

어느 정도 책을 출간한 작가라면 콘셉트 기획안을 출판사와 협의하여 진행하는 것도 괜찮은 생각이다. 초보자에게 책 내기는 여전히 진입 장벽이 높은 편이다. 따라서 원고 일부만 보내기보다는 원고 전체를 투고하는 게 여러모로 좋다고 본다. '이 정도 원고라면 책으로 낼 수 있겠구나' 하는 확신을 주는 데는 원고 전체를 보내는 방법이 가장 효과적이기 때문이다. 초보 저자에겐 그게 또한 예의다.

한 장짜리 기획안으로 출판사를 유혹하라

- 이제는 필수인 출간기획서 작성 및 활용법

＊

투자의 성공 = 사업계획서 작성

책 출간의 성공 = ??

_____ 처음에는 출간기획서가 무엇인지도 몰랐다. 첫 투고를 할 때 원고만 달랑 이메일로 보냈다. 중간에 시행착오가 조금 있기는 했지만 비교적 단기간에 계약을 했다. 출판사 대표가 원고를 좋게 봐주셨나 보다. 나는 정말 운이 좋은 거다. 나 같은 케이스는 매우 드물다. 대부분의 출판사는 원고를 처음부터 자세히 읽어주는 너그러움을 가지고 있지 못하다. 그래서 필요한 것이 요약본이다. 회사에서 보고를 할 때도 1장짜리 요약서를 첨부한다. 결정권자, 특히 CEO가 그 많은 보고서를 전부 읽어볼 수는 없기 때문이다. 투고도 마찬가지다. 원고를 한눈에 파악할 수 있는 요

약서가 필요하다. 그게 바로 '출간기획서' 다. 출간기획서는 '이런 콘셉트로 책을 내고 싶어요' 하는 일종의 제안서와 같다.

투자자에게 사업을 제안할 때도 이런 사업계획서를 만든다. 사업계획서를 그럴싸하게 잘 만들면 투자자의 투자를 유치할 확률이 매우 높아진다. 벤처기업을 창업하거나 신사업에 진출하기 위해서 사업계획서에 사활을 거는 이유가 여기에 있다. '저 사업은 가능성이 있겠어!' 혹은 '투자해 봄직해' 와 같은 확신을 심어주어야 한다. 책 출간도 마찬가지다. 이와 다르지 않다. 잘 만든 출간기획서 하나가 무덤 속에서 다 죽어가던 원고에 새 삶을 부여하는 결정적인 역할을 한다.

이제껏 여러 권의 책을 출간하면서도 출간기획서를 거의 활용한 적이 없다. 일부러 만들지 않았다. 원고를 작성할 때부터 이미 책 형태로 만들기 때문이다. 원고에는 제목과 부제, 카피 문구, 저자 약력, 서론, 목차, 본문, 맺음말까지 모두 들어가 있다. 따라서 출판사에서 제목과 저자 약력, 목차만 봐도 어느 정도 알 수 있다고 생각했다. 실제 출간기획서 없이 계약에 성공했다. 그래서 '출간기획서 없어도 원고가 좋으면 계약이 되는구나, 출간기획서가 반드시 필요한 건 아니구나' 라는 생각까지 했다.

하지만 글쓰기 책을 읽거나 글쓰기 강연을 듣다 보면 하나같이 출간기획서의 중요성을 강조했다. 나도 지금이야 출간기획서를 작성해 보내지만(남들이 다 하니까), 출간기획서의 필요성에 대한 인식 자체가 없었다. 하지만 그럼에도 출간기획서는 중요하다. 나처럼 책 형태로 만들어 투고하지 않는 이상 반드시 필요하다고 생각한다.

출간기획서는 정성을 다해 작성해야 한다. 어설프게 작성할 바에는 아예 안 쓰는 게 낫다. 출간기획서가 자칫 원고에 영향을 미칠 수 있기 때문이다. 출판사에서는 당연히 원고보다는 출간기획서를 먼저 열어볼 것이고 출간기획서로 제대로 어필하지 못한다면 원고는 열어 보기조차 않을 확률이 높다. 이럴 때 어설픈 출간기획서가 오히려 독(毒)으로 작용한다.

따라서 출간기획서 작성은 생각 이상으로 훨씬 더 중요하다. 할 수 있는 한 최선을 다해서 정성껏 작성해야 한다. 대부분의 예비 저자들은 원고 작성에는 몇 달씩 공을 들이면서도 정작 출간기획서의 중요성에 대해 심각하게 생각하지 않는 경향이 있다. 이는 훌륭한 명품을 만들고도 광고지는 이면지에 손으로 쓴 것과 다를 바 없다. 화장품 회사에서 왜 화장품 내용물보다 케이스 디자인에 공을 들이겠는가?

출판사에서는 특정 시기가 되면 비슷한 양식의 출간기획서와 원고가 물밀듯이 들어온다고 한다. 글 쓰기 강좌가 끝나는 시점에 투고의 물결이 출판사로 넘실넘실 들이닥치는 거다. 한 출판사 대표님은 이런 명언을 남겼다.

천편일률적인 글

비슷비슷한 원고

비슷한 양식의 출간기획서

아, 어디 글쓰기 강좌가 끝났나 보구나…

이렇게 말하면서 투고된 원고 중 정작 건질 건 없다는 하소연을 들은 적이 있다. 공장에서 마치 물건을 찍어내듯이 단기 속성으로 글쓰기 교육을 받아 투고하니, 원고도 비슷하고 출간기획서도 대동소이하다. 원고의 질이 떨어져 출판 계약으로 이어지기도 힘들고, 그런 이유로 결국 반자비나 자비출판으로 눈을 돌리게 된다. 이런 이유로 정형화되고 틀에 박힌 출간기획서보다는 자신만의 특징을 어필할 수 있는 독특하고 창조적이며 구체적인 출간기획서를 만드는 게 무엇보다 중요하다.

그럼 출간기획서는 어떻게 작성해야 할까?

내 생각엔 출간기획서의 핵심은 색깔 구현이다. 나만의 독특한 색깔과 향을 가진 기획서를 만들어야 한다. 가장 최악은 틀에 갇힌 진부한 기획서다. 이런 기획서는 아니 만드느만 못하다. 색깔 구현의 핵심은 '콘셉트 설정'이다. 콘셉트를 제대로 만들어내야 한다. 이게 출간의 생명이다. 출판사 담당자가 원고를 검토하는 시간은 수 초에서 기껏 수십 초에 불과하다. 한 편의 투고 원고를 검토하는 데 결코 오랜 시간을 투자하지 않는다. 출판사 업무 중 투고 원고를 검토하는 일의 비중은 채 5%도 되지 않기 때문이다. 따라서 '내 기획서와 원고를 아주 오랜 시간 밀도 있게 검토해 줄 거야'라는 생각은 일찌감치 버리는 것이 좋다.

출간기획서는 첫눈에 확 띄게 해야 한다. 기획서의 콘셉트는 5줄을 넘어가지 않게 작성해야 한다. 그래야 흡입력이 생긴다. 문학 공모전 공고를 보면 소설 원고를 제출할 때 500자 이내의 '시놉시스'를 요구하는 경우가 많다. 원고를 읽기 전에 어떤 내용인지 한눈에 알아야 하기 때문이다. 소설의 시놉시스가 바로 책의 출간기획서에 해당한다.

* * *

출판사 대표와 이야기를 나누다 보면 대략 출간기획서에서 유심히 보는 부분이 있다고 한다. **첫째가 주제이고, 둘째가 주제를 어떤 방식으로 구현하는가, 셋째는 저자 약력이라고 한다.** 특정 주제를 책으로 구현하는 방식은 다양할 수 있는데 이게 결국 책으로 출간되느냐 마느냐의 결정적 부분이다. 그게 바로 '콘셉트' 다.

저자 약력은 저자의 구매력을 보기 위해 필요하다. 저자가 온라인-오프라인 상으로 영향력이 있을수록 책이 잘 팔려나가기 때문이다. 따라서 저자가 누구인지도 중요하다. 저자 인지도와 연결되는 것이 홍보 계획이다. 결국 출판사의 존재 이유도 책을 많이 파는 것이기 때문이다. 저자의 구매력이 결국 홍보와 연결되어 있고 저자가 책을 내면 사줄 수 있는 사람이 얼마나 있는가가 아주 중요한 문제이다. 출판사도 기본적인 홍보 계획은 가지고 있겠지만 결국 책은 저자가 팔아야 한다. 출판사에 기대하다가는 큰코다친다.

출간기획서를 작성할 때 홍보 계획을 아주 구체적이고 세세하게 잡아야 한다. 그래야 출판사가 좋아한다. 가령 파워 유튜버나 블로거, SNS 구독자가 많은 분은 시작 선상부터 유리한 위치를 점하고 있다고 보면 된다. 이들의 구매력을 믿기 때문이다.

간혹 사비를 들여 마케팅하거나 전화번호부에 있는 지인에게 수단과 방법을 가리지 않고 강매하겠다는 마케팅 계획을 적는 사람들도 있다. 하지만 막상 계약하고 나면 선뜻 자비를 들여 투자하기도 쉽지 않을 뿐만 아니라 막상 내 책을 사줄 거라고 믿어 의심치 않았던 지인들도 정작 책 출간에 별로 관심이 없다. 이 마음을 내 블로그에 올린 글이다.

오랜만에 만난 지인에게 책 출간을 알리면

내가 예상했던 대답은

1. 축하한다

2. 대단하다

3. 반드시 사겠다, 이지만

현실은

1. 하나 안 주냐

2. 인세는 많이 나오냐

3. 인세 들어오면 술 한 잔 사라

4. 네가 쓴 건 맞냐

5. 얼마 주고 출간했냐, 이다

_ 현실과 이상의 괴리

책이 나오면 사줄 줄로 굳게 믿었던 지인들도 책 구매에 정작 인색하다는 걸 깨닫고 배신을 외치지만 달라질 건 아무것도 없다. 이게 엄혹한 현실이다.

내가 생각해 낸 홍보 계획은

1) SNS 마케팅

2) 전국 도서관 신청

3) 저자가 일정 부수 구매

4) 진중문고 등과 같은 플랫폼 진입

5) 관련 단체에 홍보 등이었다.

이 중 제대로 진행된 것은 하나도 없지만 그나마 당시에는 현실적으로 타당하다고 생각한 것들이다.

최근에 와서 느끼는 거지만 책 팔기는 강연만 한 게 없다. 강연을 하게 되면 강연 시작 전 30분 전부터 책을 쌓아놓고 입구에서 팔 수 있다. 강연 후 저자 사인을 받으려고 하기 때문이다. 책을 팔기 위해서라면 수단과 방법을 가리지 말아야 한다. 그게 출판 불황기에 작가가 감당해야 하는 숙명과도 같은 것이다.

혼자서 힘들다면 학원이라도?

- 책을 만들어 준다는 학원의 실체

*

나는 무엇이든 돈 주고 배우는 걸 싫어한다.

글쓰기도 다른 것도 마찬가지였다.

그래서 속도가 더디지만, 혼자 깨우치는 법을 배웠고

시행착오를 거치며 돈으로 살 수 없는 것들을 깨달았다.

──── 나는 수영도 독학으로 배웠다. 누구한테 무엇인가를 배우기를 워낙 싫어해서다. 더 구체적으로 말하면 돈을 들여 배우는 걸 좋아하지 않는다. 왜냐하면 독학으로도 충분히 할 수 있는 시대에 살고 있기 때문이다.

유튜브를 활용하면 된다. 가령 요가를 배우고 싶다면 요가 학원에 가는 방법도 있지만, 유튜브에 올려진 수천 가지의 요가 동영상 중 내 스타일에 맞는 동영상을 찾아 따라 하면 된다. 피아노

치기, 그림 그리기, 어학 공부 등등 수많은 정보가 유튜브에 있다. 혼자 하면 장점도 분명히 있지만 단점도 있다. 가장 결정적인 건 속도다. 좀 더디다. 하지만 느림에는 그 나름대로의 장점도 있는 법이다. 제대로 깨닫는다. 부딪치면서 시행착오를 거치며 배우기 때문이다. 생쌀이 재촉한다고 밥이 되지 않는 법이다.

나는 글쓰기를 혼자서 했다. 당시에는 비싼 돈을 지불하고 글쓰기를 배우는 걸 이해하지 못했다. 하지만 최근에는 생각이 좀 달라졌다. 나처럼 직접 맞닥뜨리면서 밀어붙이는 사람도 있지만 그렇지 않은 사람도 있기 때문이다.

최근에는 학원 시스템에 대해 잘 이해하게 되면서 '차라리 이 방식이 더 좋지 않을까?' 하는 생각도 해본다. 나는 지방에 살고 있어서 글쓰기 학원을 다니는 건 생각조차 하지 못했다. 하지만 이런 생각도 다 변명이다. 최근에는 비대면 학원이나 온라인 강좌가 지속적으로 늘고 있어 어디에 살건 상관없이 글쓰기를 배울 수 있다. 특히 글쓰기 책은 그 종류가 너무나 많아 선택하기가 곤란할 정도이다.

얼마 전 유튜브에서 글쓰기에 대해 검색하다가 어떤 분이 올려 놓은 동영상을 보고 깊이 공감했다. 임신한 상태에서 오창에서

서울까지 매주 가서 글쓰기를 배웠다고 한다. 정말 대단한 분이다. 이런 열정이 결국 글쓰기를 가능하게 했다(실제 이 분은 글쓰기에 성공하셨다).

결론부터 말씀드리자면 글쓰기는 충분히 혼자서 할 수 있다. 글쓰기는 말할 것도 없다. 하지만 조금 힘들다. 고독하다. 외롭다. 포기할 수 있다. 그래서 혼자 하려면 독한 마음을 먹어야 한다.

혼자서 하려면 최소한 글쓰기와 관련한 책을 10권 이상 독파하고 시작하실 것을 권한다. 읽어보면 안다. 어떤 세계인지를. 책으로 감을 잡으시고 유튜브 등 글쓰기 강의를 들으면서 책에서 읽은 지식을 구체화하시기를 추천한다. 이 정도 하면 글쓰기에서 알아야 할 사항의 80%는 달성했다고 생각한다. 이런 준비과정을 거쳐야 시행착오도 최소화할 수 있다. 세상 모든 일은 말로만 해서는 힘들다. 본인 스스로 직접 체험하고 겪어봐야 한다. 이런 과정을 거치다 보면 느낌이 온다. '이제 나 혼자서 글을 쓸 수 있겠어!' 하는 그런 느낌.

* * *

스스로 할 수 있겠다는 생각이 들면 혼자 해도 된다. 하지만 혼자 하기 버겁거나 자신이 없으면 학원을 다니는 것도 괜찮다. 집에서 운동하기 힘들면 헬스클럽에 가는 것과 마찬가지다. 아무래도 같이 하다 보면 동기부여가 된다. 혼자 하면 외롭고 고독하다. 나는 아직도 글쓰기는 혼자 해야 한다고 생각하지만 이건 어디까지나 내 생각일 뿐이다. 여럿이 하면 쉽게 지치지도 않고 경쟁적 분위기에서 동기부여도 된다. 혼자 하는 게 적성에 맞지 않는다면 학원을 가는 것도 나쁘지 않다.

학원을 다니면 시간과 비용이 많이 소요된다. 비용은 천차만별이지만 싸게는 수백만 원에서 비싸게는 천만 원이 넘는다. 비싼 학원일수록 책 출간이 확실해지는 경우가 많다. 비싼 학원은 대부분 출판사를 운영하고 있다. 강사가 시키는 대로 따라만 간다면 출판은 그리 어렵지 않다.

여기서 딜레마가 생긴다. 그 정도 비용이면 자비출판도 충분히 가능할진대 과연 그 비용을 투입할 가치가 있을까? 이건 '케바케'다. 작가로서 꾸준히 활동하기로 했다면, 기획출판으로 책 출간의 기쁨을 맛보고 싶다면 과감하게 학원을 다니기를 추천드린다. 하지만 한 권 내고 더 이상 출간할 계획이 없다면 '굳이 비싼 돈 주고 학원을 다니며 고생할 필요가 있는가?' 하는 생각이다. 차라리 그 비용으로 자비출판을 하라. 그게 훨씬 이득이다.

학원의 시스템을 살펴보자. 수강 신청을 하면 수 주에서 십수 주 간 수업을 진행한다. 보통 일주일에 한 번 정도 수업을 한다. 대부분 책을 내려는 분들이 직장인이나 주부이기 때문이다. 일주일에 한 번 서너 시간 정도 수업을 한다.

첫 주는 기획하기, 둘째 주는 목차 잡기, 뭐 이런 식이다. 보통 글쓰기 순서대로 강연을 진행한다. 강연할 때마다 숙제를 내준다. 숙제를 하면서 자연스럽게 글쓰기에 돌입하게 된다. 숙제를 충실히 이행하고 강사와의 면담을 통해 글쓰기에 대한 컨설팅을 받고 피드백을 통해 자연스럽게 책을 만들어가는 시스템이다. 간혹 도태되는 사람도 있지만 대부분 작가로서의 길로 진입한다. 이게 학원 시스템이다.

이렇게 해도 안 되는 분들을 위해 1:1 코칭이 있다. 이건 학원 비용과 별도로 돈을 받는다. 쉽게 말해 맞춤형 글쓰기 코칭이다. 1:1 코칭은 비용은 상당히 비싸다. 간혹 수강료가 비싼 학원은 코칭 비용이 포함되어 있기도 하다.

그럼 학원 수강은 어떤 장점이 있을까?

첫째는 시간이다.

학원은 시간을 엄청나게 절약해준다. 나는 글쓰기에 대해 아무것도 모르는 시절, 기획부터 출간까지 약 2년이 걸렸다. 철저하게 시행착오를 거친 끝에 이루어낸 결과다. 이 과정에서 배운 것도 많지만 상처도 많이 입었다. 순간순간마다 포기하고 싶은 마음이 굴뚝같았지만 기적적으로 버텨냈다. 지금 다시 하라면 못할 것 같다. 그만큼 고통의 시간이었다.

하지만 학원은 이런 고통을 최소화한다. 물론 학원이라고 수강생을 꽃길로만 인도하지는 않는다. 본인의 노력이 기본적으로 수반되어야 한다. 그럼에도 혼자 하는 것보다는 비교적 수월하다. 수많은 책을 출간한 출판 전문가가 친절하게 알려주기 때문이다. 빠르면 6개월 이내에도 책 출간이 가능하다.

둘째는 확률이다.

학원 수강을 통하면 책을 출간할 수 있는 확률이 아무래도 높아진다. 책 출간의 성패를 좌우하는 건 주제와 콘셉트를 잡는 행위 즉, 기획력이다. 나는 기획력을 크게 '착상력, 구상력, 구성력'으로 나눈다. 아이디어를 착상하고 그걸 어떻게 책으로 출간할 것인가를 정하고, 그에 맞는 책의 구성을 만드는 행위가 결국 기획력의 전부라고 할 수 있다. 실제 쓰는 행위는 그다지 어렵지 않다. 해보면 안다.

주제를 어떤 방식으로 어떻게 기획하느냐가 책 출간의 성패를 좌우한다. 간혹 아무도 관심 없는 주제에 대해 책으로 출간하겠다고 덤벼드는 무모한 초심자가 많다. 하지만 고생해서 원고를 완성하다고 하더라도 책으로 출간하기는 결코 쉽지 않다. 이런 시행착오를 줄여주는 역할을 학원에서 해준다.

학원에서는 출간 가능한 주제로 유도해주며, 원고 작성부터 원고의 차별화까지 가이드를 해준다. 따라서 학원에서 시키는 대로 순순히(?) 따라오면 책으로 출간할 만한 이야깃거리가 된다. 한마디로 먹히는 원고를 만들어준다는 거다. 기초 체력이 충분하지 않은 초보 작가라면, 그래서 전문가의 섬세한 도움을 받기를 추천드린다. 혼자 하다가 결국 실패하고 학원이나 컨설팅으로 넘어오거나 자비출판의 세계로 빠져드는 사람이 대부분이다. 쓸쓸하지만 인정할 수밖에 없는 현실이기도 하다.

셋째는 비용이다.

혼자 쓰면 비용이 전혀 들지 않을 것 같지만 전혀 그렇지 않다. 오히려 더 많이 든다. 이게 무슨 소리냐고? 다 이유가 있다. 학원에서 안내하는 대로 따라가면 학원 수강료와 교통비 정도 들겠지만 혼자 하면 더 많은 비용이 든다.

우선 시간이다. 시간은 어떤 비용으로도 환산할 수 없는 거대한 비용이다. 6개월이면 될 것을 2~3년씩 걸린다면 그 비용은 실로 막대하다. 시간이 돈이다.

그 다음은 스트레스다. 시행착오를 거치면 받는 스트레스는 실로 엄청나다. 나도 글쓰기를 하며 머리가 많이 빠졌다. 이게 다 비용이다. 기회비용도 생각해야 한다. 책을 출간하고 홍보에 전념해야 할 시간에 여전히 쓰고 있다면 잃은 기회비용은 상상을 초월한다. 즉, 학원이 더 싸게 먹힌다. 학원비도 작지 않은 돈이지만 인생이 전환점이라는 측면에서 그 정도 비용은 크게 부담이 되지는 않는다고 생각한다. 그 돈 아낀다고 부자가 될 것도 아니잖는가?

* * *

인터넷에서 조금만 찾아보면 글쓰기 학원이 아주 많다. 여기서 일일이 밝힐 수는 없지만, 검색으로도 충분히 가능하니 직접 찾아보시기를 권해드린다. 강좌의 샘플을 유튜브 등에 안내하기도 하고 글쓰기 강의마다 수강생 유도를 위한 공개 강의를 진행하니 관심을 가지고 참여해보시기 바란다. 보통 주말에 2~3시간 정도 진행한다. 글쓰기 학원은 저마다 일반 대중과 소통하는 수단을 가지고 있다. 인터넷 카페가 대표적인 예다. 들어가서 내용도 살펴보고 상담도 받다 보면 여기다 싶은 곳이 있다. 그곳을 선택해서 함께 하면 된다.

나도 글쓰기의 책을 몇 권 쓰면서 나만의 노하우를 여러 사람에게 공유하고 싶은 마음이 굴뚝같다. 책으로 할 수 없는 이야기도 분명히 있기 때문이다. 현장에서 함께 호흡하고 싶은 마음도 있다. 나는 영리를 목적으로 하기보다는 차 한 잔 값정도로 글쓰기 강연을 할 계획을 하고 있다. 강의 수준은 학원에 필적하면서 값은 싼 그런 강의다.

이런 말을 하면 기존 학원에서 아주 싫어할지 모르겠다. 하지만 돈 없으면 글쓰기 강의도 듣지 말란 말인가? 시장은 누구나 창출할 수 있다고 생각한다. 앞으로 작가가 많이 배출되어 출판시장을 활성화할 수 있다면 무슨 일이든 못하겠는가?

설계도를 만드는 데 들이는 시간이

글을 쓰는 데 들이는 시간보다 더 많아야 한다.

그래서 글은 다 써놓고 쓰는 것이다.

* - 소설가 이승우

6장

베스트셀러는 어떤 특징을
가지고 있을까?

- 팔리는 책을 출간하는 방법

내 책이 베스트셀러가 된다고?

- 베스트셀러가 탄생하는 과정

*

2010년 대한민국을 정의 열풍으로 떠들썩하게 했던 마이클 샌델의 《정의란 무엇인가》가 100만 부 넘게 팔리며 공전의 히트를 기록하자 장정일 작가는《무엇이 정의인가》라는 책에서 다음과 같이 말했다.

"이런 상황에서 누군가 페이지마다 잔뜩 검은 칠을 해놓거나, 백지를 제본해놓고 저 제목을 붙었어도, 거뜬히 50만 부를 팔아치웠을 거라는 예감마저 드는 것이다."

—— 누구나 책을 출간하게 되면 '베스트셀러 작가' 가 될 거라는 흐뭇한 상상을 한다. 마치 로또를 사고 나서 '당첨되면 당첨금으로 무엇을 할까?' 하는 행복한 고민을 하는 것처럼 말이다. '그 우연이 나에게 운명처럼 다가오지 않을까' 하는 행복한 생각은 책이

출간되고 얼마 지나지 않아 무참하게 깨진다. 대부분 그렇다.

글을 쓰는 작가와 책을 만드는 출판사 모두 한결같은 마음이다. 출간한 책이 베스트셀러가 된다는 행복한 상상. 작가가 쓴 책이 베스트셀러가 된다는 건 세상에서 공인된 전문가로 인증받는 것을 의미한다. 박사학위를 가지거나 수십 년 해당 분야의 공력이 있어도 전문가지만 베스트셀러 작가는 이보다 훨씬 더 강력하다. 책은 전문가의 보증수표다. 자기소개를 할 때도 이런저런 이력을 밝히는 것보다는 직접 쓴 책 한 권 소개하는 게 훨씬 빠르고 강력하고 뇌리에도 깊이 남는다.

베스트셀러 작가가 되면 전문가라는 지위만큼 뒤따르는 보상도 달콤하다. 가령, 인세를 통한 수입을 얻을 수 있다. 수입이 여기에만 그치겠는가? 각종 강연, 인터뷰, 방송 출연이 쇄도하며, 이렇게 이름을 알리다 보면 전국 각처에서 무슨 행사가 있을 때나, 기업에서 강사로 초청한다. 이렇게 해서 얻는 부수익은 상상을 초월한다. 본래 배보다 배꼽이 더 큰 법이다.

베스트셀러 작가가 되면 이 모든 걸 얻을 수 있지만, 불행히도 대부분의 책은 조용히 출간되었다가 역사의 뒤안길로 쓸쓸히 사라진다. 안타까운 일이지만 엄혹한 현실이다. 한 해 출간되는 책 중 베스트셀러의 반열에 오르는 책은 1퍼센트로 채 되지 않는다.

나머지는 초판도 판매하지 못하고 그저 그렇게 묻히고 만다.

* * *

　최근에는 스마트폰이 우리 생활 깊숙이 침투하면서 책을 읽는 사람을 찾아보기가 쉽지 않다. 불과 십 년 전만 해도 전철을 타면 대부분 신문을 보거나 책을 읽었다. 하지만 최근에는 책 읽는 사람이 거의 없다. 오로지 나만 전철에서 책을 읽는다. 얼마 전에는 전철에서 책 읽는다고 한 어르신께 칭찬도 들었다. 그만큼 책 읽는 사람이 없다.

　그런 출판의 시대, 책의 시대는 이제 완전히 끝난 걸까? 전혀 그렇지 않다. 출판 시장은 축소되기는 했지만, 어떻게든 돌아가고 있다. 그 형태만 변했을 뿐. 책도 팔리는 책만 팔린다. 왜 이런 현상이 일어날까? 나는 그 이유를 '마태효과(Matthew Effect)'로 돌리고 싶다. 마태효과는 '가진 자는 더 가지게 되리라'는 성경 마태복음서에 나오는 말이다(마태복음 25장 29절). 즉, 책 읽는 사람은 더 읽게 되고, 읽지 않는 사람은 아예 안 읽는다. 소위 중간이라는 게 없다. 마치 부의 분배 개념과도 유사하다. 부자는 계속 부자가 되고 가난한 사람은 계속 가난해진다. 중산층이 없다. 소위 마태효과로 인한 눈높이의 미스매칭은 대화까지 불가능하게 할 정도로 양극화를 조장하고 있다. 이런 이유로 우리는 독서를 반드시 해야 한다. 가진 자가 되겠는가? 아니면 가지지 않은 자가 되겠는가?

많은 사람이 책을 읽지 않는 덕에 베스트셀러도 눈에 띄도록 줄었다. 과거에는 100만 부 이상 팔린 책이 상당했으나, 이제는 손에 꼽을 정도다. 그 이유는 말하지 않아도 아실 것이니 여기서 재차 설명하지는 않겠다. 베스트셀러의 기준도 과거의 기준과는 완연히 달라졌다. 과거에는 10만 부는 팔려야 베스트셀러라고 불렀지만 요즘에는 1만 부 이상만 팔려도 베스트셀러다. 그만큼 책이 안 팔린다.

*　　*　　*

그럼 베스트셀러의 정의는 무엇일까? 베스트셀러는 온전히 책의 판매부수로 정해지는 걸까? 아니면 분야별로 상위 등수에 오르면 베스트셀러가 되는 걸까? 저마다의 기준은 다르겠지만 내가 생각하기에 베스트셀러라면 출간 1년 이내에 판매부수 2만 권이상 팔린 책이다. 이 정도로 독자에게 사랑받는다면 베스트셀러가 아닐까 한다. 이 기준이란 획일적으로 정해진 게 없다.

시중에 출간되는 책 대부분이 베스트셀러를 꿈꾸지만 안타깝

게도 100권 중 한두 권이 베스트셀러가 된다. 그럼 어떤 책은 왜 베스트셀러가 되고 어떤 책은 조용히 묻히는 걸까? 그렇다면 베스트셀러의 요소를 뽑아내고 기획 단계부터 그렇게 책을 쓰면 되지 않을까? 그럼 그렇게 쓴 책들이 다 베스트셀러가 되지 않을까?

그랬으면 좋겠지만 불행히도 현실은 그렇지 않다. 베스트셀러를 분석해 베스트셀러가 가지는 요소들을 모조리 책에 반영해도 베스트셀러가 되지 못하는 책이 대부분이다. 왜 이런 현상이 벌어질까?

여기서 우리가 명심해야 할 사실이 있다. 베스트셀러의 요건을 갖추었다고 베스트셀러가 되는 건 아니지만, 베스트셀러 요건을 갖추지 않고는 베스트셀러가 될 수 없다는 사실이다. 즉, 베스트셀러의 요건이라는 것이 베스트셀러의 충분조건은 아니지만 필요조건은 된다는 말이다. 따라서 베스트셀러를 내려면 베스트셀러 요건은 최소한 갖추어야 한다는 결론에 이를 수 있다.

*　　*　　*

얼마 전《대통령의 글쓰기》로 유명한 강원국 작가의 강연을 듣다가 재미있는 말을 들었다. 강원국 작가는 베스트셀러에 대해 이렇게 이야기했다.

어떤 책이 베스트셀러가 될지는 아무도 모른다.

마치 어느 구름에 비가 들어있는지 모르는 것처럼.

나는 이 말을 듣고 적잖이 공감했다. 베스트셀러가 되려면 우리가 알고 있는 사항 외에도 다른 무엇인가가 있어야 한다. 아무리 책을 잘 만들어도 그것이 베스트셀러를 보장하지는 않는다. 여러 요소가 절묘하게 맞아떨어져야 하며 거기에 운도 작용해야 한다. 실제 《대통령의 글쓰기》는 출간 후 미미한 판매고를 올리다가 '최순실 국정농단 사건' 이 일어난 후 그야말로 대박을 쳤다. 책 판매가 역주행하기 시작한 것이다.

《82년생 김지영》도 마찬가지다. 출간된 지 2년이 지나 역주행으로 대박이 터진 것은 2018년 미투 운동으로 촉발한 고통받는 여성에 대한 관심 때문이었다. 이처럼 베스트셀러는 많은 외적 요소가 함께 도와줘야 한다. 나는 제목 갈이, 표지 갈이를 통해 묻혔던 책들이 베스트셀러가 되는 걸 보고 이런 생각이 더욱 굳어졌다. 이에 대해서는 뒤에서 자세히 설명할 것이다.

그럼 베스트셀러의 요소란 무엇일까?

잘 팔리는 책은 모두 저마다 이유가 있다. 서점의 베스트셀러 순위를 잘 살펴보면, 그리고 어떤 책이 어떤 이유로 그렇게 많이 팔렸는지 곰곰이 생각해보면 어렴풋이 알 수 있다. 지금 이 시대를 살아가는 우리 현대인이 무엇을 바라보고 있고 어떤 것을 갈구하고 있는지를.

나는 다음 일곱 가지가 베스트셀러의 핵심 요소라고 생각한다.

▲ 책 제목

▲ 표지 디자인

▲ 부제와 카피 문구

▲ 저자 인지도

▲ 내용

▲ 마케팅

▲ 타이밍

그중에서 가장 핵심 세 가지를 뽑는다면 책 제목과 저자 인지도, 그리고 마케팅이다. 다른 요소들도 매우 중요하지만 굳이 세 개를 뽑자면 그렇다는 말이다.

특히 책 제목은 정말 중요하다. 책 성패의 90%는 책 제목이라고 보면 된다. 그만큼 책 제목이 미치는 영향은 절대적이라고 할 수 있다. 잘 뽑은 책 제목을 보고 있노라면 '이 책은 어느 정도 팔리겠구나' 하는 생각이 든다.

표지 디자인과 부제, 카피 문구는 눈에 띄게 하는 디자인적 요소다. 과거에는 중요성이 그다지 크지 않았으나 최근에는 매우 중요해졌다.

저자 인지도는 아직도 여전히 중요하다. 인지도가 있는 작가는 고정 독자층이 있다. 마니아 층이 확고하다.

내용의 중요성은 이루 말할 필요도 없다. 당연하다. 아무리 저자 인지도가 높아도 책 내용이 아니면 결국 독자로부터 외면받을 수밖에 없다.

마케팅 역시 무시 못 할 요소다. 마케팅이 강할수록 베스트셀러가 될 확률이 높아진다. 마케팅은 결국 투자이므로 돈을 들여야 한다.

타이밍은 그 시기에 출간해야 하는 책에 해당하는 내용이다. 이런 책을 '시기서'라고 하는데 출간 시점이 대단히 중요한 책들이 있다. 아까 말한 대로 국정농단 사태에서 역주행한 《대통령의 글쓰기》도 타이밍이 맞은 책이다.

책 제목은 책의 운명을 좌우한다

- 책 제목은 책 성공의 팔 할이다

*
1단계 책을 출시한다.

2단계 폭삭 망한다.

3단계 제목과 표지를 바꾸어 다시 출간한다.

4단계 대히트를 친다.

과연 무엇이 잘못된 것일까? 무엇이 문제였을까?

＿＿ 안 팔리던 책이 제목과 표지를 바꾸어 다시 출시하는 소위 '표지 갈이'에 성공하여 베스트셀러가 되는 것을 보고 우리 출판시장의 미성숙함을 탓하기에는 시대가 많이 변했다. 실제 이런 일이 출판업계에서는 비일비재하게 일어난다. '이 책은 틀림없이 대박을 칠 거야' 하고 잔뜩 기대감에 부풀었던 소위 '미는

책' 이 시장의 철저한 외면을 받아 초판의 반도 팔지 못했을 때 느끼는 자괴감이란? 책을 읽는 사람이 없다고 한탄하기보다는 차라리 출판업계를 살리기 위한 노력이라던가 진주 옥석을 가리지 못하는 어리석은 독자들을 위한 '한 번 더!' 찬스라고 봐도 무방하려나?

수많은 글쓰기 책에서 '제목이 팔 할이다', '책 제목이 책의 운명을 결정한다', '잘 지은 책 제목 하나 열 자식 안 부럽다'는 말을 지속적으로 강조하는 것을 보면 책 제목이 얼마나 중요한 것인지 알 수 있다. 오죽했으면 제목이라도 바꿔서 시장의 재평가를 받고자 했겠는가?

표지 갈이는 책 내용물은 그대로 두고 책 제목이나 표지 디자인, 저자의 이름을 바꾸어 다시 출간하는 출판의 한 방법이다. 특히 출판사에서 대단한 공을 들여 책을 출간했지만 시장 반응이 싸늘할 때 출판사에서는 이런 생각을 한다. 최종 후보군으로 선정된 제목 두 개를 가지고 어느 제목으로 할까 고민하다 결국 선택한 제목이 쪽박을 차자 '아! 저 제목으로 할 걸!' 하고 후회하는 것과 비슷한 모양새라고나 할까?

책에 대한 충분한 확신이 있으면 '저 제목으로 했으면 책이 잘 나갔을 텐데 작명을 잘못해 책이 안 나갔다'고 생각할 수밖에 없다. 어찌 되었건 결과적으로 책이 망했으니 책 제목이건 타이밍이건 내용 때문이건 무엇이건 간에 망한 원인이 있을 게다. 새로운 책을 다시 기획하는 것보다는 그보다 적은 공을 들여 흥행에 참패한 책을 되살려보고 싶은 출판사의 입장은 충분히 이해할 만하다.

앞에서 이야기했다시피 책의 성공은 여러 요소가 복합적으로 작용하겠지만 그럼에도 불구하고 가장 중요한 건 역시 책 제목이다. 어느 작가가 책 제목 덕에 책이 많이 팔렸다고 좋아하겠는가? 하지만 이건 엄혹한 현실이다. 제목 갈이로 성공한 책이 의외로 많기 때문이다. 이런 현실에 부닥치면 출판 시장의 의외성과 미성숙함에 대한 회의감이 들 때도 있지만, 보기 좋은 떡이 먹기도 좋은 걸 어쩌겠는가?

'내용이 아닌 제목이 책의 운명을 좌우한다'고 하면 떠오르는 생각은 크게 두 가지다. 첫째는 출판시장이 그만큼 미성숙했다는 자조 섞인 한탄이고, 다른 하나는 독자의 선택을 받기 위해서는 수단과 방법을 가리지 말아야 한다는 사실이다. 선택을 받아야 팔리고 읽힐 것이 아닌가?

독자가 책을 선택할 때 가장 먼저 보는 것이 책 제목이다. 책 제목을 보고 관심을 둘지 말지, 서가에서 책을 끄집어내는 수고를 할지 말지, 책을 살지 말지 결정한다. 그래서 책 제목은 출판시장에서 가장 중요하고 민감한 부분일 수밖에 없다.

1993년에 출간한 《꿈을 찾아 떠나는 양치기 소년》은 출간되고 완전히 망했다. 하지만 몇 년 후 제목만 바꿔 다시 출간했다. 출시되자마자 초대박 히트를 기록했고 지금까지 꾸준히 팔리는 스테디셀러가 되었다. 이 책의 제목은 파울로 코엘뇨의 《연금술사》이다. 우리나라 출시 당시 《연금술사》라는 원 제목을 쓰지 않았다. 연금술사라는 단어가 한국인에게 그다지 익숙하지 않은 단어라 그런 것으로 보인다. 실제 외국의 번역서가 우리나라에 들어오면 원 제목을 그대로 번역해 쓰는 경우도 있지만 대개 우리나라 실정에 맞게 바꾸어 출간한다. 이때 제대로 잘 바꾸면 대박이 나지만 그렇지 않을 경우 쪽박을 찰 수도 있다. 이는 책뿐만 아니라 영화나 음악도 마찬가지다.

2002년 출간한 《You Excellent(칭찬의 힘)》도 마찬가지다. 켄 블랜차드가 쓴 이 책은 시장의 반응이 냉소적이자 그다음 해에 책 제목만 바꾸어 출간했다. 그리고 터졌다. 대폭발했다. 밀리언셀러가 되었다. 책 제목은 누구나 들어보았을 《칭찬은 고래도 춤추게 한다》이다. 앞의 사례와 정 반대로 한국화한 제목으로 성공한 사례이다(본래 제목은 '고래가 해냈어(Whale Done)'이었으나, 번역하면서 영어 제목인 'You Excellent'로 바꾸었다가 다시 한글 제목으로 바꾼 것이다).

1987년 비틀스의 동명의 곡인 《노르웨이의 숲》으로 일본에서 공전의 히트를 기록한 무라카미 하루키의 이 책은 이듬해 우리나라에서도 동명 소설로 출간되었다. 역시 시장의 반응이 좋지 않자 출판사는 책 제목을 바꾸어 다시 출간했다.

그 책의 제목이 《상실의 시대》이다. 이 책은 우리나라에서 무려 200만 부가 넘게 팔렸다. 그리고 무라카미 하루키는 우리나라에서 모르는 사람이 없을 정도로 유명인이 되었다.

2008년 스샤오옌의 《내 인생을 빛내줄 보물지도》라는 책이 출간되었다. 이 책 역시 별 반응이 없었다. 출판사에서는 2012년 책 제목을 바꾸어 다시 출간했다. 그리고 대박이 터졌다. 책 제목은 《내 편이 아니라도 적을 만들지 마라》였다. 사람들은 내용이나 목차의 수정이 있지 않겠냐고 생각하지만 전혀 그렇지 않다. 토시 하나 바뀐 게 없다. 제목과 표지만 바꾸었을 뿐이다.

2007년 바이춰옌전의 《삶을 맛있게 요리하는 인간관계 레시피》

도 초판도 못 팔았다. 하지만 2010년 책 제목을 바꾸어 히트했다. 이 책의 제목은 《성공하고 싶을 때 일하기 싫을 때 읽는 책》이었다. 이 외에도 정말 많은 사례가 있다. 이처럼 책 제목이 중요하다. 낙지가 죽은 소를 살린다는 말처럼, 훌륭한 책 제목 하나는 죽은 책을 살리는 힘이 있다. 출판사는 이런 이유로 책 제목을 짓는 데 최고의 공을 들인다. 출판사는 책의 작명소다.

＊　　＊　　＊

나 역시 글을 쓰는 사람으로서 책 제목 때문에 책이 많이 팔렸다는 소리를 들으면 그다지 유쾌하지 않다. 책을 쓰기 위해 들인 공은 뒷전으로 하고 마치 제목 지상주의인 양 생각되기 때문이다. 하지만 생각은 그렇게 하더라도 현실은 제대로 직시해야 한다. 책 제목이 부실하면 책 판매도 부실해진다. 책 제목만 좋다고 성공을 보장하는 건 아니지만 널리 읽혀야 할 훌륭한 원고가 제목 때문에 잊히는 일은 없어야 한다. 그러기 위해서는 책 제목을 정할 때 고민에 고민을 거듭해서 지어야 한다. 실제 출간 시점이 되면 출판사에서는 책 제목에 엄청난 공을 들인다.

그럼 책 제목은 언제 지어야 할까? 원고를 다 쓰고 지어야 할까? 제목을 미리 짓고 원고 작업을 해야 할까? 간혹 책 제목을 미리 정해놓고 글을 쓰는 사람이 있다. 하지만 이건 별 의미가 없다. 어차피 제목은 바뀐다. 수많은 고민을 해서 지어도 결국에는 바뀌게 되어 있다. 책 제목은 출판사의 입김이 강한 영역이기 때문이다.

책 제목을 미리 짓지 않는다고 해도 원고를 쓰는 동안 무게 중심을 잃지 않도록 유지하기 위한 '가제목' 정도는 필요하다. 책 제목에 너무 구애받지 말고 원고의 주제와 맞는 일반적인 제목을 일단 정해놓고 원고를 완성하는 데 집중해야 한다. 쓰다 보면 책 제목이 꾸준히 떠오른다. 이런 제목들을 잘 메모해놨다가 책 제목이 언급되는 시점에 출판사에 제안하도록 하자.

책 제목은 책 부제와 카피문구와의 연관성이 중요하므로 즉흥적으로 결정해서 될 문제는 아니다. 위 3요소를 적절히 고려하면서 독자에게 어필할 수 있는 최적의 제목을 정해야 한다. 즉, 주제, 부제, 카피문구가 따로 움직이는 게 아니라는 거다. 한꺼번에, 그것도 동시에 고려해야 제대로 된 책 제목이 나온다. **그 책에 맞는 책 제목은 딱 하나다!**

나 같은 사람도 책을 낼 수 있나요?

- 저자 인지도에 관한 이야기

＊
티나 실리그(Tina Seelig)의 《인지니어스》에서 나오는 재미있는 사례다.

저명한 바이올리니스트 조슈아 벨(Joshua Bell)은 지하철에서 야구모자 차림으로 연주를 했다.

그날 벨을 본 1,097명 가운데 7명만 서서 연주를 봤고, 45분간 팁으로 32달러를 벌었는데, 그나마 20달러는 그를 알아본 누군가가 낸 것이다.

―― 똑같은 글도 누가 쓰느냐에 따라 결과는 천양지차(天壤之差)다. 가령 이지성이 쓴 인문학, 김숨이 쓴 소설, 안도현이 쓴 시, 이외수가 쓴 수필과 일반인이 쓴 글은 같을 수가 없다. 받아들이는 자세 자체가 다르다.

글은 누가 쓰느냐에 따라 그 운명이 미리 결정되어 있다고 보아야 한다. 그만큼 '누가 썼느냐' 가 중요하다. 공신력 있고 널리 알려진 작가의 작품은 출판사에서도 서로 출간하려 한다. 판매가 일정 수준 이상으로 보장이 되기 때문이다. 이런 이유로 신입 저자가 책을 내기는 더욱더 힘들어지고 있다. 신입사원은 채용하지 않고 경력직 채용을 강화하는 분위기와 비슷하다. 언제 가르쳐서 써먹을 것인가? 바로 투입할 수 있는 경력직을 선호하는 현 세태는 출판 산업에도 똑같이 적용된다.

그럼 유명하지도 않고, 경험도 부족한 작가는 책을 출간할 수 없는 것일까? 누구에게나 처음은 있는 법이다. 처음 진입하는 사람에게 이렇듯 진입장벽을 세워놓으면 책 쓰기는 날이 갈수록 힘들어질 수밖에 없다.

야구에서도 같은 실력이면 고연봉자를 쓰는 경향이 있다. 과거는 미래를 보는 거울이고, 앞으로의 판단은 과거의 흔적을 들춰보기 때문이다. 신뢰감도 더 생기고 왠지 모를 안정감도 있고, 잘못됐을 경우 닥쳐올 수 있는 여러 비난도 피할 수 있다.

누구나 글을 쓰고 책으로 출간하는 작가가 되고 싶어하지만 그 길이 결코 순탄하지 않다. 나 역시 지금은 네이버에서 이름만 치면 검색되는 작가가 되었지만 그 진입 과정은 결코 만만치 않았다. 다들 '어쩜 그렇게 책을 뚝딱 써내느냐?' 고 묻지만 그들은 내가 어떤 과정을 통해 책을 쓰는지 전혀 모른다. 본인이 보고 싶은 것만 보고 믿고 싶은 것만 믿는다. 하지만 힘들다고 하여 넘지 못할 산이라고 생각하지는 않는다. '신이 인간을 만들 때 독하게 마음먹으면 무슨 일이든 할 수 있게 만들었을지도 모른다' 는 생각이다. 유명한 작가들도 다 처음이라는 과정을 거쳤다.

까마득하고 아스라이 보이던 길도 꾸준히 묵묵하게 밀어붙이다 보면 점차 보이기 시작한다. 대충 하는 사람에게는 결코 보이지 않는 법이다. 무슨 일을 하던지 열심히 해야 한다. 대충대충 하다가는 이내 포기하고 만다. 반응이 없기 때문이다. 꾸준히 노력하면 안 될 일도 없다. 어쩌면 그럴 일은 하늘에서 만들지도 않았을 것이다. '열심히 하면 하늘에서 도운다' 는 말처럼 '하늘은 스스로 돕는 자를 돕는다' 는 말도 있지 않은가?

* * *

작가가 되면서 주변에서 나를 대하는 태도가 많이 달라졌다. 그 대표적인 것이 호칭이다. '작가님, 작가님' 하는 소리를 처음 들을 때 그 기쁨은 이루 말할 수 없다. 책 한 권을 출간하자 사람들이 나를 작가로 불러주기 시작했다. 한 달 동안은 거의 구름 위를 걷는 기분이었다. 또 다른 변화는 나에게 질문을 하는 사람이 많아졌다는 사실이다. 내가 글쓰기 관련 책을 6권이나 출간해서 인지 글쓰기에 질문이 많다. 가장 많이 받는 질문이 '이 주제로 책을 출간할 수 있겠습니까?' 이다.

몇 권의 책을 출간하면서 '책의 가능성' 에 대한 많은 생각을 했다. 내 나름의 원고를 보는 눈이 생겼다. 원고를 읽으면 '이 원고는 여러 출판사에서 연락이 가겠구나' 하는 것을 안다. 또 어떤 원고는 출판사로부터 차디찬 거절의 메일을 받을 것도 안다. 부익부 빈익빈이다. 하지만 어쩔 수 없다. 출판업계도 먹고 살아야 하니 시장성이 없는 책을 자선한답시고 출간할 수도 없는 노릇 아닌가?

특히 유명인이 아니라면 출간은 더욱더 어렵다. 유명인은 유명세를 통해 일정 부분 판매가 확보되지만 일반인은 그런 보장이 없기 때문이다. 쉽게 말해 '구매력 없음' 이다. 출판사에서도 인지도 부족을 극복할 만한 획기적인 매력이 보이지 않는다면 초보 저자의 책을 선뜻 출간하려 하지 않는다. 실제 투고 원고 검토 시 '저자 프로필' 을 가장 먼저 읽는 편집자가 상당히 많다. 그 사람의 이력을 보면 어떤 삶을 살아왔고 어떤 글을 쓸 수 있을지, 또한 책은 얼마나 팔릴지 알 수 있기 때문이다.

그럼 평범한 사람은 책을 영영 출간할 수 없는 걸까? 거대한 진입 장벽을 뚫을 수 없는 것일까? 절대 그렇지 않다. 방법이 있다. 모든 일에는 난관이 있지만 해결책도 반드시 있는 법이다. 지금부터 그 방법을 알아보도록 하자.

첫째는 콘셉트를 잘 잡는 것이다.

너무도 당연한 이야기지만 이게 가장 핵심이다. 저자 인지도가 중요하다고 하지만 과거에 비해 그 중요성이 조금씩 약해지고 있다. 일반인도 원고의 콘셉트가 훌륭하다면 책을 출간할 수 있다. 아무도 생각해내지 못한 독창적이고도 기발한 콘셉트가 있다면 초보라도 충분히 출간이 가능하다. 하지만 이게 말처럼 쉽지 않다. 내 원고에 대해 아주 부정적인 사람에게 '헉'이란 말이 나오도록 충격적이고 참신한 내용이어야 한다. 이런 아이템을 잡기 위해서는 평소에 관심을 가지고 소재에 대한 끊임없는 고민과 성찰을 해야 한다.

우연이란 놈도 노력하고 찾는 자에게 나타나는 법이다. 가만히 있으면 아무것도 이루어지는 게 없다. 반드시 명심하자. 뛰어난 콘셉트가 책을 만든다.

둘째, 최근 유행하는 개인방송이나 SNS 영향력이다.

유튜브나 아프리카, 팟캐스트 등 개인방송을 통해 책으로 출간하고자 하는 분야를 꾸준히 온라인상으로 유출시키고 구독자를 최대한 확보해야 한다. 이럴 경우 광고도 용이하고 구독자를 통한 판매도 어느 정도 보장받을 수 있다. 실제로 출판사에서도 유명 블로거나 유튜버 등을 찾아 관련 분야의 책을 출간하자고 역으로 제안하는 경우가 많다. 파워 블로거나 유튜버는 그만큼 구매력이 있다고 출판사에서도 판단하기 때문이다.

《회색 인간》으로 유명한 김동식 작가는 소설집을 여러 권 출간한 베스트셀러 작가지만, 처음부터 책을 출간할 계획은 없었다고 한다. '오늘의 유머'의 '공포' 게시판에 매일같이 퇴근하고 올리던 단편 소설이 인기를 끌자 역으로 출판사에서 '책으로 출간했으면 좋겠다'고 연락을 해왔다. 이런 형태의 출판이 최근 많아지고 있다. 출판사에서도 이들을 주목하고 있으며 새롭고 참신한 작가의 발굴을 위해 지속적으로 모니터링하고 있다. 앞으로 이런 추세는 더욱더 강화될 것으로 보인다.

셋째, 개인 명의가 아닌 단체의 명의로 출간한다.

인지도가 없는 개인의 이름으로 출간하기보다 여러 명이 공저로 책을 내던가, 아니면 단체 이름으로 책을 내는 거다. 아무래도 단체 이름으로 내면 신뢰도도 올라갈 수 있고 인지도 부족에서 오는 단점을 어느 정도 극복할 수 있다. 가령 유럽 역사, 특히 스페인 역사에 대한 책을 쓴다면 '스페인 역사 연구회'라고 하던가, 재테크에 대한 책을 쓴다면 '재테크 전문가 집단'이라고 해서 단체명을 활용하는 거다.

공저도 고려해볼 만하다. 나도 책을 몇 권 쓰니 공저로 자기 이름 좀 넣어주면 안 되겠냐는 농담 반 진담 반 소리를 많이 들었다. 기여한 부분이 있다면야 글은 내가 다 쓴다고 하더라도 못할 일은 아니라는 생각이 들었다. 하지만 아직까지 그렇게 해본 적은 없다. 책을 쓸 만한 사람들 사이에 끼어서 쓰면 된다. 책의 한 파트를 담당하는 형태다. 나도 이런 작업을 한 번 해볼 생각이 있다.

넷째, 없는 인지도를 만들면 된다.

다양한 사회적 활동을 통해 인지도를 쌓은 다음에 책을 쓰는 거다. 한 유튜브 동영상에서 글쓰기 강연을 들은 적이 있는데, 그 강연에서 강사가 한 말이 이와 비슷하다.

"유명한 사람이 글을 쓰는 게 아니라 책을 내면 유명한 사람이 된다고 하는데 과연 그럴까요? 유명하지 않으면 글쓰기가 힘들다고 봐야 합니다. 따라서 일단 유명해지고 다시 오세요."

이 말에 동의하지는 않지만 왜 이 강사가 이런 말을 했는지는 이해하고도 남는다. 그만큼 초짜에게 책을 출간해주기는 쉽지 않기 때문이리라.

책 앞날개에는 보통 저자 프로필이 실린다. 최근에 책에 실린 저자 프로필을 보면 과거의 전형적인 형태에서 많이 벗어나 있다. 세세하게 프로필을 학력, 경력 등으로 진부하게 적지 않는다. 이런 추세는 신입 작가에게는 대단한 호재다. 이기주 작가의 《언어의 온도》처럼 "글을 쓰고 책을 만든다. 쓸모를 다해 버려졌거나 사라져 가는 것에 대해 쓴다. 가끔은 어머니 화장대에 은밀하게 꽃을 올려놓는다" 는 식의 다분히 감성적인 소개가 많다. 사람을 보기보다는 글을 보는 추세로 변화하고 있다는 뜻이다. 바람직한 현상이라고 생각된다. 하지만 이 경우도 결국 콘셉트가 뛰어나야 함은 말할 것도 없다. 궁즉통(窮則通)이라고 끊임없이 노력하고 준비하는 자에게는 하늘도 감동해 길을 열어준다. 나도 그랬다.

보기 좋은 떡이 먹기도 좋다

- 표지 디자인 그리고 부제와 카피문구

*

1. 신언서판(身言書判)

중국 당나라 때 인재 등용 기준이다. 첫째는 인물의 외양을 보고, 둘째는 말을 잘하는가, 셋째는 글을 잘 쓰는가, 넷째는 판단력이 있는가를 본다.

2. 메라비언의 법칙(The Law of Mehrabian)

한 사람이 다른 사람에게 받는 인상은 시각이 55%, 청각이 38%, 언어가 7%에 이른다는 법칙

_____ 동가홍상(同價紅裳)이란 말이 있다. 같은 값이면 다홍치마, 보기 좋은 떡이 먹기에도 좋다. 책도 마찬가지다. 내용도 중요하지만 일단 독자의 선택을 받기 위해서는 외양도 중요하다. 얼마 전 대구에서 강연이 있어 글쓰기 책을 여러 권 가져갔다. 강연 도중 퀴즈를 내 맞춘 분에게 책을 증정하는 행사를 했다. 가장 먼저

맞춘 분에게 책을 고르라고 했더니, "이게 더 예쁘니까" 하면서 디자인이 예쁜 책을 선택하는 것이 아닌가? 이렇듯 책의 선택에서 있어서 디자인은 꽤나 중요한 요소이다.

서점에 가면 내용보다 먼저 보게 되는 것이 책 제목과 부제, 그리고 디자인이다. 특히 표지 디자인이 렘브란트나 루오의 명화를 보는 느낌이 들 때도 있고, 어떤 책은 한국적 여백의 미를 잘 살린 책도 있다. 그야말로 천차만별이다.

출판 계약을 하고 일정 시점이 지나면 표지 디자인에 대한 이야기가 나오게 마련이다. 표지 디자인은 저자가 먼저 제안을 하지 않는 한 출판사에서 몇 개의 디자인을 제작해 먼저 보내온다.

규모가 제법 되는 출판사는 자체 디자이너를 보유하고 있지만 1인 출판사를 비롯한 작은 출판사는 그렇지 못하다. 그래서 작은 출판사는 디자인을 외주에 맡기는 경우가 많다. 경영 상황이 좋지 못한 출판사는 그나마 소질이 있는(?) 직원에게 제작을 맡기기도 한다.

디자인의 질은 천차만별이다. 제법 실력 있는 디자이너에게 의뢰할 경우 수백만 원 이상의 비용이 소요되기도 하고, 싸게는 수십만 원에 의뢰할 수도 있다. 비용 투자에 비례하여 좋은 디자인이 나온다고 장담할 수는 없지만 아무래도 트렌드에 어필할 수 있는 질 좋은 디자인이 나올 확률이 높지 않을까? 투자는 성공의 지름길이니까.

※   *   *

디자이너는 표지 디자인을 어떻게 만들까? 디자이너가 책 디자인을 만들 때 염두에 두는 사항은 과연 무엇일까? 디자인 제작에 매뉴얼이 있을까?

디자인의 답은 책에 있는 법이다. 일반적으로 디자이너는 책 제목과 내용, 즉 책의 주제를 파악한 후 그에 맞는 디자인을 한다. 가령 글쓰기 책은 펜이나 연필, 그리고 원고지, 책상 등이 들어가는 경우가 많다. 원고의 내용을 읽고 저자가 말하고자 하는 바를 찾아 내 그걸 디자인화하는 경우가 일반적이다. 원고를 쓰는 사람은 저자이므로 표지 디자인은 아무래도 저자가 먼저 제시하는 것이 좋다. 내가 출간한 글쓰기 책 3권 중 2권은 출판사에서 먼저 시안을 제시했고, 나머지 1권은 내가 디자인을 제안했다. 보통 출판사에서는 시안을 3개 정도 보내온다. 그중 마음에 드는 시안이 있으면 선택을 하면 되고, 마음에 들지 않는다면 출판사에 생각해놓았던 디자인을 역으로 제안하는 것이 좋다.

나도 《과학자 책쓰기》는 괜찮은 디자인을 미리 기억해놓았다가 출판사에 '이런 식으로 만들어주세요' 라고 먼저 제안했다.

표지 디자인 역시 책 제목처럼 출판사의 입김이 강한 영역이다. 디자인이라는 것이 지극히 주관적인 분야라 호불호가 극명하게 나뉠 수 있다. 따라서 디자인에 대한 확신이 없다면 출판사에 전적으로 일임하는 것도 하나의 방법이라 할 것이다. 출판사에서 시안을 보내오면 SNS 등을 활용하여 지인에게 투표를 제안하는 것도 좋은 방법이다. 일종의 사전 홍보활동인 셈이다. 나도 그랬다.

책 제목만큼이나 디자인이 중요하기에 책을 기획할 단계부터 디자인에 아무래도 신경이 많이 쓰일 수밖에 없다. 서점이나 도서관에 가도 최근에는 책 제목 못지않게 디자인을 유심히 본다. 나는 도서관이나 서점을 어슬렁거리다가 괜찮은 디자인을 보면 사진을 찍어둔다. 이렇게 미리 챙겨둔 디자인 콘셉트는 출판사에 대단히 정중하고 은근하게 전달되지만 돌아오는 답변은 엄혹하다. 출판사로부터 '이건 아니잖아!' 라는 답변을 여러 차례 받았다. 책은 독자를 위한 것이고, 내가 만족하기 이전에 독자를 만족시키고 시장에서 통해야 하기 때문이다. 이런 촉은 아무래도 출판사가 저자보다는 더 뛰어나지 않을까?

몇 번 이런 상황을 겪은 후로는 가급적 출판사의 의견을 존중한다. 저자가 디자인을 고집해서, 그놈의 디자인 때문에 망했다는 소리를 누가 듣고 싶어하겠는가?

* * *

부제는 책 제목을 보충하는 기능을 한다. 책 제목만으로 책에 대한 충분한 설명이 되지 않기에 부제로서 책의 제목의 모호함과 애매성을 보충한다. 최근 들어 부제의 가치에 대한 재평가가 이루어지며 부제는 책 제목 짓기와 더불어 매우 중요한 출판의 한 부분이 되었다. 과거에는 부제가 없는 책이 상당히 많았다. 제목과 별도로 부제를 덧입힐 경우 혼란스러움을 야기할 수 있다는 우려도 한몫을 했다. 하지만 요즘은 전혀 그렇지 않다. 부제를 철저히 활용한다. 판이 깔려 있는데 그걸 활용하지 않으면 이만저만 손해가 아니기 때문이다. 이런 이유로 최근에 출간되는 책을 보면 그야말로 총천연색의 부제가 활개를 치고 있다.

40만 부가 넘겨 팔렸다는 강원국의 《대통령의 글쓰기》를 보자. 책 제목은 《대통령의 글쓰기》이지만 부제는 "김대중, 노무현 대통령에게 배우는 사람을 움직이는 글쓰기 비법"이다. 지금이야

책이 워낙 유명해 어떤 책인지 사람들이 잘 알지만, 대통령의 글쓰기라고 하면 언뜻 '대통령이 글을 어떻게 쓰는가'에 대한 이야기로 착각할 수 있다. 하지만 내용은 대통령 연설비서관으로서 글쓰기에 대한 생각과 대통령 연설문 쓰기를 진솔한 이야기로 담은 책이다. 부제도 그렇게 잡았다. 강원국 작가는 김대중 대통령 시절 연설비서관실 행정관으로, 노무현 대통령 시절 연설비서관으로 일을 했기에 두 대통령의 연설과 관련한 이야기를 절묘하게 녹여 책으로 썼을 뿐이다. 이처럼 부제는 책 제목으로 해결이 안 되는 아쉬운 부분을 어필하기 위한 꽤나 효율적인 도구로서의 역할을 한다.

부제를 작성할 때 유의할 점이 있다. 책 제목과 같은 단어를 반복해서는 안 된다. 가령《우리가 지금 휘게를 몰라서 불행한가?》라는 책 제목에서 부제 '휘게, 불행'이라는 단어를 쓰면 안 된다. 가령 부제를 '우리가 지금 휘게를 몰라 불행한 이유'라고 한다면 부제로서 기능을 전혀 할 수 없다. 따라서 본제목과 중첩되지 않게 바꾸어야 한다. 가령 '정작 우리만 몰랐던 한국인의 행복에 관한 이야기'(실제 이렇다!)로 하면 부제로서의 역할을 충실히 이행하는 것이다. 제3회 카카오 브런치북 대상 수상작인 오상익 작가의《강연의 시대》역시 "프로들도 모르는 강사

세계 이야기"라는 부제로 제목과 중복되지 않으면서 책 제목의 단조로움을 해소하고 있다.

부제를 작성하는 방법은 정확한 답이 정해져 있지 않다. 하지만 부제의 존재 이유를 곰곰이 생각해본다면 어떻게든 '제목의 아쉬운 점을 보완 내지 보충하는 형식'으로 가는 게 맞다. 부제를 잘 만들기 위해서는 잘 쓴 책을 열심히 연구하는 방법을 추천한다. 제목을 보고 부제를 떠올리는 연습을 꾸준히 하자. 처음부터 쉽지는 않다. 하지만 익숙해지면 누구나 할 수 있다. 결국 필요한 건 관찰과 관심이다.

* * *

카피문구는 그야말로 춘추전국시대다. 최근 발간되는 책은 카피문구의 총성 없는 전쟁터라고 해도 과언이 아니다. 가끔 카피문구가 전혀 없는 책을 보면 신기하거나 참신하게 느껴질 정도다. 그만큼 카피문구 시장은 뜨거운 감자이며 앞으로 그 중요성은 더 강화되리라 생각한다.

카피문구는 책 표지와 뒷면에 들어간다. 특히 책 뒷면은 책을 광고할 수 있는 가장 좋은 광고판이다. 따라서 책 표지와 뒷면의 광고판을 어떻게 활용하느냐가 책의 성패를 좌우한다고 할 수 있다. 책 표지에는 책 제목과 디자인, 작가 이름, 출판사, 그리고 부제가 기본적으로 포함되어 있다. 물론 부제와 카피 문구가 없는 책도 있으며, 간혹 부제와 카피문구를 섞어서 쓰는 경우도 있다. 최근의 트렌드가 카피문구를 보다 더 자극적이고 궁금증을 자아내게 만드는 추세임을 고려할 때, 어떻게든 책을 가장 강력하게 어필할 수 있는 방법을 찾아야 한다. 본래 정답을 알려주는 것은 새로움이 없는 법이고, 정답을 찾아봐야 별 다를 게 없는 것이 세상 이치이다.

그럼 카피 문구는 어떻게 작성할까? 나는 책 쓰기를 결심하고 인터넷 서점에 매일같이 접속하여 카피 문구 작성법에 대해 연구했다. 어떻게 카피 문구를 뽑았는지 유심히 관찰하다 보면 일정한 패턴이 있음을 알게 된다.

첫째는 본문의 문구를 이용하는 방식이다.

본문의 내용 중 괜찮은 내용을 뽑아서 그걸 그대로 쓰던지 혹은 '캐치프레이즈화' 한다. 이 방식이 가장 무난하다.

둘째는 책에 대해 설명하고픈 말을 적는 방식이다.

《대통령의 글쓰기》에서도 "청와대 연설비서관이 8년간 직접 보고 들은 대통령의 글쓰기 핵심 노하우", "어떻게 써야 사람의 마음을 움직이는가", "대한민국 최고의 연설가, 두 대통령에게 배운다"라는 카피 문구를 사용한다. 책에 대한 완벽한 부연 설명이다.

셋째는 외부 유명 인사의 추천의 글이나 수상 내역을 적는 방식이다.

가령 "뉴욕타임스가 극찬한 최고의 처세술!", "마크 쥬커버그가 애용하는 문명의 이기들", "워렌 버핏이 강력하게 추천하는 재테크 기법", "제3회 카카오 브런치북 대상 수상작" 등이다. 이런 식으로 하면 공신력이 높아질 뿐만 아니라 이목을 끌기에도 충분하다.

보통 이런 카피 문구는 책 제목과 마찬가지로 출판사에서 먼저 제시하게 마련이다. 하지만 일부 출판사에서는 간혹 저자에게 요구하는 경우도 있으니 출판사에만 전적으로 맡기지 말고 본인 스스로 부제와 카피 문구에 대해 곰곰이 생각해봐야 한다.

책은 화초와 같다. 사랑을 듬뿍 주고 관심과 애정을 가지고 해야 무럭무럭 자란다. 화초의 소유주는 출판사가 아니다. 바로 저자 자신이다.

그래도 내용이 좋아야 한다

- 본문의 중요성

＊

애피타이저(appetizer)가 아무리 훌륭해도

간단한 요리가 아무리 맛있어도

메인 요리가 시원찮으면 결국 시원찮은 거다.

끝이 좋으면 다 좋은 거다.

―― 책에서 가장 많은 부분을 차지하는 것은 본문이다. 본문의 내용이 책 성공의 핵심이라고 실제로 믿는 분들도 상당히 많다. 얼마 전 한 독서모임에서 글쓰기 강의를 했다. 한 수강자는 '책의 본질은 결국은 본문이 아니냐?' 고 나에게 물었다. 나 역시 같은 생각이다. 아무리 다른 요소가 중요하다고 하더라도 가장 기본이라고 할 수 있는 본문이 어느 정도 받쳐줘야 가능하기

때문이다.

막상 책을 출간한 작가라면 '정성 들여 쓴 원고인 만큼 독자들이 그에 합당하게 읽어줄 것'이라고 확신한다. 하지만 현실은 전혀 그렇지 않다. 특히 초반에 독자를 흡입력 있게 빨아들이지 못한다면 몇 장 읽지도 않고 덮어버릴 수도 있다. 고생해서 쓴 책이 세상의 빛도 보지 못하고 조용히 사라진다면 얼마나 억울한 일인가?

소위 책이 히트를 치기 위해 필요한 요소는 한두 가지가 아니다. 여러 요소가 복합적으로 작용하여 베스트셀러를 만들어내기 때문이다. 제목, 저자 인지도, 목차, 본문 내용, 출간 타이밍, 사회적 이슈성, 마케팅 그리고 제일 중요한 운까지, 이 모든 요소가 절묘하게 맞아떨어져도 초판도 못 파는 책이 대부분이다.

'애피타이저'가 아무리 훌륭해도 '간단한 요리'가 아무리 풍성해도 '메인 요리'가 시원찮으면 결국 그 요리는 시원찮은 거다. 아무리 제목과 목차가 좋아도, 아무리 디자인이 훌륭해도, 아무리 마케팅에 돈을 쏟아 부어도, 아무리 저자 인지도가 높아도, 본문이 엉망이면 그 책은 이내 한계를 드러내게 마련이다. 버텨낼 힘이 없다. 그래서 본문은 대단히 중요하다. '제목과 표지'가 가장 중요하다고 해도 그건 본문이 기본적으로 받쳐줄 때나 하는 이야기다.

＊　＊　＊

　본문 작성은 초보 작가에게 큰 산이다. 막상 특정 주제를 정하여 책 한 권의 기본 분량인 200쪽을 쓰는 건 생각보다 쉽지 않다. 대부분 몇 쪽 끄적이다가 이내 포기하고 만다. 왜 이런 현상이 일어날까? 실제 많은 사람들이 '쓸 말이 없어요!' 라고 이야기한다. 마음은 안 그렇더라도 막상 써 보면 책 한 권 분량의 이야기를 끄집어내지 못하는 것이다.

　스마트폰에 있는 연락처가 1,000개가 넘는다고 해도, 막상 스마트폰을 보지 않고 연락처의 등록된 사람의 이름을 대보라고 하면 100명을 채 기억하지 못한다. 막연하게 질문하면 막연한 답변밖에 나올 수 없다. 그래서 구조화 및 세분화가 필요하다. 가령 직장, 학교, 가족으로 나누고 여기서 더 하위 단계로 나눈 다음 기억해보면 더 많은 사람을 떠올릴 수 있다. 쪼개고 쪼개면 된다.

　원고를 쓸 때도 마찬가지다. 원고를 나누면 된다. 쪼개면 된다. 매일매일 조금씩 쪼개서 나눠서 쓰면 어느덧 200쪽은 훌쩍 넘기게 되어 있다.

원고가 아무리 좋아도 제목과 표지, 디자인 등 다른 요소들이 부족해 실패한 책이 너무도 많다. 원고를 잘 쓰는 것만이 성공의 지름길은 아니다. 원고 외에 다른 요소가 아주 중요한 요소로 작용한다는 건 누구나 알고 있다. 즉, 원고가 좋다는 사실을 밑바닥에 깔고 그다음에 제목과 표지, 디자인 등 외적인 요소가 뒷받침을 해줘야 한다. 이래야 성공할 수 있다. 이를 반대로 말하면, 제목과 표지, 디자인 등의 요소가 아무리 훌륭해도 원고가 따라주지 않으면 책은 결국 실패한다. 아주 잠깐, 반짝 팔릴 수는 있어도 꾸준히 밀어붙이는 힘이 없다. 그래서 잠시 이슈가 되었다가 사라지기도 하고 아예 조용히 묻힐 수도 있다.

　간혹 내용이 훌륭함에도 빛을 보지 못하는 책이 제목 갈이나 표지갈이를 해서 성공했다는 이야기를 듣는다. 그 이면에는 아직 우리 출판문화가 성숙하지 못한 면이 분명히 있다. 하지만 반대로 생각해보면 그만큼 독자의 시선을 끌어야 책이 성공할 수 있다는 말이기도 하다. 아무리 좋은 게 있어도 사람들이 알지 못한다면 얼마나 애석한 일인가?

　또한 책에는 타이밍이 있어서 기회를 놓쳐버리면 영원히 묻힐 수도 있다. 고생해서 쓴 원고가 순식간에 역사의 뒤안길로 쓸쓸하게 사라진다면 얼마나 억울하겠는가?

그럼 내용을 잘 적기 위해서 어떻게 해야 할까?

충실한 기본기를 가진 내용을 적기 위해서는 어떻게 써야 할까? 나는 네 가지를 추천한다.

▲ 논리적 일관성

▲ 인용과 사례 제시

▲ 문체의 통일

▲ 내용의 차별성

첫째는 '논리적 일관성'이다.

나는 논리적 일관성을 본문 작성의 첫째로 꼽고 싶다. 왜냐하면 읽다 보면 이상한 흐름의 구조를 가진 책이 꽤나 많기 때문이다. 이런 책을 읽다 보면 도대체 작가가 무슨 이야기를 하려고 하는지 이해하기 힘든 경우가 많다. 마치 가위와 풀로 서로 다른 책을 오려서 붙여 넣기를 한 것과 같은 느낌이다. 짧은 글을 쓸 때도 **'서론 - 본론 - 결론, 기 - 승 - 전 - 결, 발단 - 전개 -위기 - 절정 - 결말'** 의 구조를 염두에 두고 써야 한다. 이렇게 글을 써야 안정적이고 체계적으로 읽히기 때문이다.

그럼 글이 논리적 일관성을 갖추려면 어떻게 해야 할까? 어떻게 하면 체계적으로 읽힐 수 있을까? 나는 인간의 인지의 흐름을 따르라고 말하고 싶다. 가령 어떤 사물에 대한 인식을 하고 그것에 대한 관찰을 하다가 나만의 생각을 정리하는 구조다. 즉, '외부 인식-해석-내 것 화' 하는 구조다. 외부의 충격이 있고 그것에 대한 반응이 오고 그것을 해석하고 결론을 내린다. 이게 소화가 잘 되는 글쓰기다. 이렇게 적어야 독자가 거부감을 느끼지 않는다. 대부분의 글은 이런 구조로 적혀 있다. 논설문을 적는다면 사회현상을 진단하고 그것의 장단점을 분석하여 결론을 내리면 된다. 연설문을 적는다면 현 상황을 이야기하고 그것이 갖는 의의를 밝히고 앞으로 잘해보자는 취지로 마무리하면 된다. 글마다 조금씩 차이는 있겠지만 크게는 다르지 않다.

특히 중요한 건 갑작스러운 내용의 급속 변침을 하지 말아야 한다는 사실이다. 무슨 내용에 대해 이야기하다가 갑자기 다른 이야기로 틀어버리면 안 된다. 초보자가 가장 많이 하는 실수다. 이런 실수를 막기 위해서는 어떻게 해야 할까?

앞 문장을 꼬리에 꼬리를 물면 된다. 가령 '짧게 쓰는 게 중요하다' 고 썼다면 '왜 짧게 써야 하는지' 를 이야기해야지, 갑자기 쉽게 쓰기를 이야기하면 안 된다. 이렇게 되면 글에 대한 신뢰감이 떨어져 책 읽기는 멈추게 만드는 결정적 요소로 작용한다.

둘째는 '인용과 사례 제시' 다.

순전히 자기 생각만으로 글을 쓰기 시작하면 문장이 어색해진다. 쓰다 보면 소위 '말린다' 는 상황이 바로 이럴 때 발생한다. 따라서 어떤 현상을 정의한 다음 그와 관련된 일화를 소개하는 것이 좋다. 가령 '책을 쉽게 써야 한다' 고 주장한다면 어렵게 쓸 경우 발생하는 구체적인 사례를 들면 좋다.

독자는 인용과 사례를 좋아한다. '빚보증은 절대로 서면 안 된다' 고 말하며 가정 경제가 파탄날 수 있다고 아무리 주장하는 것보다 '나와 이름이 같은 김욱 작가가(동명이인) 70세에 보증을 잘못 서 묘지기로 살았다' 는 이야기를 독자들은 더 좋아한다. 이게 바로 생생한 예시가 되고 사례가 된다. 특히 독자는 남이 아주 잘되기보단 망하는 스토리를 아주 좋아한다.

셋째는 '문체의 통일' 이다.

저자가 여러 명인 경우 이런 현상이 자주 발생한다. 글을 나누어서 썼기 때문에 문체의 통일성이 없을 가능성이 매우 크다. 한 사람이 써도 컨디션에 따라 혹은 쓰는 시기에 따라 문체가 달라진다. 특히 글쓰기 텀이 벌어지면 이런 현상이 자주 일어난다. 하지만 쓰는 단계에서 너무 고민할 필요는 없다. 문체가 달라질 경우 퇴고 때 통일하면 된다. 여러 명이 공저로 쓴 원고라면 한 명이 대표로 총무 역할을 하며 문체를 통일하는 작업이 필요하다. 문체가 통일되어 있지 않으면 아무래도 읽기가 부담스러워진다.

간혹 책을 읽다 보면 남의 글을 무작위로 베낀 것과 같은 인상을 받는 때가 있다. 집중력도 떨어지고 무엇보다 신뢰도가 떨어진다. 본전심리 때문에 읽다 그만두지 못하고 꾸역꾸역 읽다가 결국 '이런 글을 왜 쓴 거야!' 하며 읽기를 포기하고 만다. 나도 이런 경우가 아주 많았다. 책을 고를 때도 읽히지 않는 책은 구입하지도 않는다. 내가 책을 선택하는 기준은 철저히 '가독성' 이다. 처음 30쪽을 읽을 때 잘 읽혀야 한다.

아무리 유명하고 좋은 글이란 평이 났어도 나에게 맞지 않는 글이 있다. 내 경험으로는 이런 글은 억지로 읽을 필요가 없다. 보통 번역서, 특히 서양에서 들어온 번역서가 이런 경우가 많았다. 마치 영문원고를 번역기에 돌려서 책으로 만든 것 같은 느낌을 받는다. 이럴 때 참 곤혹스럽다.

넷째는 '내용의 차별성' 이다.

나는 일단 글쓰기 전에 시장조사부터 한다. 마치 특허를 출원하기 전에 이미 시중에 나온 특허가 있는지 선행기술조사를 하는 것과 비슷하다. 과거에 있는 건 일단 안 된다. 아니 써도 되기는 하는데 기존 것보다 훨씬 더 잘 써야 한다. 여기서 잘 쓴다는 말은 참신성과 차별성이 있어 기존 책에 비해 나아진 게 있어야 한다는 의미다. 이게 힘들다.

누구나 알 수 있는 뻔한 이야기의 재탕, 삼탕은 재앙을 부르는 문이다. 내가 자주 인용하는 한승원 작가의 "아무나 쓸 수 있는 글은 죽은 글이다" 란 말과 일맥상통한다. 즉 희소성이 없는 글, 아무나 쓸 수 있는 뻔한 글은 시장에서 철저하게 외면받게 마련이다. 따라서 아무나 쓸 수 없는 글, 희소성이 있는 글을 써야 한다. 이게 내용의 차별성이다.

그럼 내용의 차별성을 갖기 위해서는 어떻게 해야 할까? 자료다. 성실성이다. 모든 쓰기의 기본은 자료를 충실히 모으는 것에 있다. 그럼 자료는 어떻게 찾을까?

다양한 방법이 있겠지만 우리는 인터넷 시대에 살고 있다. 정보의 홍수 속에 살고 있다. 즉, 정보가 없어서 못 쓰는 시절은 이제 끝났다. 오히려 그 엄청난 정보 속에서 취사선택하는 능력이 더 중요해졌다. 가끔 인터넷의 위력을 무시하는 사람들도 있지만 그런 분들도 알고 보면 인터넷을 적극 활용한다.

가령 쓰고자 하는 글의 키워드를 몇 개 뽑아놓고 유튜브에 들어가 관련 동영상을 보고 강연도 듣는다. 언론매체의 칼럼이나 기고문도 몇 편 읽는다. 인터뷰 기사가 있으면 더 좋다. 또한 인터넷 서점에 들어가 관련 키워드를 치면 관련 책들이 나온다. 이 중 몇 권의 책을 클릭해보면 목차가 나온다. 목차를 유심해보면 내가 어떤 식으로 글을 써야 할지 눈에 보인다. 이렇게 모은 자료가 남과 다른 글이 되고 그 글들이 모여 차별화된 책이 되는 이치이다. 결국은 성실성이 차별성을 만들어낸다.

고독을 이길 힘이 없다면

작가가 될 자격이 없다

\- 마루야마 겐지

*

7장

제대로 쓰기 위해서는
어떤 여건이 필요할까?

– 글쓰기 환경에 대한 이야기

글은 어디서 써야 할까?

- 글쓰기 장소에 관한 이야기

＊
우리 인생은 유카리 나무숲을 벗어날 수 없는

코알라의 삶과 크게 다르지 않다.

어느 시점에 어디에 있는가가 대략 정해져 있다.

나는 회사와 집, 둘 중 하나다.

회사에서 쓰던가 집에서 써야 한다.

가끔은 커피숍에 간다.

작업실이 없는 한 어디서 쓰는가는

내게 쓰는 내내 화두였다.

_____ 집 한구석에서 쓰는 사람도 있는가 하면, 거창하게 작업실을 만들어놓고 그 안에서 쓰는 분도 있다. 도서관이나 커피숍에

서 쓰는 분도 있으며, 나처럼 매주 타는 KTX 안에서 원고 작업이 잘 되는 분도 있을 것이다.

작가에게 글을 쓰는 장소란 생명과도 같다. 에릭 메이젤의 《작가의 공간》이라는 책을 읽으며 작가의 공간, 즉 쓰는 장소에 대해 곰곰이 생각해보았다. 나는 이제껏 어디에서 썼을까? 집, 직장, 커피숍, 달리는 기차 안, 물불 가리지 않고 닥치는 대로 썼다.

누구나 잘 써지는 공간이 있다. 나는 주로 커피숍에서 쓰거나 주말에 회사를 나와서 썼다. 글쓰기도 일종의 루틴이므로 잘 써지는 장소를 정해서 묵묵히 쓰면 그만이다.

'어디서 쓸 것인가?' 라는 화두는 작가에게 항상 따라다니는 꼬리표와 같은 질문이다. 그만큼 중요하다. 어디서 쓰느냐에 따라 원고의 질이 달라진다. 나처럼 직장인이라면 특정 시간에 어디에 있는가가 대략 정해져 있다. 즉, '언제' 쓰느냐에 따라 '어디서' 쓰느냐가 이미 결정되어 있는 셈이다.

나는 항상 글쓰기 장소를 간절히 염원했다. 고정적으로 쓸 수 있는 최적의 장소를 찾아 헤맸다. 책을 몇 권 출간하면 너나 할 것 없이 '작가의 공간' 을 생각을 한다. 나만의 작업실이 있으면 얼마나 좋을까? 하지만 그러기에는 내 현실이 너무 초라했다. 그저 머나먼 이야기처럼 들렸다.

＊　＊　＊

나는 주로 회사에서 글을 쓴다. 직장인이므로 근무시간에 썼다고 생각할 수도 있겠지만, 실제로 근무시간엔 쓰지 않고 근무시간 외에 자투리 시간을 주로 활용한다. 아침에 조금 일찍 출근해서 쓰거나 점심시간 30분, 근무 종료시간 이후에 주로 쓴다.

매일 야근을 하며 글을 쓰니 회사 경비 아저씨들은 내가 항상 밤에 남아 있는 사람으로 알고 계신다. 누군들 집에 가서 가족과 함께 시간을 보내고 싶지 않겠는가? 글을 쓰는 삶은 이렇게 외롭고 고독하다. 주말에도 특별한 일정이 없으면 회사로 출근한다. 아이들이 어느 정도 커서 배우자도 큰 불만 없이 묵묵히 인내해준다. 주말에는 시간의 여유가 있고 심적으로 안정되어 더 잘 써진다. 이렇게 회사에서 쓴 원고가 이제껏 쓴 원고의 절반 이상이다.

집에서도 쓴다. 특히 회사에서 아무것도 쓴 게 없는 날엔 집에서도 한 꼭지 정도는 쓰려고 한다. 일종의 보충인 셈이다. 그래야 매일 쓰기를 실천할 수 있기 때문이기도 하다. 나는 가급적 하루도 빠지지 않고 쓰려고 노력하는 편이다. 하루라도 쓰지 않으면 왠지 힘이 쭉 빠지는 느낌을 받기 때문이다. 글은 매일 써야 한다. 그래야 관성이 붙어 계속 쓸 수 있다. 집에서는 주로 노트북을 이용한다. 처음에는 노트북으로 쓰는 것이 불편했지만 이제는 적응이 되어 전혀 불편하지 않다.

커피숍에서도 쓴다.《작가의 공간》의 에릭 메이젤도 가끔 커피숍에 가라고 한다. 다양한 사람을 보며 살아있다는 것을 느끼고 커피 한 잔 하면서 여유를 가져보란 말이다. 글을 쓰기 시작하면서 커피숍 마니아가 됐다. 글쓰기를 하기 전에 나는 커피숍에 전혀 가지 않았다. 낭비라고 생각했다. 커피 맛도 몰랐다. 하지만 글쓰기를 시작한 이후 커피숍에 자주 가게 되면서 커피를 사랑하게 되었다. 자주 하다 보면 익숙해지고, 익숙해지면 좋아하게 되고, 좋아하게 되면 더욱더 애착이 가게 마련이다.

커피숍에 가면 다양한 사람들을 만날 수 있다. 평소에 듣지 못했던 좋은 음악을 들을 수 있으며 사람들이 이야기하는 소리를 멀리서나마 들을 수 있다. 이런 소리는 소위 '화이트 노이즈' 로 글쓰기에 아주 제격이다. 너무 고요하면 오히려 글쓰기에 방해가 된다. 영화《더 킹》을 보면 조인성도 양아치 짓을 하다가 검사가 되기로 하고 공부를 시작한다. 그때 그가 깨달은 게 '화이트 노이

즈' 다. 너무 고요한 곳보다 다소간의 소음이 외려 공부에 도움이
되기 때문이다.

커피숍을 다니면서 생긴 버릇이 있다. 글쓰기 좋은 공간인지 확
인한다. 쓰기 좋은 커피숍의 3대 요소는 넓게 탁 트인 공간, 콘센
트, 탁자와 의자다. 커피숍 공간은 넉넉한지, 노트북을 연결할 콘
센트가 있는지, 탁자 높이는 글쓰기에 적당한지 살펴본다. 특히
콘센트는 2구 이상이면 좋다. 스마트폰까지 충전할 수 있어서다.

이렇듯 글쓰기는 나에게 커피숍의 즐거움을 깨닫게 해주었다.
가끔은 커피숍에서 벗어나 콘센트가 있는 편의점(요즘 이런 곳이 많
다)이나 패스트푸드점에 가서도 쓴다. 색다른 경험인 셈이다.

어디서든 마음만 먹으면 쓸 수 있다. 간혹 미팅이 있는 날엔 한
두 시간 미리 도착해 커피숍에 간다. 그리고 어김없이 쓰기 시작
한다. 약속 시간에 늦을 일도 없고 시간을 정해놓고 쓰는 거라 집
중력이 절로 생긴다.

출장을 갈 때도 어김없이 노트북을 가져간다. 출장 시에도 가
급적 차를 가져가지 않고 대중교통을 이용한다. 버스 안에서는
글쓰기가 쉽지 않다. 그래서 주로 열차를 이용한다. 고속열차는

탁자가 있어서 글쓰기 아주 좋다. 출장 시 열차에서도 한 꼭지 정도는 쓰려고 노력한다. 열차에서 쓸 때 집중력도 높아진다. 서울을 갈 때는 조치원역에서 영등포역까지 무궁화호를 탄다. 이때는 좌석을 끊어 놓고도 가급적 4호차와 5호차 사이에 있는 휴게 공간을 이용한다. 여기는 콘센트도 있어서 글쓰기에 아주 좋다. 눈앞에 보이는 풍경은 덤이다.

글쓰기 장소는 대단히 중요하다. 장소에 크게 구애를 받지 않는다면 별문제 없겠지만 그래도 주로 쓰는 장소를 한두 군데 정해 놓는 게 좋다. 그래야 안정적으로 집중해서 쓸 수 있다. 나는 그 두 군데가 회사와 집이다. 커피숍은 두세 군데 번갈아가며 간다.

생활 속에서 조금이라도 시간이 나면 어김없이 노트북을 꺼내 쓴다. 이게 내 루틴이다. 나는 이 습관을 아주 사랑하며 앞으로도 노트북을 가지고 다니며 계속 쓸 것이다. 전국을 돌아다니며 어디서든 쓸 수 있는 그런 정신, 그게 우리에게 필요한 정신이 아닐까.

읽지 않고 쓸 수 있을까?

- 일단 읽어야 하는 이유

＊
글쓰기는 '재능'의 영역이라기보다는 '노력'의 영역이다.

——— 읽지 않고 쓸 수 있을까? 물론 가능하다. 하지만 잘 쓰기는 쉽지 않다. 간혹 읽지 않고도 잘 쓰는 사람도 있지만 그런 분들은 자신도 모르게 '읽기 환경'에 많이 노출된 분들이다. 간혹 천재들도 있다. 하지만 그런 비정상적인 경우까지 마치 정상적이라고 가정하며 일반화할 필요는 없다.

잘 쓰는 사람은 다 그만한 이유가 있다. 그래서 중국 송나라 시대의 문인이었던 구양수는 '삼다(三多)'를 제시했다. 삼다는 다독(多讀), 다작(多作), 다상량(多想量)을 의미한다. 많이 읽고 많이 쓰고 많이 생각하라는 의미다.

《황홀한 글감옥》에서 조정래 작가는 순서를 다독, 다상량, 다작으로 바꾸라고 한다. 많이 읽고 많이 생각하고 많이 써보라는 거다. 그 비율이 다독 4, 다상량 4, 다작 2의 비율이면 아주 좋다고 한다. 순서야 어찌 됐건 많이 읽어보라는 것에는 변함이 없다.

읽지 않고 글을 쓴다고 가정해보자. 몇 쪽 쓰지 못하고 이내 지쳐버리고 말 것이다. 왜일까?

독서를 통해 정보를 취득하고, 그에 대해 곰곰이 생각하는 습관을 들이지 않으면 정작 써야 할 때 머릿속에서 끄집어낼 말이 없기 때문이다. 쓰기란 독서라는 입력을 통해 부단하게 쌓은 지식이 이미 내 머릿속에 자리 잡은 기존 지식과 상호 소통을 하며 응축된 에너지를 몸 바깥으로 배출하는 행위다. 많이 먹으면 많이 싸는 것과 같은 이치이다. 입력이 없는 데 어떻게 출력이 될 수 있을까? 따라서 잘 쓰기 위해서는 잘 집어넣어야 한다. 잘 집어넣기 위해서는 잘 읽어야 한다. 그래서 독서는 글쓰기의 시작이라고 할 수 있다.

＊　＊　＊

나는 일찍이 '글쓰기를 위한 기초 체력은 어떻게 확보하는가?'라는 주제로 블로그에 글을 쓴 적이 있다. 가장 먼저 제시한 것이

'많이 읽어야 한다' 이다. 왜 그럴까? 독서는 사색을 촉진한다. 자기만의 생각이 자란다. 생각의 덩어리가 커지기 시작하면 누구나 이런 생각을 하기 마련이다.

나도 이 정도는 쓸 수 있을 거 같은데…….

쉽게 말해 자신감이 생긴다. 읽다 보면 분명히 어느 시점에 혜안이 열리고 쓰고 싶은 욕구가 일어난다. 이때가 써야 할 시점이다. 쓰려고 마음을 먹었다면 읽기부터 시작해야 하는 이유가 여기에 있다. 말은 이렇게 해도 실전에 돌입하면 몇 줄 쓰기도 쉽지 않다. 올곧이 자기만의 생각으로 책 한 권 분량을 완성하는 건 결코 쉬운 일이 아니다.

그럼 어떻게 해야 할까?

방법은 의외로 간단하다.

나만의 글만으로 분량을 채우려 하지 말고, 남이 쓴 글을 적절히 활용하면 된다.

그럼 남이 쓴 글은 어떻게 활용하는 걸까?

가장 많이 활용하는 수단이 책이다.

결국 읽어야 한다. 읽지 않으면 쓰기도 힘들뿐더러 분량 채우기는 더욱 힘들다.

우리가 보통 글을 쓴다고 하면 우리가 순수하게 창작한 내용은 20% 남짓이다. 나머지 80%는 남이 쓴 글을 인용하거나 남의 이야기를 하는 거다. 여기서도 '파레토의 법칙'이 적용된다. 또한 우리가 창작했다고 굳게 믿고 있는 그 20%마저 우리의 순수한 창작품은 아닐 확률이 높다. 쓰는 자의 착각이다. 분명히 나는 생각해서 썼지만, 그 생각 또한 분명히 어딘가에 있다. 그게 어디서 나온 것인지 모르는 무지의 상태다. 결국 어디에도 창작은 없다. 해 아래 새것이 없듯이 어디에 있던 걸 가져온 것에 불과하다. 다만 그걸 인지하느냐 못 하느냐의 차이다.

글쓰기의 신으로 불리는 김병완 작가는 부산의 한 도서관에 칩거하며 3년간 책만 읽었다고 한다. 삼성전자의 팀장으로 근무하던 그는 문득 인생의 허무함을 느끼고 잘 다니던 회사에 사표를 냈다. 그리고 아무 연고도 없는 부산으로 이사를 가, 3년간 1만 권의 책을 읽었다. 이후 2년 동안 무려 60권의 책을 출간했다. 아마 우리나라에서 2년이라는 단기간에 책을 가장 많이 쓴 작가일 것이다.

한 사람이 3년간 1만 권을 읽으면 어떤 상태가 될까? 그 응축된 에너지를 폭발하듯이 터뜨린 방법이 바로 글쓰기였다. 이처럼 글쓰기는 읽기를 통해 쌓은 내공이 외부로 자연스럽게 표출되는 결과물이다. 결국 많이 읽은 사람이 잘 쓸 수 있다. 읽지 않고 쓸 수는 있지만 읽으면 더 쉽고 더 빠르게 더 잘 쓸 수 있다. 그래서 우리는 읽어야 한다.

* * *

내 인생을 두 부분으로 나누자면 글쓰기를 시작하기 전과 후, 이렇게 나눌 수 있다. 글쓰기를 시작하기 전에는 난 그저 평범한 직장인에 불과했다. 하루하루를 다람쥐 쳇바퀴 돌듯 살았다. 하지만 우연히 한 책을 읽고 난 후 글쓰기로 결심했다. 그 책이 《김병완의 책 쓰기 혁명》이다. 이 책을 읽고 나는 본격적으로 작가가 되기로 결심했다(물론 글을 쓰겠다는 막연한 생각은 진즉부터 하고 있었다).

이후로 내 삶은 글을 쓰는 삶으로 바뀌었다. 내 삶의 모든 포커스가 글쓰기로 맞춰졌다. 보이는 모든 것이 글쓰기의 재료이고 사례였다. 이렇듯 글쓰기를 결심하면 많은 것이 바뀐다. 세상 모든 것이 새롭게 다가오게 된다.

글쓰기를 결심한 이후 나의 독서량은 기하급수적으로 증가했다. 항상 책을 가지고 다닌다. 틈틈이 책을 본다. 왜냐고? 읽지 않으면 쓸 수가 없기 때문이다. 글쓰기는 읽기와 쓰기를 촉진한다. 읽기와 쓰기는 사고를 확장시키고 시야를 넓혀주고 통찰력과 직관력을 길러준다. 글쓰기 전과 완전히 다른 사람으로 만들어준다. 이래서 글쓰기는 반드시 해야 한다.

나는 글을 쓸 때 루틴이 있다. 일단 주제를 정하고 나면 관련 내용에 대해 짧고 굵게 공부를 한다. 공부는 전방위적이고 무차별적이다. 관련 도서를 서점에서 아낌없이 구입한다. 밑줄을 쫙쫙 쳐가면서 읽는다. 글을 써야 하는 목적성으로 인해 이때의 독서는 가히 '치열한 전투적 독서'다. 내용도 이해해야 하지만 인용할 만한 문장을 찾아내야 하는 목적이 더 크다.

책으로 모든 걸 해결할 수 없기에 관련 강연 등을 유튜브에서 찾아서 시청한다. 강연을 들으며 역시 내 글에 반영할 내용을 메모한다. 인터넷에 업로드된 각종 자료나 기사 등도 찾아본다. 이렇게 열흘 정도 하다 보면 이미 그 분야에 전문가는 아니더라도 일반인보다 확실히 많이 알게 된다.

즉 쓰기 전에 미리 충분히 읽는다. 아는 게 있어야 쓸 게 아닌가? 그래서 자료가 많은 건 축복이다. 힘든 건 자료가 없을 때다. 참고할 자료가 없다는 건 그만큼 쓸 내용도 없다는 말이다. 자료가 없는 분야는 쓰기가 참 힘들다.

✳ ✳ ✳

어느 정도 쓸 글의 내용에 대해 공부가 되었다 싶으면 목차를 잡고 글쓰기를 시작한다. 글쓰기는 일단 시작하면 어찌 되었건 끝장을 본다. 나는 하루에 쓸 분량을 두 꼭지로 통제하기 때문에 한 달이면 한 편의 원고가 완성이 된다. 초고 기준이다.

초고가 완성되면 바로 퇴고에 들어가지 않는다. 며칠 쉬면서 쓰기의 시각에서 퇴고의 시각으로 변하도록 기다린다. 쉬고 나서 하는 작업이 있다. 관련 도서를 읽으면서 뽑아놓은 문장이나 필요한 내용을 선별해 원고에 녹여낸다. 편집도 하고 인용도 하면서 원고는 조금씩 풍성해진다. 이 작업을 수차례 하면 원고가 만족할 만한 수준으로 완성된다. 여러 번 퇴고에 퇴고를 반복하다 보면 '아! 이제 더 이상 못하겠다' 라고 생각하는 시점이 온다. 그 시점에 투고를 한다.

책을 출간하는 데 무슨 대단한 방법이 있는 것은 아니다. 이 방법밖에 없기에 항상 읽고 또 읽으라고 강조한다. 읽기는 글쓰기에 있어서 대단히 중요한 요소다. 열심히 읽다 보면 알게 되고 알게 되면 쓰고 싶어지는 것이 인간의 본능이다. 모르는 상태에서 책 읽기를 통해 공부하면서 비로소 알게 되고, 알게 된 내용을 재구성하고 살을 붙여 원고를 쓴다. 쓴 원고에 그동안 사전에 준비해둔 다른 책의 내용을 내 원고 곳곳에 반영시켜 내용을 풍성하게 한다. 이러면 훌륭한 책 한 권이 탄생한다. 결국 읽기는 쓰기를 촉진하고 쓰기는 읽기를 필요로 한다. 둘은 사이좋은 친구다.

출판계약서가 뭐 그리 중요하다고?

- 출판계약 체결 시 유의 사항

*

1. 처음 원고를 투고하고 며칠 후 한 출판사에서 연락이 왔다. 계약을 하자는 거다. 이메일로 계약서 초안을 보내왔다. 보지도 않고 '오케이' 사인을 보냈다. 괜히 계약서 조항을 문제 삼다가 계약이 틀어질지 모른다는 불안감 때문이었다.

2. SNS 이웃 한 분에게 연락이 왔다. 이번에 책을 출간하게 되었는데, 계약서 조항 중 궁금한 것이 있다는 것이었다. 어떤 조항을 물어볼지 대략 예상이 됐다. 역시 예상대로였다.

_____ 처음 계약서 초안을 받았을 때가 기억난다. 계약서에 날인 한 후에야 꼼꼼히 읽어보기는 했지만 질문을 하거나 이의를 할 사항을 발견하지 못했다. 설사 따져 묻고 싶은 사항이 있었더라 도 그러지 못했을 것이다. 괜히 시비를 걸었다가 계약을 없던 걸

로 하자고 하지는 않을까? 그런 걱정이 앞섰기 때문이었다.

초보 작가에게는, 특히 첫 출간이고, 기획출판이라면, 출판사와 대등한 위치에 서기는 사실상 불가능하다고 보아야 한다. 사실상 갑을 관계에서 '을'의 입장에 설 수밖에 없다. 그런 상황에서 계약서 조항을 하나하나 축조 심사를 하듯이 따져 물을 수 있을까? '무식하면 용감하다'고, 잘 모를 때는 차라리 그럴 수 있을지도 모르겠다.

출판사는 계약서 교육을 시켜주는 곳이 아니다. 잘 모르는 상황에서 따져 묻기도 애매하다. 즉, 따져 물을 것이 없다기보다는 몰라서 물어볼 수가 없는 상황이다. 혹은 애써 외면하려 한다. 인지도도 없는 초보에게 책 출간만 해도 감지덕지인 상황이니까. 계약서 조항을 가지고 용감하게 따졌다가는 치도곤을 당할 수도 있다. 자칫 계약이 파기될 상황에 닥칠 수도 있다. 나 역시 그랬다. 계약서는 다 똑같다고 믿으며, 알아서 잘해줄 것이라고 믿었다.

백혜나 작가의 《구름빵》 사건 이후 계약서에 포함된 소위 독소조항에 대한 관심이 많아졌다. 이에 대한 대응책으로 한국출판문화산업진흥원에서는 표준계약서를 들고 나왔다. 작가와 출판사가 협력하는 공생 관계를 만들자는 취지이므로 양자 모두 유연하게 대응할 필요가 있다고 생각한다. 특히 저작권 침해라던가, 2차 저작권은 계약서 조항이 대단히 중요하다. 분쟁 발생 시 책임 소재를 분명히 할 필요가 있기 때문이다.

이미 출판업계에서 널리 사용하고 있는 계약서의 틀은 분명히 있다. 나도 이미 계약한 5권의 계약서를 이번 기회를 통해 다시 읽어보았다. 모두 비슷하다. 출판사들도 '정형화된 표준 계약서'를 쓰고 있다.

문제는 간혹 출판사에 일방적으로 유리한 조항을 슬쩍 삽입해 놓고 계약을 제시하는 경우이다. 계약이란 당사자 간의 합의가 있으면 그 내용이 무엇이건 일단 유효하게 성립한다. 하지만 표준 내용과 다른 이질적인 부분이 있다면 그 조항을 명확하게 설명을 하고 계약에 임하는 것이 맞다. 한 지인은 2쇄가 들어갔음에도 인세를 하나도 받지 못했다고 푸념을 했다. 알고 보니 1쇄는 인세가 없다는 조항이 계약서에 있었던 것이다.

이런 방식으로 간혹 계약서를 출판사에 유리하게 일방적으로 슬쩍 변경하여 제시하는 경우가 종종 있다. 책이 출간되고 조용히 묻히면 별 문제 될 것이 없으나, 송사에 휘말리거나 혹은 책이 대박이 나면 두고두고 문제가 발생하니 계약서 검토는 신중에 신중을 기해야 한다. 궁금한 사항이나 따져 물을 것이 있다면 최대한 정중하게 물어보자. 나중에 후회하지 말고!

* * *

그럼 계약서 작성 시 무엇을 어떻게 검토해야 할까? 계약서 조항을 하나하나 축조 심사하듯이 면밀하게 검토해야 할까? 아니면 출판사에서 제시하는 대로 믿고 맡겨야 할까?

한국출판문화산업진흥원 누리집에는 출판업계에서 사용하는 표준계약서 양식을 다운로드할 수 있다. 출판권 설정계약서(출판 표준계약서)를 면밀하게 검토하고 출판사에서 제시한 계약서와 꼼꼼히 비교·대조하는 노력이 필요하다. 출판 표준계약서는 계약에 있어서 기준을 제시하는 것에 불과하다. 표준계약서라고 해서 계약서를 절대적으로 안정적인 표준으로 받아들이거나 그대로 활용하기보다는, 문구를 하나하나 읽어보고 수정해야 할 사항이 무엇인지 정확히 파악하고, 수정이 필요한 부분은 수정을 해야 한다. 표준계약서는 말 그대로 표준이자 샘플에 불과하니까.

처음에는 잘 몰랐다. 계약서 조항 하나하나의 중요성을. 하지만 여러 권의 책을 쓰고 계약서 조항을 이리저리 검토하면서 그리고 인세를 받으면서 '계약서 조항이 참 중요하구나' 하는 것을 깨닫게 되었다. 보통 계약을 하게 되면 출판사에서 먼저 계약서 초안을 제시한다. 제시한 계약서를 자세히 읽어보면 어떻게 대처해야 할지 몰라 머리가 하얗게 된다.

지금부터 유심히 살펴보아야 할 내용을 하나씩 알아보자.

첫째는 인세 책정 방식이다.

책을 출간하게 되면 누구나 베스트셀러를 꿈꾼다. 책이 한 100만 부 팔려서 돈방석에 앉는 꿈이다. 그 꿈이 식는 것은 금방이지만, 그때가 가장 행복할 때다. 계약을 하고 책이 나올 때까지의 기간. 인세는 작가라면 누구나 가장 관심을 갖는 대목이다.

인세 책정 기준은 발행 부수냐 판매 부수냐로 갈린다. 저자 입장에서는 당연히 발행(인쇄) 부수가 훨씬 유리하다. 발행과 판매는 엄연히 다르기 때문이다.

판매를 기준으로 하면 인쇄되는 족족 인세를 받기 때문에 아무래도 저자에게 유리하다. 반대로 이야기하면 출판사에 불리하다. 물류창고에 보관한다고 오프라인 서점에 깔린다고 책이 팔리는 건 아니기 때문이다. 계약서는 보통 출판사에서 제시하므로 출판사에서 제시한 계약서를 보고 발행 부수인지 판매 부수인지 정확히 확인해야 한다. 계약서에 명확하지 않다면(가령, '발행(판매)' 라고 되어 있는 경우) 명확히 하자고 이야기를 해야 한다.

최근에는 책이 워낙 나가지 않기 때문에 발행 부수보다는 판매 부수로 고착화되는 듯하다.

둘째는 인세 제한 요인이다.

인세를 지급할 때 제한 요인을 걸어두는 경우가 있다. 가령 '초 판은 인쇄를 지급하지 않는다' 는 조항이 있다던가 '초판 인쇄 부수에서 700부까지는 인세를 지급하지 않는다' 던가 하는 조항 이다. 혹은 '증정본이나 외부 도서 지원 프로그램에 선정(가령 세 종도서 선정)될 경우 거기서 판매하는 책 부수는 제외 한다' 는 조 항 등이다.

이런 조항은 결국 기획출판을 반기획출판(반자비출판)과 같게 만 드는 요소로 작용한다. 이런 출판사는 대개 책 출간 시 저자에게 일정 수량을 구매토록 유도하는 경우가 많다. 사실상 반자비출판 이라고 보면 된다. 이런 계약은 정상적인 계약은 아니지만 그렇 다고 불법도 아니다. 출판 업계가 워낙 불황이고 출판사 사정이 어려워서 이런 계약을 저자에게 종종 요구한다. 만일 이런 조건 으로 계약을 하기 싫다면 다른 출판사를 알아보는 수밖에 없다.

셋째는 부가조건이다.

부가조건(부관)이라 함은 계약서 상에 여러 이유로 인세 지급에 조건을 거는 것을 말한다. 가령 '해당 도서의 판매로 인한 수익 중 출판사의 마케팅 비용, 경상비 등을 제외한 금액을 기준으로 인세를 산정한다' 는 내용이다. 이 내용이 있으면 인세 받기는 사실상 어렵다고 보면 된다. 해당 금액을 어떻게 산정하는지 저자로서는 알 도리가 없기 때문이다. 그야말로 '코에 걸면 코걸이, 귀에 걸면 귀걸이' 인 모양새다. 저자에게는 독소조항이라고 할 수 있다. 이런 조항은 계약서에서 없애는 것이 좋다.

넷째는 2차 저작권 조항이다.

책도 저작물의 일종으로서 글을 쓰면 그 책의 저작권은 저자에게 있다. 원칙적으로 저자가 책에 대한 모든 권리를 가진다. 다만 계약서 조항에 의해 제한을 받을 수도 있다.

본래 잘되기 전에는 문제될 것이 별로 없다. 주목받지 못하기 때문이다. 하지만 잘되면 꼭 문제가 발생한다. 흔히 보는 형제간의 재산 다툼도 돈이 있는 집안에서나 벌어진다. 물려받을 게 없는 집안은 재산 문제로 싸울 일도 없다. 책도 마찬가지다.

주목받지 못할 때는 아무 일도 발생하지 않는다. 계약서 조항이 문제될 일이 거의 없다. 하지만 책이 소위 '대박이 터지면' 이야기는 달라진다. 인세부터 시작해서 계약 기간, 2차적 저작물과 관련한 모든 부분에서 문제가 발생한다. 계약조건이 저자에게 불리하면 저자 측에서 난리고 출판사도 다를 바 없다. 소위 《구름빵》 사건과 같은 일이 벌어지고 만다.

소위 책이 히트를 치면 영화로도 만들어질 수 있고, 캐릭터로 제작되어 다양한 상품에 쓰일 수 있다. 한때 유행한 '펭수'도 캐릭터 분야가 엄청난 시장이 되었으며, 그전의 '뽀로로' 역시 마찬가지였다. 영화로 만들어지고 리메이크되고 관련 시리즈가 나오고 하는 2차 저작물이 항상 문제가 된다.

다섯째는 계약기간 이다.

보통의 출판 계약서에서 계약기간은 5년이다. 종료 6월 전까지 당사자 간에 별도의 의사표시가 없으면 계약기간은 자동으로 갱신된다는 조항이 하나같이 들어가 있고, 어느 일방의 의사표시로 계약은 종료된다고 나와 있다.

즉, 5년간은 출판사에서 판권을 가지고 있다. 책이 꾸준히 잘 팔리면 5년 후 재계약을 하던지 더 좋은 조건의 출판사와 계약을 하면 된다. 가끔 5년이 아닌 2년, 3년 계약인 경우도 있으니 계약기간을 유심히 살펴봐야 한다. 길게 잡는 게 본인에게 유리한지 짧게 가는 게 좋은지는 상황에 따라 다르기 때문이다. 간혹 최소 판매부수에 미치지 못할 경우 계약을 해지할 수 있다는 조항이 있다. 이 경우 후속 조치는 어떻게 되는지도 확인할 필요가 있다.

여섯째는 업무분장이다.

계약서에 보면 출판사가 해야 할 일과 저자가 해야 할 일을 명확히 구분하고 있다. 가령 편집, 교정, 교열, 인쇄, 배포 등은 출판사의 업무이고, 원고의 완성, 저작권 침해에 대한 책임은 작가에게 있다. 이렇게 업무가 명확히 구분되어 있으니 내 역할이 무엇이고 내가 책임져야 할 일이 무엇인지를 정확히 파악해야 한다. 그래야 나중에 분쟁이 발생할 때 적절히 대응할 수 있다.

특히 저작권 침해는 자칫 작가의 인생을 망칠 수도 있다. 따라서 타인의 작품을 차용하거나 인용할 때 최소한의 범위 내에서 인용해야 하고 인용할 때는 출처를 반드시 밝혀야 한다. 출처를 밝히지 않으면 두고두고 문제가 될 수 있다.

나는 원고 작업 시 인용의 분량을 최소화하기 위해 노력한다. 보통 2~3줄 이내로 한다. 또한 인용을 할 때는 반드시 출처를 밝히려고 노력한다. 인용의 출처가 문제되는 것도 다 책이 잘 될 때 이야기다. 책이 안 팔리면 이런 문제가 발생조차 하지 않는다. 조용히 잊히기 때문이다.

계약서는 참 중요하다. 진부한 표현이지만 아무리 강조해도 지나치지 않다. 책 출간에 의의를 두고 무심코 서명한 계약서가 추후 양날의 검이 되어 돌아올 수 있다. 이런 이유로 계약서는 최대한 정성을 다해서 면밀하게 검토해야 한다. 계약서 검토 습관을 들여놓으면 추후 다른 출판 계약을 할 때 기준으로 삼을 수도 있다. 몇 번 하다 보면 어느 조항이 나에게 불리하고 그렇지 않은지 잘 알 수 있다. 계약서는 아무 문제가 발생하지 않을 때에는 휴지조각에 불과하다. 하지만 일이 터지고 나서 후회하면 이미 늦다. 계약서를 우습게 알았다가 큰 코 다치지 말고 항상 계약서를 챙기는 습관을 들이자. 계약을 할 때가 되면 한국출판문화산업진흥원 누리집에 출판권 설정계약서 표준 양식이 있으므로, 출판사에서 제시한 계약서와 비교해서 검토해보자. 어떤 조항이 빠져 있고, 어떤 조항이 다른지, 왜 다른지도 곰곰이 생각해보자. 이런 습관이 출판사와의 관계를 유지할 수 있는 힘이 되고, 본인의 출간 도서에서도 애정을 갖게 하는 힘이 된다.

계약서에 대해 도움이 필요하면 언제든 연락주시기를 바란다. 이 책을 읽는 예비 작가님께는 무료로 검토해드릴 예정이다.

책을 쓰면 돈을 받는다!

- 책을 쓰고 받는 돈, 인세 이야기

*
간혹 채용공고를 보면 '급여는 내부규정에 따른다' 라던가 '상호 협의' 와 같은 무책임한 말이 적혀 있는 것을 보고 분노했던 적이 한두 번이 아니다.

우리 한국인은 돈에 대한 이야기만 나오면 쉬쉬하는 경향이 있다.
돈에 대해 물어보면 '돈만 밝히는 사람' 이라 낙인찍힌다.

—— 책을 출간하고 인세도 여러 번 받았다. 인세가 갑자기 통장으로 입금되면 기분이 좋다가도 살짝 당황스럽다. 몇 권이 팔렸고, 인세가 어떻게 계산되었는지 알려주는 출판사는 단 한 군데도 없었기 때문이다. 그냥 주는 대로 받았다. 내가 출판사 대표라면 어느 작가의 책이 얼마나 팔렸는지 투명하게 모든 걸 오픈할 것 같다. 어찌 보면 저자가 책의 판매부수와 인세 계산을 정확히

알아야 하는 건 어찌 보면 당연한 권리다. 하지만 이론과 실재는 언제나 기차 레일처럼 평행선을 달릴 뿐이다.

간혹 '출판사에서 내 인세를 가지고 장난을 치지 않을까?' 하는 생각을 한 적도 있다. 그만큼 공유되는 바가 없기 때문이다. 출판사에서 주는 대로 받아야 하고 알려주는 대로 믿어야 하는 게 우리가 감당해야 할 엄혹한 현실이다.

책을 쓰게 되면 가장 관심을 가지는 사항 중 하나가 바로 인세다. 나도 책을 몇 권 출간하니, 주변에서 인세를 얼마나 받았냐는 질문을 참 많이 받았다. 그럴 때마다 아직 정산을 받지 못했다고 너스레를 떨었지만 사실 많은 돈은 아니지만 꾸준히 인세가 들어오고 있다.

돈에 관한 문제는 매우 민감하고 중요하다. 최근 출판업계의 불황으로 책이 읽는 사람이 해를 거듭할수록 줄고 있다. 글을 써서 돈을 벌기가 갈수록 힘들어지고 있다. 초판을 1,000부, 많아야 2,000부 찍는 상황에서 운 좋게 책이 다 팔린다 하더라도 인세는 얼마 되지 않는다. 초판을 팔기도 쉽지 않을 뿐 아니라 설사 모두 팔았다고 하더라도 받는 돈이 200만 원 남짓이다. 결론부터 이야기하면 인세로 돈을 벌기는 아주 힘들며, 인세로 돈을 벌려면 책을 아주 많이 팔아야 한다.

인세는 크게 선(先)인세와 후(後)인세로 나눌 수 있다. 선인세는 인세를 미리 받는 걸 의미한다. 보통 계약할 때 계약금 조로 주는 것이 선인세다. 문학상에 당선되어 받는 상금도 선인세다.

나도 처음 계약할 때 계약금으로 주는 돈을 상호 간의 합의에 대한 축하금 정도로만 생각했다. 나중에 알고 보니 그게 아니었다. 초판에 대한 인세를 미리 당겨주는 것에 불과했다. 나는 선인세를 50만 원 받았는데, 초판이 모두 팔리면 받는 돈 180만 원 중 50만 원을 미리 받은 것이다. 즉, 초판 인세 180만 원 중 소득세 원천징수 3.3%를 공제하면 인세 실수령액은 174만 원 가량 된다. 이미 선인세로 50만 원을 받았으므로 174만 원에서 50만 원을 뺀 124만 원이 초판 인세가 된다(이것도 초판을 모두 팔았을 때 이야기다).

최근 출판시장의 위축으로 초판을 다 파는 경우는 극히 드물다. 하루에 우리나라에서 출간되는 단행본이 300권 정도라고 하면 그중에서 초판을 다 팔고 2쇄를 찍는 경우는 5%가 채 되지 않는다. 이는 출판시장의 불황과 무관하지 않다. 책을 사는 사람의 수가 그만큼 줄어들고 있기 때문이다.

결국 글 써서 돈 벌었다는 소리를 들으려면 적어도 1만 부는 팔아야 한다. 전업 작가로 먹고살려면 최소한 1년에 3만 부는 팔아야 한다. 3만 부를 한 책에서 팔지 않고 여러 책에서 나누어 팔아도 되지만 여러 권의 책을 쓰기가 쉽지 않기에 이마저도 간단한 문제가 아니다.

최근에는 1만 부만 팔아도 베스트셀러 소리를 듣는다. 현실적으로 쉽지 않은 부수다. 즉, 글 써서 먹고 살기는 글렀다. 이런 이유로 책을 주업으로 쓰는 사람은 거의 없다. 대부분 주업이 있는 상황에서 부업으로 글을 쓴다. 주업으로 글을 쓰는 사람들도 글쓰기만 하지 않는다. 강연 등 부수입이 있어야 생활이 가능하다. 안타깝지만 어쩔 수 없는 현실이다.

인세율은 계약에 따라 다르지만 기획출판은 보통 6~10% 선에서 정해지는 듯하다. 즉, 책 가격이 1만 원이라고 하면 한 권 팔 때마다 인세율에 따라 600원에서 1,000원씩 저자에게 인세로 지급된다. 1만 부 팔았다고 하면 600만 원에서 1,000만 원이 작가에게 돌아가는 몫이다. 물론 여기서 소득세 원천징수를 3.3% 공제하고 지급한다. 초보 작가는 인세를 10% 받기가 쉽지 않다. 보통 6~8% 내외에서 결정된다. 최근에는 책이 하도 팔리지 않아 아예 초판에는 인세를 지급하지 않는다던지 아니면 700부까지는 인세 적용을 하지 않는다던지 하는 계약이 많다.

반면에 자비출판은 출판 비용을 작가가 부담하므로 인세율이 높은 편이다. 역시 계약에 따라 천차만별이기는 하지만 보통 20~30%까지 지급한다. 그래서 자비출판으로 대박을 치면 엄청난 부를 손에 쥘 수 있다. 하지만 이런 경우는 거의 없다고 보면 된다. 출판사 역시 자비출판으로 만든 책은 많이 팔리지 않을 거라고 생각하기 때문에 인세율에 대해 비교적 후한 편이다.

책이 출간되고 책의 가격이 결정되면 출판사에서는 책 가격의 60%에 서점에 넘긴다. 즉, 책의 원가 구조를 살펴보면 30%를 서점이(할인10%), 작가가 대략 10%, 출판사가 50%를 가져간다. 오프라인 서점은 매대 임대료, 직원 인건비, 관리비 등이 소요되므로 정가에서 할인이 없는 경우가 대부분이다. 하지만 인터넷서점은 정가의 5~10% 할인 및 택배비를 인터넷 서점에서 부담한다. 온라인 서점은 오프라인 서점과 같은 고정비용 소요가 많지 않기 때문이다.

출판사에서 50%를 가져간다고 너무 많은 것이 아니냐고 생각할 수 있다. 하지만 출판사에서 실질적으로 가져가는 몫은 20% 남짓이다. 나머지는 책을 기획하고 편집하고, 디자인을 짜고 조판을 하고 인쇄소에서 인쇄(종이값 포함)하고 물류창고에 보관하고 책을 서점으로 발송하는 비용으로 쓰인다. 그래서 출판사에서 책 초판을 다 판다고 해도 실제 가져가는 돈이 그리 많지 않다.

이런 이유로 출판사를 운영하기 위해서는 다양한 종류의 책을 꾸준히 출판해야 한다. 그래야 작은 돈이 모여 출판사를 운영할 수 있다.

글을 쓰는 작가라면 글쓰기에도 집중해야 하겠지만 출판 구조라던가 시스템, 출판 현실을 잘 이해할 필요가 있다. 간혹 작가들을 보면 출판사에서 할 일과 작가가 할 일을 명확히 구분하고 자기 일이 아니면 신경을 끄는 경우가 있는데 이는 결코 바람직하지 않다. 물론 출판사마다 성향이 달라 어떤 출판사는 작가의 개입을 무척이나 싫어하고 어떤 출판사는 같이 상의해서 진행해나가기를 바란다. 출판사 대표의 성향에 따라 좌우되는 영역인 듯하다.

최근에는 출판사에서 하는 일과 작가의 일의 경계점이 모호해지고 있다. 따라서 '작가는 원고만 쓰면 된다' 는 생각은 버리도록 하자. 출판사의 구체적인 속사정도 잘 이해할 필요가 있다. 일부 출판사를 제외하고는 대부분의 출판사가 사정이 좋지 않다. 출판사마다 베스트셀러를 출간하기 위해 사활을 걸고 있으며 출판사 직원들은 박봉과 격무에 시달린다. 이런 현실을 잘 직시하고 동업자 정신을 발휘해 출판사와 작가가 함께 상생하는 길을 고민해야 한다.

오늘은 도저히 안 되는 걸?

- 글쓰기 슬럼프 대처법

*

글쓰기가 잘 되는 날이 있다. 그날은 '그분' 이 오신 날이다.

'그분' 이 오면 마치 누가 내 손을 대신 잡고 글을 쓰는 것처럼 느껴진다.

반대로 한 글자도 써지지 않는 상황이 올 때가 있다.

소위 '글럼프' 상태다. (글럼프 = 글쓰기 + 슬럼프)

글쓰기는 어쩌면 글럼프를 줄이려는 노력의 연속인지도 모른다.

_____ 나는 글쓰기 세계로 진입한 이후 매일 쓰기를 실천하고 있
다. 특별한 일이 아니면 하루도 거르지 않고 매일 쓴다. 원고를
쓰지 않더라도 블로그에 반드시 글 1개 이상은 올리려고 노력한
다. 이건 나와의 약속이기도 하고 글쓰기의 감을 유지하기 위한,

소위 관성을 타기 위한 나만의 노하우이기도 하다.

글쓰기는 꾸준히 하다 보면 익숙해지고, 익숙해지면 잘하게 된다. 또한 잘하게 되면 좋아하게 되고, 그렇게 글쓰기 실력은 비약적으로 성장한다. 그래서 꾸준함이 중요하다.

불과 몇 달 전에 쓴 글을 읽어보면 얼굴이 화끈거린다. 그만큼 실력이 성장했다는 방증이기도 하다. 당시에는 그게 최선이었겠지만 글쓰기는 하면 할수록 점차 좋아지게 마련이다.

글쓰기는 시간과 비례하는 건 맞지만 반드시 그렇지만도 않다. 일정 수준 이상 올라가면 정체기가 온다. 또한, 매일 잘 써지는 것도 아니다. 어떤 날은 마치 누가 내 손을 대신 잡고 써주는 것처럼 느껴질 때가 있는가 하면 어떤 날은 '내가 지금 무엇을 하고 있나?' 란 생각이 들 때도 있다. 그날은 이상하게 안 된다.

이런 상황이 오면 어떻게 해야 할까?

이럴 때는 잠시 쉬는 것이 좋다. '글쓰기는 절망하면서 써야 한다' 고 누군가 말했지만, 나는 반대한다. 억지로 써봐야 나중에 읽어보면 형편없는 글이 많았기 때문이다. 즉, 안 쓰느니만 못하다.

문제는 이런 상태로 오래 지속되는 경우이다. 어쩌다 한두 번

그쳐야 글쓰기 슬럼프라고 하는 '글럼프' 라고 할 수 있겠지만, 너무 자주 찾아오면 곤란하다. 이건 '글럼프' 라기보다 글 쓸 준비가 안 된 것이다. 이럴 경우 판을 다시 짜야한다.

글을 쓰고자 할 때는 머릿속에 특정 주제에 대한 생각이 자리 잡는다. 그것이 머릿속에서 정리되고 쌓이고 시간이 흐르면서 커다란 생각의 덩어리가 만들어진다. 이윽고 '써야겠다' 는 생각이 들 때가 오면 그때 써야 한다.

즉, 써야 할 타이밍이 분명히 있다. 이런 준비가 안 된 상황에서 무턱대고 쓰고자 한다면 그건 슬럼프가 아닌 준비 부족이라고 생각해야 한다. 이럴 때는 쓰기에 주력하기보다 쓰기를 위한 기초 체력을 다지는 시간으로 전환하도록 하자. 글감을 모으고 관련 자료를 찾는 시간을 갖도록 하자.

흔히 말하는 '글은 다 써놓고 쓰는 것이다' 라는 말의 의미를 되새겨보자. 글쓰기는 쓰기 전에 대략적인 윤곽을 미리 짜놓아야 한다. 무작정 쓰는 것은 마치 설계도 없이 건물을 짓는 것과 마찬가지로 위험한 생각이다. 물론 쓰면서 생각이 난다는 분들도 계시지만 그런 분들도 대략적인 시놉시스나 아웃라인은 만들어놓고 시작한다. 이렇게 해야 쓸 수 있다. 글쓰기 준비는 오래 하고 쓰기는 단숨에 해야 한다.

글쓰기가 안 될 때의 대처법에 대해 자세히 알아보도록 하자. 글이 안 써질 때는 글이 잘 써질 수밖에 없는 환경으로 전환해야 한다. 그래서 내가 추천하는 것은 기획, 독서, 산책, 명상이다.

글쓰기는 보통 '기획-쓰기'로 나눌 수 있다. 쓰기의 전제인 기획을 보다 충실히 하는 작업은 글쓰기 슬럼프를 없애는 가장 좋은 방법이다. 기획은 보통 '구상-구성'으로 나눌 수 있는데, 글쓰기의 뼈대를 잡는 작업이다. 이 작업은 아이디어 도출 과정이므로, 글이 잘 안 써질 때 전체적인 윤곽을 다시 짜는 방법으로 매우 유용하다.

그다음은 '독서'다. 써지지 않을 때는 읽자. 지금 쓰고 있는 글과 관련한 책을 읽자. 읽는 책에서 인용할 문장을 뽑아내자. 별도로 메모해놓았다가 글을 쓸 때 그걸 적용시키자. 이렇게 하면 글 자체도 풍성해지고 글의 신뢰도 높아진다.

쓰기 위해서는 읽어야 한다. 독서를 통해 쌓인 지식과 생각의 파편들은 어디로 사라지지 않는다. 우리 내면 깊숙이 자리 잡고 있다가 우리도 모르는 사이에 '저 여기 있어요!' 하면서 여기저기서 나타난다. 의식하고 써먹지 않아도 상관없다.

우리 내면에 이미 자리 잡고 있어서 나도 모르는 사이에 글에 드러나게 마련이다. 그래서 독서가 중요하다. 읽지 않고는 아무래도 쓸 수가 없다.

또 하나는 '산책' 이다. 걷기에 무슨 마법이 있는지는 모르지만, 일단 걷다 보면 모든 것이 리셋이 된다. 한아름 짊어졌던 고민들이 슬슬 자연스럽게 풀린다. 나만의 '그분' 이 찾아온다. 신체적 정화는 정신적 정화를 부르기 때문이다.

글을 오랜 기간 쓰고 싶다면 건강에 유의해야 한다. 글쓰기는 정신적으로도 육체적으로도 매우 고된 작업이기 때문이다. 얼마 전《여행의 이유》의 김영하 작가가 한 강연에서 '세상에서 가장 평균수명이 짧은 직업이 작가' 라는 이야기를 했다. 평균 수명이 60살이라고 했다. 이 말에 공감한다.

나도 책 한 권 낼 때마다 몸에서 커다란 에너지가 빠져나가는 느낌을 받는다. 그만큼 고되다. 정신적 피로가 쌓인다. 글쓰기를 업으로 삼겠다면(주업이든 부업이든 간에!) 건강에 각별히 신경 쓰도록 하자. 아무래도 앉아서 하는 작업이다 보니 운동, 특히 걷기가 가장 좋다. 시원한 공기를 마시면서 걷다 보면 나지 않던 생각도 나고, 새롭게 글을 쓸 수 있는 재충전의 시간이 된다.

다른 하나 '명상' 이다. 명상은 마음의 고통에서 벗어나 아무런 왜곡 없는 순수한 마음의 상태로 돌아가는 것을 의미한다. 불교에서 말하는 좌선 내지 참선과 비슷하다. 명상은 모든 것을 원점으로 데려다준다. 들떠 있는 마음을 진정시켜주고 나 스스로를 돌아보게 해 준다. 비단 글쓰기가 아니라도 우리 삶에 있어서 명상은 우리를 풍요롭게 해 준다. 따라서 명상은 반드시 필요하다.

지그시 눈을 감고 한 가지 포인트에 집중하다 보면 보이지 않던 것이 보이게 되고 그것을 향해 모든 것이 모여든다. 바로 집중이다. 집중을 통해 우리는 또 다른 세계를 경험하게 된다. 이렇게 하면 다시 쓸 수 있다. 쓸 수 있는 힘의 원천이 생긴다.

*　*　*

야마구치 마유의 《7번 읽기 공부법》에서 슬럼프 탈출 방법을 잘 설명한다. 공부가 안 될 때는 공부로 푼다는 것이다. 가령 과목을 바꾸어본다든지, 쉬운 부분부터 공부하는 방식이다. 조정래 작가도 《황홀한 글 감옥》에서 슬럼프가 닥치면 절대로 피하지 않고, '네가 이기나 내가 이기나 해보자' 외친다고 한다.

나는 글쓰기는 즐거워야 한다고 생각한다. 카페에서 좋아하는 소설책을 따뜻한 차를 후후 불어가며 홀짝홀짝 마시며 읽고, 블로그에 내 생각을 적고, 유튜브 동영상을 보는 등 이리저리 빈둥빈둥 어슬렁거리며 불량해지는 것이 좋다. 소위 나쁜 짓을 하기 시작하는데, 차를 끌고 이리저리 돌기도 하고, 지하철이나 버스를 타고 창밖을 내다보기도 한다. 소위 나사 풀린 상태로 건들거리며 돌아다닌다. 그러면 어느 순간에 '그분'이 찾아온다.

이렇게 방탕한 일탈을 잠시 하는 동안에도 나는 놀아도 노는 게 아니다. 이미 머릿속에서는 생각을 한다. 하지 않으려 해도 이미 일하고 있고, 쓰고 있는 상태다. 그러는 와중에 '그분'이 내 곁에 살포시 와 앉는다. 그러면 고민이 실타래 풀리듯 해결된다.

이마저도 효과가 없으면 떠난다. 제주도로! 김탁환 작가는 책한 권 탈고할 때마다 스스로에게 제주도 여행을 선물한다고 한다. 본인에게 주는 상인 셈이다. 그는 제주도 여행도 허투루 보내지 않는다. "무엇이라도 하나 건져서 돌아와야 한다"고 이야기한다. 그게 중요하다.

떠날 수 없는 상황이라면

1) 마감 시한을 정해 놓고 쓰거나

2) 사우나를 다녀와서 쓰거나

3) 장소를 바꾸어서 쓰거나

4) 전혀 다른 글을 쓰거나

5) 한숨 자고 나서 쓰기도 한다.

글쓰기를 하다 보면 조바심이 날 때가 많다. 하지만 생쌀이 재촉한다고 밥이 되지 않는 법이다. 때로는 돌아가는 길이 지름길일 수도 있다. 일보 후퇴는 이보 전진을 위한 도움닫기다.

글쓰기가 힘든 날엔 잠시 내려놓자. 그리고 하늘을 바라보자. 작가들은 저마다의 슬럼프 탈출법이나 글쓰기가 안 될 때 대처법을 가지고 있다. 오랜 기간 쓰기를 통해 터득한 나름대로의 노하우인 셈이다.

앞에서 이야기한 대로 독서도 좋고 산책도 좋고 명상도 좋다. 나에게 적절한 방식을 택해 그대로 실천하면 된다. 그러다 보면 시나브로 다시 쓰기 모드로 돌입해 있는 나 자신을 보게 된다. 억지로 인위적으로 노력하지 말고 자연스럽게 전환할 수 있는 여유와 인내가 필요하다. 이런 여유와 인내는 경험을 통해 차곡차곡 쌓아나가면 된다.

시간이 없다는 변명을 대지 말고

- 직장인이 글쓰기에 유리한 이유

＊
저는 전업작가와 직장인 작가의 경계가 모호하다고 생각해요.

'네가 시간이 없다고 하지만 퇴근하고 5시간, 주말에 16시간 정도면 어마어마한 시간' 이라는 선배의 말을 듣고 글을 쓰기 시작했어요.

_채널 예스, 브런치 작가 인터뷰,《90년생이 온다》임홍택 작가

     책을 몇 권 출간하다 보면 누구나 이런 생각을 한다.

'내 삶을 온전히 쓰기에 바치고 싶다. 다른 일은 아무것도 하지 않고 쓰기에만 집중하고 싶다.'

하지만 이는 대단히 위험한 생각이다. 사람은 본업보다는 부업으로 할 때 즉, 당사자 입장보다는 옆에서 훈수 둘 때 더 객관적이고 이성적인 법이다. 남에게는 마치 전문가인 양 조언도 잘하면서 막상 본인이 닥치면 객관성을 잃는다. 주식 모의 투자는 잘

해도 막상 자기 돈으로 실전 투자를 하려고 하면 소심해지게 마련이다. 글쓰기도 똑같다. 없는 시간을 쪼개서 글을 쓸 때가 행복하지, 막상 글쓰기를 직업으로 삼으려는 순간 재앙이 시작된다. 글이란 멍석 깔아주면 쓰는 게 아니다. 틈틈이 시간을 내, 없는 시간을 쪼개서 쓸 때 더 진가를 발휘하는 법이다.

이런 가정을 해보자. 글을 써서 얻은 수입으로 가족을 부양해야 하는 상황. 이 정도 되면 이미 글쓰기는 재미와 유희가 아니라 노동과 돈벌이 수단이다. 매달 고정적인 수입을 벌어야 한다는 압박감에 제대로 된 글을 쓸 수나 있겠는가?

온전히 책을 팔아 나오는 인세로 삶을 영위하는 전업 작가가 우리나라에 과연 얼마나 될까? 10만 부를 팔아야 1억 원이 인세인데, 우리나라에 한 해에 10만 권을 팔 수 있는 작가가 과연 몇이나 되겠는가? 베스트셀러 상위에 오랜 기간 올라가 있는 유명 작가 외에는 거의 불가능하다.

글을 지속적이고도 안정적으로 쓰기 위해서는 글쓰기로 얻는 수입 외에 고정적인 수입 창출원이 있어야 한다. 물론 재산이 많거나 일을 하지 않아도 먹고살 수 있는 행복한(?) 상황이 된다면 예외다. 하지만 그건 본인의 노력으로 되는 게 아니다. 이런 이유로 우리는 글쓰기를 전업이 아닌 부업으로 시작해야 한다. 주업은 분명히 있어야 한다. 그래야 마음 편하게 안정적으로 쓸 수 있다. 주업으로 고정적인 수입을 창출하고 이걸 근간으로 해서 틈틈이 글을 써야 한다.

나는 전업 작가 이야기가 나오면 이런 말을 한다. 지금 버는 돈의 4배 이상 꾸준히 벌 수 있으면 전업 작가를 해도 된다고. 하지만 이런 사람이 과연 몇이나 되겠는가? 내 주위에는 없다. 따라서 글을 꾸준히 쓸 생각이라면 고정적 수입을 창출할 수 있는 별도의 직장이 있어야 한다. 전업 작가는 일부 소수 특권층의 전유물이다. 공지영 작가나 이문열, 이지성, 조정래 작가는 되어야 전업이 가능하다. 작가가 되겠다고 절대로 다니는 직장을 그만두는 어리석은 짓을 하지 마시기 바란다.

*　*　*

물론 전업 작가의 수입도 인세에 국한되지는 않는다. 인세 외에도 수익이 될 만한 다양한 활동을 한다. 인세 수입만으로는 살아가기가 쉽지 않기 때문이다. 가장 대표적인 활동은 강연이다. 강연을 많이 하는 분들은 오히려 인세 수입보다 강연 수입이 더 높은 경우가 많다. 식당도 메인 메뉴보다는 사이드 메뉴에서 수입을 올리는 법이다.

작가가 되면 강연을 꾸준히 해야 한다. 강연은 책을 홍보하고 판매하는 가장 훌륭한 수단이자 방법이다. 작가들은 이런 상황을 너무도 잘 알고 있기 때문에 틈만 나면 강의를 하려고 한다. 강원국 작가도 들어오는 강연의 절반도 하지 못한다고 한다. 하지만 그도 처음 책을 출간했을 때는 반응이 거의 없어 동네 도서관에 전화해 강연을 하고 싶다고 거꾸로 제안했다고 하니 그의 성공은 그런 부지런함에 하늘이 감동하신 게 아닐까?

강연은 작가가 자신의 책을 무기로 가장 안정적으로 수입을 창출할 수 있는 수단이다. 글을 쓰면 강연에 목숨을 걸어야 한다. 강연의 반응이 좋을 경우 후속 강연이 계속 이어질 수 있다. 화술이나 외모에 자신이 있는 작가라면 방송 출연도 할 수 있고, 이를 계기로 정계로 입문할 수도 있다. 세상일은 어떻게 진행될지 아무도 모른다. 하나 확실한 건 가만히 있는 자에게는 아무것도 이루어지지 않는다는 것이다.

글쓰기는 주업보다는 부업으로 제격이다. 주업으로 삼을 생각이라면 최소한 10만 부 이상 팔리는 책의 작가가 되고 나서 해도 늦지 않다. 베스트셀러 작가가 되면 강연 자리도 많이 생기고 후속작도 출판사에서 쌍수를 들고 환영할 테니 굳이 직장이 다니지 않아도 된다. 불행히도 이런 사람은 손에 꼽을 정도다. 베스트셀러 작가가 아니라면 반드시 본래의 직업을 가지고 쓰기를 해야 한다.

월급이 고정적으로 나온다는 건 작가에게 대단히 중요한 의미가 있다. 돈이 있어야 글을 쓸 수 있기 때문이다. 누차 이야기했지만 작가는 '라이터(Writer)'가 아니다. '콘텐츠 크리에이터(Contents Creator)'다. 콘텐츠를 창출하기 위해서 필요한 것도 결국 돈이다. 자기 자신에 대한 많은 투자가 필요하다. 공부도 꾸준히 해야 한다. 그러기 위해서는 라이터(Writer)가 되기보다는 샐러-라이터(Sala-Writer)가 반드시 되어야 한다.

일반인보다 식견이 뛰어나야 하는 작가의 입장에서는 자기 발전이 작가로서의 운명을 결정짓는다고 할 수 있다. 자기 발전을 이루기 위해서는 꾸준한 자기 투자가 필요하다. 바로 작가의 숙명이자 의무다. 직장 생활을 하면 자신에게 투자할 수 있는 여력이 생긴다. 따라서 쓰기 위해서라도 반드시 직장에 다녀야 한다. 직장에 다니며 쓰는 게 아니다. 직장을 다녀야 쓸 수 있다.

직장에 다니며 글쓰기를 하면 자칫 집중력이 분산되어 직장생활에까지 악영향을 미칠 수 있다고 생각하는 사람들이 있다. 하지만 이건 잘못된 생각이다. 오히려 쓰기와 직장 생활을 병행하면 양자 모두 동반 상승하는 시너지 효과를 가져올 수 있다. 쓰기를 통해 발생하는 에너지가 직장 생활에도 고스란히 반영되기 때문이다. 나도 글쓰기 경력이 쌓이면서 보고서 만드는 능력이 비약적으로 좋아졌다. 회사 업무의 절반 이상이 기획서나 보고서를 만드는 작업이다. 이 능력이 자신도 모르게 엄청나게 향상됨을 나는 여실히 느끼고 있다.

물론 직장 생활을 하며 글을 쓰기 위해서는 남들보다 훨씬 더 부지런해야 한다. 임홍택 작가의 이야기처럼 새벽에 일어나거나 퇴근 후 그리고 주말 시간을 활용해야 하기 때문이다. 또한, 직장이라는 방패막이 있으면 아무래도 현실에 안주할 수 있어 쓰기에 독이 될 수 있다는 주장도 있다. 일리가 있다. 하지만 반대로 생각하면 그만큼 안정감 있게 쓸 수 있으니 오히려 약이 될 수도 있는 것이다. 모든 일은 어떻게 바라보느냐 혹은 마음을 어떻게 먹느냐에 달려 있다.

글을 쓰기 위해 가장 중요한 것

- 정신적 건강과 육체적 건강

*
서두르지도 말고

그러나 쉬지도 말고

그저 묵묵히 묵묵히

_요한 볼프강 폰 괴테

——《불합격을 피하는 법》을 쓴 최규호 변호사는 '공부를 시작하기 전 건강부터 만들라' 고 조언한다. 단기간 집중해서 공부를 하려면 체력 소비가 엄청나기 때문에 몸부터 만들어놓아야 한다는 의미다. 글쓰기도 이와 다르지 않다.

'책상에 앉아서 키보드만 두드리면 되는데, 무슨 체력이 그리 필요할까?' 라고 생각할 수 있지만 막상 써보면 안다. 만만치 않은 정신적, 육체적 피로가 동반됨을.

글쓰기는 장기전이다. 하루 이틀 해서 끝날 문제가 아니다. 오랜 기간 글을 쓰기 위해서는 체력을 다져놓아야 한다. 건강에 문제가 있거나 정상적인 몸이 아니라면 몸부터 만들고 글쓰기를 시작하기를 바란다.

우리가 떠올리는 작가의 모습은 방 한구석에서 타자기를 두드리며 머리를 긁적이다가 '이건 아냐!' 하면서 종이를 '부욱' 끄집어내 구겨서 뒤로 던져버리는 그런 모습이었다. 물론 최근에는 타자기가 컴퓨터로 바뀌기는 했지만 작가가 느끼고 체감하는 스트레스와 창작의 고통은 지금 이 시대에도 크게 다르지 않다. 작가란 직업이 정년이 없다고는 하지만, 아무래도 나이를 먹어감에 따라 정신적, 육체적 체력이 저하되기 마련이다. 건강을 유지하기 위해 의식적으로 노력해야 작가로서 롱런할 수 있다.

얼마 전 전남 보성에 있는 '태백산맥 문학관'에 다녀왔다. 조정래 작가의 육필 원고와 취재 수첩, 그의 작품들, 국가보안법 위반으로 조사를 받고 불기소(혐의 없음) 처분을 받은 각종 기록이 잘 전시되어 있었다. 거기서 내 발길을 끌었던 것은 그의 작품들과 그에 관한 기록이 아니었다. 내 눈을 사로잡은 것은 그가 글을 쓸 때 사용했던 각종 지압 용품이었다. 한자리에 앉아서 오랫동안 글을 써야 하는 조정래 작가는 혈액순환을 위해 지압 슬리퍼, 지압 봉, 지압 발판을 사용했다. 태백산맥 문학관을 혹여나 방문하게 된다면 유심히 살펴보시기 바란다.

《여름의 흐름》으로 아쿠타가와 상을 수상한 마루야마 겐지는 글쓰기의 독특한 법칙을 만들었다. 소위 822법칙이다. 글을 쓰기 전 8시간 숙면을 취하고, 깨어난 후 2시간이 지나서, 하루 2시간만 쓴다는 원칙이다. 그 시간이 하루 중 가장 머리가 맑고 집중이 흐트러지지 않는 시간이리라. 실제 마루야마 겐지의 집필 시간은 오전 2시간에 불과하다.

오후에는 시골 산천을 거닐고, 저녁에는 지쳐서 일찍 잠자리에 든다고 한다. 822법칙의 전제는 운동과 숙면이다. 또한 하루 2시간 쓰기다. 운동과 숙면, 길지 않은 집필 시간으로 건강을 유지하고 있어, 마루야마 겐지가 오랜 기간 소설가로서 많은 훌륭한 작품을 쓸 수 있지 않았을까?

*　*　*

오랫동안 장수하면서 꾸준하게 쓰고 싶다면 명심해야 할 두 가지가 있다. 첫째는 정신적 건강이고, 둘째는 신체적 건강이다.

정신적 건강에 대해 먼저 이야기해 보자.

글을 쓰면서 부딪치게 될 상황은 크게 외부적 상황과 내부적 상황으로 나눌 수 있다. 외부적 상황은 글쓰기에 방해가 되는 외적 요인이다. 가령, 직장인이라면 회사 업무로 바쁘다던가, 가족 중에 누가 아프다던가 하는 것들이다.

이런 일들은 쓰기를 방해하는 바람직하지 못한 상황이다. 이런 외적인 상황은 자신의 노력에 따라 어찌할 수 있는 것도 아니다. 우리 인간에게는 때로는 어찌할 수 없는 상황도 있다. 이런 상황이 닥치기 않기를 바랄 뿐이다. 그럼 이런 외부적 시련을 피할 수 있는 방법은 무엇이 있을까?

단절이다. 글을 쓰는 동안은 친구도 만나지 말고, 가족 간의 친목도 당분간 유보시키자. 삶을 단순화하자. 이런저런 환경에 휘둘리기 시작하면 정말 답이 없다. 아무것도 할 수가 없다.

내부적 상황이란 글을 쓰는 동안 내가 마주 대해야 할 정신적 시련이다. 가령 글이 전혀 써지지 않는다던가, 심리적으로 흔들리는 상황이다. 글이 써지지 않는다고 해서 전적으로 준비가 부족해서라고는 볼 수 없다.

흔히 글쓰기 슬럼프를 '글럼프'라고 하는데, 이런 상황에 지속되면 아무래도 의욕도 떨어지고 정신적으로 혼란스러워진다. 잠념이 생기고 글쓰기를 자꾸 뒤로 미루게 된다. 계속 딴생각이 들고, 글쓰기에 집중이 안 되는 분들은 삶을 오롯이 글쓰기에 맞추고, 생활을 단순화할 필요가 있다. 여기에 추가로 필요한 것이 집념, 의지, 극기다. 쓰려는 마음이 있어야 하며, 서두르지 말아야 한다. 꾸준히 앞으로 밀고나갈 수 있는 정신적 기초 체력을 갖추어야 한다.

그 다음은 신체적 건강이다.

글쓰기는 어찌 보면 몸에 대단히 무리가 가는 작업이다. '책상에 앉아서 쓰기만 하는데 무슨 중노동이냐?' 라고 물을 수도 있겠다. 하지만 절대 그렇지 않다. 글을 쓴다는 건 대단히 소모적인 일이다. 작가라는 직업을 가진 사람은 건강에 특별히 신경 쓰지 않으면 오랫동안 활동할 수 없다. 롱런하는 작가들을 보면 하나같이 저마다의 건강관리법을 가지고 있다. 스트레칭을 하거나 요가를 하는 등 자신에게 맞는 운동을 해야 하며, 식단 관리도 잘해야 한다. 술과 담배를 멀리해야 함은 말할 필요도 없다.

조정래 작가는 그의 책《황홀한 글감옥》에서 오랜 세월 글을 쓰면서 건강을 지켜온 비결에 대해 다음과 같이 이야기한다.

1. 적게 먹기

2. 채식 위주로 식사하기

3. 하루에 여러 번 국민체조 하기

4. 틈만 나면 산책하기

5. 일요일에 등산하기

식단을 건강식으로 조절하고, 운동을 하는 등 몸에 무리가 생기지 않도록 각별히 신경 써야 한다. 작가로서 일가를 이루기 위해서는 다작을 해야 한다. 많은 작품을 쓰기 위해서는 신체적 역량이 뒷받침되어야 함은 물론이다. 본인의 탁월한 역량을 건강 문제로 인해 오랜 기간 꽃 피우지 못하고 접어야 한다면 개인적으로나 사회적으로 얼마나 애석한 일이겠는가?

결국 핵심은 꾸준히 할 수 있는 힘이다. 이걸 위해 의식적으로 노력해야 한다.

서두르지도 말고

그러나 쉬지도 말고

그저 묵묵히 묵묵히 쓰다 보면

탐스러운 결실의 열매가 열리리라.

나는 이 책을 통해 글쓰기를 완전히 파악할 수 있다고는 추호도 생각하지 않는다. 글은 읽는 사람에게 각기 다른 의미로 다가오는데, 적어도 그 형태가 고정된 채 영원불멸할 것으로 생각지 않기 때문이다. 완벽한 글쓰기 책을 쓴다는 건 불가능하다. 이 책은, 글쓰기의 궁극이란 게 과연 있다면, 그 한 단면에 접근한 것에 지나지 않는다. 다만 내가 언급한 내용이 글쓰기와 무관했던 독자들에게 조금이나마 실감과 이해를 얻을 수 있다면 이 작업은 헛되지 않았다는 생각이 든다.

이미 충분한 글쓰기 책을 출간했기에 앞으로 글쓰기 책을 당분간은 쓰지 않을 생각이다. 하지만 나도 또한 언젠가 내 삶을 축적하여 다시 글쓰기 책을 쓰고 싶다. 그리고 그것을 쓴 후 언젠가 다시 글쓰기 책을 쓰고자 할 것이다.

욕심을 내다보니 분량이 많아졌다. '어! 아까 봤던 내용인데' 하는 중복되는 부분도 있다. 저자가 한 책에서 같은 내용을 여러 번 반복하면 대단히 서투른 저자든지 혹은 다분히 의도적이라는 의미다.

이번에도 기꺼이 출판에 응해주신 모아북스 이용길 대표님과 한국출판문화산업진흥원 관계자분께 감사드린다.

배움은 어떻게 내 것이 되는가

박성일 지음
212쪽 | 16,000원

핫 팁

노경환 지음
298쪽 | 14,000원

독한시간

최보기 지음
248쪽 | 13,800원

놓치기 아까운 젊은날의 책들

최보기 지음
248쪽 | 13,000원

뚜띠쿠치나에서
인문학을 만나다

이현미 지음
218쪽 | 14,000원

공부유감

이창순 지음
252쪽 | 14,000원

다이애나 홍의
독서향기

다이애나 홍 지음
248쪽 | 12,000원

책 속의 향기가
운명을 바꾼다

다이애나 홍 지음
257쪽 | 12,000원

삶을 업그레이드하는 더 나은 책 ——— 리더십 · 마인드 · 자기계발 도서

직장 생활이 달라졌어요

정정우 지음
256쪽 | 15,000원

4차 산업혁명의 패러다임

장성철 지음
248쪽 | 15,000원

리더의 격 (양장)

김종수 지음
244쪽 | 15,000원

숫자에 속지마

황인환 지음
352쪽 | 15,000원

당신이 생각한 마음까지도 담아 내겠습니다!!

책은 특별한 사람만이 쓰고 만들어 내는 것이 아닙니다.
원하는 책은 기획에서 원고 작성, 편집은 물론,
표지 디자인까지 전문가의 손길을 거쳐
완벽하게 만들어 드립니다.
마음 가득 책 한 권 만드는 일이 꿈이었다면
그 꿈에 과감히 도전하십시오!

업무에 필요한 성공적인 비즈니스뿐만 아니라 성공적인 사업을 하기 위한
자기계발, 동기부여, 자서전적인 책까지도 함께 기획하여 만들어 드립니다.
함께 길을 만들어 성공적인 삶을 한 걸음 앞당기십시오!

도서출판 모아북스에서는 책 만드는 일에 대한 고민을 해결해 드립니다!

모아북스에서 책을 만들면 아주 좋은 점이란?

1. 전국 서점과 인터넷 서점을 동시에 직거래하기 때문에 책이 출간되자마자 온라인, 오프라인 상에 책이 동시에 배포되며 수십 년 노하우를 지닌 전문적인 영업마케팅 담당자에 의해 판매부수가 늘고 책이 판매되는 만큼의 저자에게 인세를 지급해 드립니다.

2. 책을 만드는 전문 출판사로 한 권의 책을 만들어도 부끄럽지 않게 최선을 다하며 전국 서점에 베스트셀러, 스테디셀러로 꾸준히 자리하는 책이 많은 출판사로 널리 알려져 있으며, 분야별 전문적인 시스템을 갖추고 있기 때문에 원하는 시간에 원하는 책을 한 치의 오차 없이 만들어 드립니다.

기업홍보용 도서, 개인회고록, 자서전, 정치에세이, 경제 · 경영 · 인문 · 건강도서

모아북스 **문의 0505-627-9784**
MOABOOKS

· 이 도서는 한국출판문화산업진흥원의 '2021년 우수출판컨텐츠 제작지원' 사업 선정작입니다.

내 글도 책이 될까요?

초판 1쇄 인쇄 2021년 10월 10일　　**2쇄** 발행 2024년 06월 03일
　　1쇄 발행 2021년 10월 15일

지은이	이해사
발행인	이용길
발행처	MOABOOKS 모아북스

관리	양성인
디자인	이룸

출판등록번호	제10-1857호
등록일자	1999. 11. 15
등록된 곳	경기도 고양시 일산동구 호수로(백석동) 358-25 동문타워 2차 519호
대표 전화	0505-627-9784
팩스	031-902-5236
홈페이지	www.moabooks.com
이메일	moabooks@hanmail.net
ISBN	979-11-5849-153-6　03800

모아북스 는 독자 여러분의 다양한 원고를 기다리고 있습니다.
(보내실 곳 : moabooks@hanmail.net)